歡樂咒

岳觀銘 著

踏破江湖，暗潮洶湧

一對兄妹意外捲入了一場錯綜複雜的江湖鬥爭
各方勢力各懷鬼胎，讓局勢更加撲朔迷離

踏上充滿驚險與機遇旅程
沉浸於江湖的風波與陰謀

目錄

目錄

第一回　洞庭湖逞霸反遭懲，湘妃廟求祥竟遇難

這一年是唐高宗永隆元年，高宗皇帝雖已執政三十年，但後期體弱多病，朝政實則多由武后代決，朝野尊高宗為天皇，武后為天后，並尊兩人為「二聖」。

五月的洞庭湖分外嫵媚，堤岸垂柳含風，石榴樹上姹紫嫣紅，紅者豔比驕陽，黃者璨若彩霞，白者更是如雲似雪，嬌素多姿，為炎夏增添無限風情。此刻湖面上有十來艘湖舫正朝君山划去，共赴一年一度的湘妃祭，同時也為家中的小孩祈福求祥。

群舟當中一艘湖舫船舷處就有三個小孩躬身戲水取樂，年齡最小的一個紅衣女孩約莫七歲左右，頰邊梨渦淺現，長得甚是秀美，只見她嘻笑聲中抬頭瞧見了隨波飄來著一段柳枝，便嚷著要。另一名十二、三歲的男孩見狀，展臂伸手欲摘，可是湖波拍上船身後，反而向外流遠，卻是差了那麼一截。紅衣女孩急了，轉頭大聲嚷道：「池表叔，快過來幫忙！」

一名三十來歲，長相清秀的男子聞言走到船舷，聽懂了紅衣女孩的央求後微微一笑，躬身往水面一拍，說也奇怪，只見掌力擊得一道水流如彎月般畫了個弧，將那段柳枝往內掏。待得男子再拍

得兩掌，柳枝已近船舷，紅衣女孩伸手摘起，滿心歡喜。

那男孩一臉欽慕道：「池表舅，這一招叫什麼名堂？你可以教我嗎？」那男子含笑回道：「這一招叫回心轉意，是迴風掌裡頭的一招。萬里，你可貪心了，你爹爹的武功你還沒學全，就想來向我偷師？」那男孩陸萬里嘟著嘴道：「我爹每日忙著全盛鏡莊的事務，哪有時間督促我練功。」那紅衣女孩聽了也效仿陸萬里，嘟嘴道：「我爹爹也是大忙人，還好有池表叔陪伴我們到君山上香呢。」

那男子捏了紅衣女孩面頰一把道：「荃兒，要知道你爹爹是江南水稻商七大霸之一，南宮世家的單一傳人，業務可忙了，怎有閒空陪你們母女倆遠赴君山上香求福呢。」一直沒開口的另一名女孩眨了眨眼，嘴角含笑道：「池表舅，你們池家也是江南水稻商七大霸之一，可是慕容阿姨一叫到，你什麼要緊事便都放下了，快馬趕來，可見一個人若有心，再忙也抽得出時間呀！」那紅衣女孩聽了撫掌笑道：「緣鳶姐姐說得對，我娘常說，池表叔最靠得住了。」

原來這紅衣女孩叫南宮荃，她父親和陸萬里的母親，以及眼前這位池倫凱皆是表兄妹關係。另一個女孩約莫十二、三歲，名叫龔緣鳶。陸萬里的父親和龔緣鳶的母親是金蘭結義兄妹，因此孩子們也以表兄妹互稱。此刻池倫凱聽得龔緣鳶調笑，禁不住臉上一紅，微覺尷尬，身後卻傳來一名女子嚴聲斥道：「緣鳶，不許無禮！」說話的是一名瘦削少婦。龔緣鳶低下了頭，輕呼了一聲「娘」，池倫凱打了個哈哈，轉對那少婦說道：「巧三娘，女孩兒開個玩笑不礙事，別當真。」那少婦巧三娘蹙眉道：「池大哥，你也太放縱孩子們了。」

池倫凱尚未說，卻聞得前方傳來怒罵聲，緊接著更有人掉落水裡，開口呼救求助。那男孩陸萬里雙眼發光，扯著池倫凱的衣衫道：「有惡霸攔劫渡船，我們快上前救人！」這時候有兩名少婦從船艙裡鑽了出來，其中一名聞言啐了一聲道：「成天想當大英雄，和你爹爹少年時一個模樣！」說話的正是陸萬里的母親袁仰韶。另一名少婦卻赴前將南宮荃摟在懷裡，輕聲說道：「荃兒，別害怕。」南宮荃仰頭說道：「娘，有池表叔在，我才不怕呢！」那少婦慕容心如抬頭和池倫凱相視一笑，池倫凱心中更是湧起一股暖意。

這時候前方傳來一名男子聲音道：「擋道的船隻快閃開，別阻我娘子遊興！」另有一名女子嬌聲笑道：「將軍，將鞦韆盪低一些，我要以湖水洗一洗手呢。」這邊巧三娘聞言臉色微變，喃喃自語道：

「莫非是他們？」龔緣爲抬頭望著母親，奇問道：

「娘，妳認得他們？」巧三娘也不答話，伸長了脖子遙望，只見前面的船隻紛紛划向左右，避開當道馳來的一艘大湖舫，一名高大的白衣漢子豎立甲板上，單手橫挑一根九尺來長的鐵桿，桿身繫了兩條藤繩，繩底套著塊木板，而一名彩裝豔婦則坐在木板上，宛如鞦韆般在湖面上來回晃盪。

迎面而來的船隻見那白衣漢子單憑腰力單手挑桿之餘，還能談笑風生，足見他身手非凡，都不想惹上麻煩，因而多是避道而行，卻偏偏有一艘打著驕陽鏢局旗號的湖舫不避不讓，眼見兩艘湖舫就快迎面撞上了，那白衣漢子眉頭一皺，怒喝道：「喂，你們船上的人是眼瞎了又或是耳聾了？還不讓道？」

驕陽鏢局湖舫的甲板上站著兩名彪形大漢，聞言都刻意大聲笑了起來，其中一名更奚落道：「我鞏焱行走江湖這許多年，所遇見的狂妄之徒還真不少，可是在湖面上要別人讓道而行的還是頭一遭呢！」另一名漢子說道：「大哥，這位兄臺火氣可大了，我們送他下水浸一浸，消一消他火氣吧。」原來這兩人是兄弟，老大叫鞏焱，老二叫鞏淼，是驕陽鏢局的兩位少鏢頭。

那白衣漢子聽了也不生氣，哈哈大笑道：「那也行，不過先由你們兩個下去探探水溫吧。」語畢手一揚，將鞦韆上的彩裝豔婦盪向對方船頭。鞏氏兄弟見那豔婦臉帶笑意地向自己二人連拍兩掌，顯然不將自己放在眼裡，不禁心中有氣，當下雙雙還以一掌，皆使上了七成功力，存心要叫對方好看，不料那豔婦突然變拍為抓，避開自己兩掌，卻在自己手背上各抓了一條血痕。

鞏氏兄弟見那豔婦使巧施詐，抓傷了自己，不禁暴跳如雷，雙雙破口大罵。那彩裝豔婦嬌聲笑道：「兩位這麼大的火氣，比之我外子有過之而無不及，我看還是先由你們下水消氣吧，否則傷口越來越癢，抓爛了皮膚回頭又來怪我。」

鞏氏兄弟聞言大驚，低頭檢視傷口時果然發現血痕隱隱帶綠，立刻便癢了起來。鞏焱怒斥道：「哪來的妖婦？竟這般毒辣！妳不馬上交出解藥來，看我不放把火燒了妳的座船。」那白衣漢子放聲笑道：

「是你們兩個不帶眼識人。我娘子正是堂堂天下第一大毒教，綠石教教主崔小豔！」那豔婦崔小豔也笑道：「我跟你們說，趁早泡一泡湖水還可洗掉傷口上的毒素，再遲恐怕就來不及了。」鞏氏兄弟驚聞對方名頭，那裡還敢遲疑，鞋襪也不及脫，立刻跳到水裡，只惹得崔小豔連聲嬌笑。

這邊龔緣鳶只瞧得呆了，心有餘悸地問巧三娘道：「娘，這女子真的這麼厲害，那一抓就能施毒？」巧三娘慎重點頭道：「江湖上使毒的再沒一人強過她了，那白衣漢子名叫歡將，人稱大將軍，武藝出類拔萃，也是個頂尖人物。娘昔日曾和他們有過節，妳今後若是遇上這兩人，千萬得遠遠避開，明白嗎？」龔緣鳶似懂非懂，只是慣性點了點頭。

這時候一名年近六十的老者踏上甲板，抱拳遙向崔小黜道：「崔教主，在下鞏驕陽，兩位犬子無意中冒犯了崔教主，老夫在此僅代他們向崔教主賠罪，請崔教主恩賜解藥。」崔小黜抬頭望了望那老者，再低頭向浸在水中的鞏氏兄弟說道：「難得鞏老前輩低聲下氣代為求情，我就饒了你們。要解這陰妃爪毒不難，你們只要耐得了臭味，往糞池裡抓一把糞敷在傷口上，毒素自消。」

鞏氏兄弟見崔小黜仍是戲弄自己，又是氣得破口大罵。那老者鞏驕陽見崔小黜不給面子，臉色一沉，縱身躍上鐵桿桿頭，使出千斤墜，壓得崔小黜所乘的鞦韆往湖面急墜。崔小黜吃了一驚，雙手抓牢藤繩一拉，身子向上急竄。鞏驕陽彷彿早已料到，只見他伸足鉤牢藤繩，使巧勁一提，那塊木板椅座急急向崔小黜後背打到。崔小黜纖腰一扭，左足踢向椅座，不料鞏驕陽乃是使詐，只見藤繩往崔小黜足踝一套，隨著鞏驕陽橫腿一踹，崔小黜再度被拋向湖面。

那白衣漢子歡將沒料到這鞏驕陽竟是個辣手人物，自己又騰不出手來救援，只得開口喚道：「鞏老前輩手下留情！」鞏驕陽右足微晃，引得崔小黜離水面不及半尺處來回旋晃，這才轉頭答歡將道：「老夫也不想和綠石教撕破臉，大將軍只要交出解藥，老夫立時便將尊夫人送回船上。」歡將見對方肯讓步，連忙回頭向船艙內喚道：「峰兒，快將陰妃爪的解藥拿上來。」

這時候巧三娘幾人所乘的湖舫已駛近兩幫人馬的座船，袁仰韶見崔小黜被鞏驕陽倒吊懸提於湖面上的滑稽模樣，心中大感痛快，喃喃自語道：「臭婆娘，活該妳有今天。」陸萬里奇問道：「娘，妳怎麼咒她了？」袁仰韶解釋道：「那是個壞女人，你爹往日還曾在她手下吃過虧呢。」陸萬里恍然大悟，提高了嗓子大聲喊道：「老伯伯，快將這壞女人浸到水裡……」池倫凱站得最近，大驚之下連忙伸手捂緊陸萬里的嘴。

崔小豔貴為綠石教教主，今日於眾目睽睽之下竟被鞏驕陽戲弄，實乃畢生一大恥辱，哪耐得旁觀者指指點點，聞言即刻狠狠瞪視陸萬里。袁仰韶大吃一驚，連忙將陸萬里拉到身後，池倫凱更明白這女魔頭惹不得，急急吩咐船伕將湖舫划開。

袁仰韶心中忐忑不安，轉問慕容心如道：「妳說那女魔頭可將我們給認了出來嗎？」慕容心如安慰她道：「我們已多年不見，何況她又是倒吊著，我看她未必……」話沒說完，突然呆望對方座船，目中露出驚訝之色。袁仰韶順著她目光望去，只見一名年紀和陸萬里相若的男孩手裡提著一個鐵盒子，急急奔向船頭。袁仰韶見了也是一怔，喃喃說道：「你看他那雙濃眉，還有他面形輪廓，活脫就是龍大……」慕容心如不待她說完，悄悄捏她手掌示意，二人偷眼望向巧三娘，只見後者一臉驚訝之餘，更是目含淚光，心中顯然震撼不已。

池倫凱輕咳一聲，開口問道：「那鞏驕陽是什麼來路？以他的身手而論，不可能是無名之輩。」袁仰韶道：「那當然，他開的驕陽鏢局可是潤州內最有名望的，就連我們在數十里外的揚州也有所聽聞。慕容姐姐，你們南宮府遷入揚州城北已有七年，也該有聽到他的名頭吧？」慕容心如輕輕搖頭道：「我終日忙著幫妳天賜表哥打理帳目，也沒去理會江湖上的事。」袁仰韶續道：「驕陽鏢局幾年前和江南道的東江神刀門聯姻，鞏驕陽將獨生愛女嫁給了東江神刀門掌門後，勢力更是倍增，在潤州內已無人能望其項背了。」

池倫凱點頭道：「難怪就連崔小豔這等人物，也要栽在他手裡。」袁仰韶不屑道：「那女魔頭不過會使毒，單武功而論比起我們神鞭巧三娘恐怕還略遜一籌呢。」巧三娘搖頭道：「我們已十來年沒見面，妳又豈知對方沒能另攀高峰？再說歡將武藝出神入化，我們這船上沒一人鬥得過他。」眾人皆知巧三娘所言不假，一時都暗地裡憂心，好在崔小豔被鞏驕陽纏緊，沒能隨後追來找自己晦氣。

過不多久，湖舫抵達君山島，只見碼頭處停泊了不下於百來艘船隻，由碼頭延伸向湘妃廟的山路上更是人來人往，宛若趕集人潮。幾個小孩興奮得緊，南宮荃更是頻頻問慕容心如道：「娘，這些叔叔阿姨們都是來這裡替他們的小孩祈福求祥嗎？」慕容心如含笑點了點頭，龔緣鳶卻蹙眉道：「這許多人同時上香祈福，湘妃娘娘豈不是應接不暇？」慕容心如失笑道：「上香時倒不怕人多，只要妳心中懷誠，手上的香火定然會裊裊升空，將妳心中的祈願傳到湘妃娘娘處，但妳若心無誠意，香火經風一吹就散了，湘妃娘娘是不會聽到的。」

池倫凱含笑問南宮荃道：「荃兒，妳要妳娘替妳求些什麼？」南宮荃想也不想就回道：「我要爹爹多多留在家裡陪我們，不要成天忙著做生意。」慕容心如婉憐道：「荃兒，爹爹業務忙，那是沒辦法的事。」南宮荃嘟嘴道：「可是緣鳶姐姐說過，一個人若有心，再忙也抽得出時間呀！」

池倫凱見慕容心如一時語塞，便輕輕咳了一聲，轉問陸萬里道：「那你又想你娘替你求些什麼？」陸萬里雙目發光，瞧了袁仰韶一眼後卻垂頭嘆息道：「我心中想要的我娘才不肯給呢。」袁仰韶揚眉問道：「你倒說來聽聽。」陸萬里躊躇道：「我長大後要做個行俠仗義的俠客，即不想學爹爹那般做鏡莊生意，也不想幫奶奶了她那一宗心願，學醫濟世。」袁仰韶白了他一眼道：「那你吃什麼喝什麼？如今就連丐幫也得做生意過活了。」池倫凱瞧著陸萬里滿腹委屈的模樣，只能伸手摸了摸他頭頂，再轉問龔緣鳶道：「那妳呢？」

龔緣鳶想了一想，搖頭說道：「這世上有娘照顧我，天上爹爹的神靈也照著我，長大後要做什麼我一時還沒想清楚，還真不知道該求些什麼呢？」池倫凱取笑道：「那妳就祈求將來嫁個行俠仗義的大俠客，好讓他一輩子照顧妳好了。」龔緣鳶飛紅了臉，白了陸萬里一眼道：「將來我自會跟我娘學得一身好武藝，又何必他人來照顧我呢？」袁仰韶笑道：「哎喲！我們龔姑娘可不比一般姑娘，要自食其力呢！緣鳶，袁舅母告訴你一個祕密，這世上每一個男子一生下來，就注定欠一名女子半世的情債，只要兩人有緣相遇，那男子就會心甘情願地照顧那女子餘生，再辛苦也無怨無悔。」池倫凱聞言心中一動，偷偷瞄了慕容心如一眼，心裡既歡愉，又傷感，臉上卻只能裝作若無其事。

慕容心如心中另有所思，卻沒留意到袁仰韶的話語，原來她見巧三娘默不出聲，眉梢含憂，知她心中難過，便走到她身旁握緊了她手掌，輕聲勸道：「三娘，妳別胡思亂想了，人有相似，剛才那男孩長得像龍大哥也不出奇。」巧三娘苦笑道：「我沒事，慕容姐姐妳有心了。」

七人到了湘妃廟，只見人潮洶湧，廟內香火瀰漫，慕容心如見孩子們被香火嗆得難受，便吩咐池倫凱帶了三個小孩到後院玩去。孩子們樂得在花叢間撲蝶戲蜂，池倫凱則在一旁守護。過得一會兒，池倫凱留意到廟後草坡上有一對青年男女彷彿正在作畫，好奇心驅使下便信步走近觀賞，只見那男子手中握著一把鐵尺，正聚精會神地將湘妃廟的結構照比例畫了下來，那女子在一旁幫眼，見池倫凱走近時向他報以一笑。

池倫凱見這女子笑起來左頰有個極深的酒窩，神態甚是友善，便也回報一笑，開口問道：「姑娘，你們是考究這座湘妃廟建築結構來了嗎？」那女子點頭道：「我爹爹在河北道瀛州是鼎鼎有名的建築師，這一回派了我兄妹倆南下，考察各地的名樓建築呢。」那作畫男子眉頭一皺，輕聲斥道：「哪有人這般自誇的？一點謙虛之道也不懂得，這不惹人見笑嗎？」那女子不以為然道：「我若長得美，逢人卻自稱奇醜無比，那就是虛偽了，何來謙虛之道？我們爹爹在瀛州內明明是頂尖的建築師，卻偏偏要降他一兩級，這又是什麼道理呢？」

那男子說不過妹子，只好向池倫凱報以一抹苦笑。池倫凱見他右頰也有一顆極深的酒窩，不禁失笑道：「你們兄妹倆可有趣了，各有左右一顆酒窩！」那女子也燦然笑道：「我娘的兩個酒窩才叫深呢！何況她本身姓酒，名字就叫酒窩兒。我叫向海璐，這是我哥哥向嶽淩，不知閣下怎個稱呼？」

池倫凱見向海璐不過二十歲上下年紀，性子卻豪邁爽朗，全然沒有一般少女的靦腆之態，便也自報姓名，又指著那幅畫問道：「在下對建築是門外漢，倒要向兩位請教，這座湘妃廟到底有什麼特色。」向海璐搶先笑著道：「池兄向我們兩人討教就對了，若是單問我哥哥，以他謙虛之道應對，這座湘妃廟只怕要縮剩一半，若是由我來誇，又會增多一層，我倆加加減減的，就實在了。」

瞧那向嶽淩不過比他妹子長了二、三歲，性子卻沉穩許多，只聞他從容敘道：「這座湘妃廟為三進式合院，正殿最高最大，前殿次之，後殿又次之，這就遵從了主次尊卑的哲理。正殿前的庭院兩側迴廊繞院，左右配殿遙遙相應，也符合了陰陽五行、井然有序的概念。整體而言方正端肅、氣象豪雄，既藏風得水，又聚氣迎神，此謂富貴格局也。」

向海璐也加插道：「池兄且瞧那三殿屋脊，正殿為重簷歇山式，前殿採三川式，後殿卻是單簷硬山脊，同樣是遵那主次尊卑之序。正殿內石柱底的柱珠各為八角型，比之前殿的六角柱珠，後殿的四方柱珠為尊貴，也是同個道理。」

池倫凱一怔，不禁嘆服道：「原來這其中還有許多學問，我今天倒是茅塞頓開了。」向海璐樂道：「這還是最粗淺的學問，廟裡所採用的木、石、瓦等建築材料，梁枋之間的斗栱與吊筒，石窗、石牆上的雕刻各有學問，說上三天也……」話沒說完，向嶽凌卻打斷她的話語，手指池倫凱身後道：「池兄，那三個小孩是隨你來的吧？」

池倫凱回頭一看，卻見有三名陌生男子圍住了龔緣鳶三個小孩，也不知在說些什麼。池倫凱微感不安，提高嗓子喚道：「緣鳶、萬里，帶荃兒過來。」不料他話一說完，三名男子突然各別提起一個孩子，發足向山腳奔去。

池倫凱只嚇得心膽俱裂，連忙施展輕功，飛步追去。那三名男子雖然各提了一個小孩，足下卻絲毫不慢，池倫凱直追到了半山腰，才趕上三人的步伐。後面那名男子突然向同伴招呼了一聲，將懷中龔緣鳶交給前面一人，自己卻抽出長劍，轉身向池倫凱連刷三劍。池倫凱早已握劍在手，此刻狠狠還得三劍，便待奪路而過。那男子知他心意，長劍左刺右挑，竟是纏緊了他。池倫凱眼見前面二人飛快地奔向碼頭，心裡又急又氣，正沒理會時，眼角卻瞥得兩個人影飛步奔過，耳中更聞向嶽凌的聲音道：「池兄放心，我們助你一臂之力。」池倫凱心中微寬，當下沉著接招，再對得數劍，更是蹙眉問道：「這是六合門劍法，你到底是誰？」

那名男子彷彿微窘，哼了一聲道：「你眼光倒不差，認得六合門劍法，只不過我如今已另投明主，坐不改姓，立不改名，綠石教三大護法之一，程雷是也。」池倫凱聽說對方是綠石教人物，心中更是憂心，只恨自己方才粗心大意，這才容得三個小孩落入對方手中。

話說向嶽凌兄妹再追得一陣，已趕上手提兩個小孩的男子。向嶽凌抽出鐵尺，急點男子後頸，那男子應變也快，舉起南宮荃小小身子往後一擋。向嶽凌瞧得極準，尺端轉打敵腕大稜穴，那男子手腕一酸，南宮荃已跌滾在地，被向海璐一個箭步搶上抱起。

向嶽凌趁那男子一愕之間，鐵尺急打他後腰。那男子左手橫抱龔緣鳶，右掌反拍向嶽凌肩頭，向嶽凌沉肩避過，鐵尺連點敵腿上伏兔、足三里二穴。那男子叫了聲「好」，移步避過，又是一掌拍出。向嶽凌鼻中聞到一股異味，仔細一瞧，卻見那名男子手上戴了一隻金絲手套，五指指端帶有小勾，隱隱見綠，想必藏有毒素。向嶽凌眉頭一皺，開口問道：「你們是綠石教人物？」那名男子傲然一笑道：「不錯，小夥子不想惹禍上身的話，此刻退下還來得及。」

向嶽凌尚未說，忽聞向海璐驚怒交集地喝道：「哥哥，這混人向女孩兒下了毒，快拿下他逼取解藥。」原來向海璐替南宮荃解了穴道後，卻奇見女孩兒哭著喚痛，細瞧之下才發現南宮荃左臂有條小小的血痕，抓傷處卻腫了起來，並且隱隱帶綠。向嶽凌聞言大怒，手上加緊攻勢，嘴裡更斥道：「堂堂一位武林人物，竟向小女孩下毒手，你還要臉不要？」

那男子臉上大紅，原來他方才失手掉了南宮荃時，金絲手套上的指鉤抓傷了女孩手臂，卻非他有意加害，此刻又聽向嶽凌不屑道：「你最好還是別報上姓名，免得羞辱了歷代祖宗。」那男子明知這是向嶽凌的激將法，卻仍是耐不住大聲喝道：「怎麼不敢說？老子賈意從乃綠石教三大護法之一，難道還怕了你這臭小子不成！」向嶽凌冷聲一笑道：「『小』子你當然不怕，越『小』的你越好欺負嘛！」

賈意從氣得面呈紫漲，「哇」的一聲拋下了龔緣鳶，雙手出掌成風，勢若瘋虎地攻向對方。向嶽凌見賈意從中計，便轉攻為守，一支鐵尺舞得密不透風，頻頻移步向後，引得賈意從緊隨而來。向海璐待二人離得遠了，這才搶到龔緣鳶身旁，解開她穴道問道：「小姑娘，妳受了傷嗎？」龔緣鳶一臉蒼白，驚魂未定，只是咬唇搖了搖頭。向海璐安慰她道：「妳別怕，待我哥哥拿下這惡人，再逼他拿出解藥，替妳妹子解毒。」

向嶽凌見向海璐說得輕鬆，心中卻是哭笑不得，原來賈意從拋下了龔緣鳶後，騰出了雙手，又兼惱羞成怒之際，出手更帶雷霆之勢，招招欲取敵命，向嶽凌全力舞動鐵尺，盡採守勢，這才勉強抵住了敵招。此刻但求對方金絲手套不抓傷自己，哪還能盼拿下對方，逼取解藥呢！

那邊廂程雷與池倫凱對敵之際邊戰邊退，轉眼已近向海璐一群人。池倫凱眼角瞥得兩個女孩無恙，先是鬆了一口氣，待發現不見陸萬里蹤影時，卻又急了起來，提聲吩咐道：「緣鳶，快招喚妳娘前來相助！」龔緣鳶驚魂方定，聞言即刻從懷裡掏出一支象牙笛子，就嘴急吹，但聞一縷高亢的笛聲層層疊疊，衝上雲霄。

過不多久，果然見三個人影從山坡上飛奔而來。程雷眼見情況不利，向賈意從打了一聲招呼，雙雙轉身奔向碼頭，池倫凱與向嶽凌則緊追在後。慕容心如三女奔至時，先是驚見南宮荃受創，再來更駭聞陸萬里遭拐，當下抱了兩個小孩，急急追下山去。到了碼頭，群女見池倫凱已吩咐船伕張帆備航，便都躍上座船，啟航追向前方綠石教的湖舫。

慕容心如見南宮荃啼哭不止，心中疼痛不已。袁仰韶一想到陸萬里此刻已落入崔小豔手中，更是心驚膽顫，幾乎便要哭了出來。巧三娘則一邊安撫著龔緣鳶，一邊追問事發狀況。龔緣鳶心有餘悸地敘道：「那三人一上來便問我們哪個小孩姓龍。我向表哥打眼色，他卻沒瞧見，還一一報上我們的姓名，說沒一個姓龍的。後來池大叔一喚我們，他們就出手將我們點倒了。娘，妳和爹昔日與綠石教到底有什麼過節？」巧三娘嘆了一口氣，柔聲說道：「這事說來話長，改日娘自會向妳解釋清楚，待會上了敵船，妳寸步不可離開娘，明白嗎？」

兩艘湖舫一追一逃，到了湖心，綠石教的座船突然停航，更聞船上遠遠傳來程雷的聲音道：「綠石教教主崔小豔，恭請神鞭巧三娘，與客舫上的諸位朋友上船一聚。」巧三娘幾人面面相覷，心知前方乃龍潭虎穴，可是事到如今，卻也無退縮餘地。

八人上了敵船，只見崔小豔與歡將伉儷端坐船頭兩架虎皮高背椅，程雷與賈意從分立左右，另有一名男子抓牢了陸萬里，靜立後方。袁仰韶心中一急，大聲喝道：「角不從，你要是傷了我兒子，我跟你沒完沒了！」那男子果然便是綠石教三大護法之一的角不從，只見他嘴角帶笑道：「陸夫人，我們多年不見，妳怎麼一見面就要撕破臉皮？怎麼說當年我也是您婚禮上受邀的貴賓之一呀。」袁仰韶也不理他，憂心忡忡地問道：「萬里，你可受傷了？」陸萬里一臉剛毅之色，搖了搖頭道：「娘，我沒事。他們再逼我，我也不說。」袁仰韶一愣，反問道：「說什麼？」陸萬里道：「他們要知道緣鳶表妹的出生日期，我可沒說。」

巧三娘聞言臉色一白，伸手將龔緣鳶拉到身後。崔小豔冷冷一笑，開口說道：「其實不問也知，那女孩兒必是總章元年十月之前出生的吧？」池倫凱見巧三娘被逼得窘了，便踏前兩步，朗聲斥問道：

「崔教主，以您堂堂一教之主，竟派人擄拐幼童，又對小孩兒下毒，難道不怕江湖上人恥笑嗎？」崔小豔蹙眉道：「我幾時對小孩兒下毒了？」池倫凱手指啼哭不休的南宮荃道：「這小孩手臂被貴教賈護法抓傷，才不過一時三刻，已腫了兩倍，這毒可下得不輕呀。」

崔小豔揚眉望向右方，只見賈意從臉上微紅，躊躇道：「啟稟教主，方才屬下劇鬥之際，不小心抓傷了小孩，實屬無心之過。」崔小豔眨了眨眼，正待狡辯，眼角突然瞥見慕容心如，心中一動，開口問道：「這是南宮天賜的小孩嗎？」慕容心如踏前一步，婉言相求道：「崔教主，外子和貴教素來互不相犯，這既是無心之過，便懇請崔教主恩賜解藥。」崔小豔點了點頭，吩咐賈意從道：「把解藥交給南宮夫人。」慕容心如沒料到崔小豔如此輕易賜藥，心中喜出望外，接過解藥後連忙替女兒塗上。

袁仰韶見狀把唇一咬，也低聲下氣求道：「崔教主，我這孩子……也請您交還我吧。」崔小豔瞄了陸萬里一眼，微微笑道：「你這孩子骨頭硬得很，問什麼都不答，留著也無趣，我倒願意用他來交換那位龍小姑娘，只不知巧三娘可否願意？」巧三娘尚未說，陸萬里先大聲搶著說道：「首先，我表妹姓龔，不姓龍。再來，我也不會允許我表妹落入妳手中的，妳要殺便殺，我也不怕。」袁仰韶一驚，連忙制止道：「萬里，別多說話。」

崔小豔瞧著有趣，竟爾開口讚道：「想當年你爹爹在我的五毒鐵蛇陣圍攻下吃了虧，中了毒，傲然卻不肯委屈他大哥替他換取解藥。看來你這小孩確有乃父之風呢。」陸萬里只覺胸中豪氣萬丈，傲然說道：「不錯，妳這臭婆娘有什麼毒招儘管使出來，我皺一皺眉頭就不算好漢。」袁仰韶大驚，再次喝道：「萬里，我叫你別說話！」崔小豔眉頭一揚，瞪視陸萬里道：「你膽敢當面罵我，難道真不怕我將你砍成肉碎嗎？」陸萬里回瞪她道：「我和我娘今早在船上就把妳罵過了一頓，嫌不夠，這會兒還想罵呢！」袁仰韶只氣得七竅生煙，怒極斥道：「你再不住口，不用崔教主出手，娘先把你砍成肉碎！」

巧三娘擔心陸萬里惹火崔小豔，搶先開口說道：「崔教主，我們的恩恩怨怨不是早已了結了嗎？為何又要掀開舊疤呢？」崔小豔瞄了龔緣鳶一眼，緩緩說道：「我原不知妳替他……替他養了個女兒。」巧三娘暗中吸了一口大氣，意味深長地勸道：「崔教主，妳本身也有個兒子，妳不希望兒子有朝一日遭遇不測吧？」崔小豔哪能聽不出巧三娘的言外之意，當下冷冷哼了一聲道：「妳好大的膽子，竟敢當面要脅於我！妳上了我的船，難道還想活著離開？」語畢拍了拍手，立刻便有十來名教徒分立左右船舷，將巧三娘幾人團團圍住。

眾人只見人影一閃，巧三娘不知怎地已越過眾教徒，瘦削的身子在船舷欄桿上隨風搖晃，彷佛隨時都可能墜入海中，更聞她緩緩說道：「妳今日若是傷了我女兒，又或我哪位朋友，就要擔心我日後在妳兒子身上加倍奉還，妳防得了多少年，就得擔多少年的心，這事可划不來，但盼崔教主三思。」

在一旁一直靜坐不言的歡將此刻突然拍起手掌，朗聲大笑道：「巧三娘，想不到十來年不見，妳的武藝是更上一層樓了。不過這些年來我娘子也沒閒著，這會兒且容我賣弄賣弄我娘子最近發明的一項玩意兒。」語畢低聲向程雷吩咐了幾句。只見程雷走入船艙，扛出了一個五尺長、兩尺寬的玻璃缸，裡頭裝滿了水，並養了十來條活脫鮮跳的洞庭鯽。眾人雖處危境，仍是好奇心起，都想瞧瞧歡將玩什麼花樣。

歡將本身長得高大威猛，面相又佳，是不折不扣的一名美男子，向來都引以為傲，此刻在眾人注目之下，立起身將衣衫扯直，踱步走到魚缸旁，從懷裡掏出一個玻璃瓶，舉高了讓眾人瞧個清楚，燦然一笑道：「這裡頭裝的是火流紅，我現煮一道紅燒洞庭鯽讓各位見識見識。」語畢開了蓋，滴了一小滴紅汁入缸，眾人只聞絲絲聲響，缸內清水頃刻間便染成了血紅色，幾條洞庭鯽奮力擺尾跳躍，濺得水花四射，其中一條躍得高了，掉落在甲板上，只見魚身已燒成半紅熟，再翻跳了幾下，便奄奄一息的軟躺不動了。眾人雖不出聲，心中都驚駭不已，想那火流紅單是一滴就有如此威力，巧三娘若是躍入海中，歡將只須將火流紅隨後拋入，便能將她炙成重傷，恐怕更會溺於水中呢。

巧三娘臉色蒼白，握緊雙拳強自定神，再轉目盯緊歡將說道：「大將軍，尊夫人和我之間的過節，你不準備插手管吧？」歡將微微一笑道：「我唯夫人是命。」巧三娘正色道：「早知如此，我當年在年府那一戰就不該手下留情。」歡將突而滿臉通紅，目中盡是羞惱之色。眾人一聽，便知道巧三娘昔日於歡將曾有不殺之恩。

崔小豔心知歡將最愛面子，當下哼了一聲說道：「巧三娘，今天的事不用外子出手，我自能了斷。」巧三娘所懼者唯歡將一人，如今見他被自己以言語擠住，不得出手，心中稍寬，當下一縱回躍甲板中央，解下腰間長鞭，朗聲說道：「崔教主，今天我們刀劍上見真章。若是我敗落，當任由妳處置。若是我僥倖勝了，妳也不吃虧，我不單應諾今後不傷妳兒子一根寒毛，日後他若有危難，我更會盡我所能，助他脫險。」

原來巧三娘明白自己一夥人處境十分不利，崔小豔只要一聲號令，己方數人當中必有傷亡，因此以利誘之，暗盼她答應單挑決勝負。崔小豔果然動了心，低頭一陣沉吟。池倫凱與慕容心如對望一眼，也開口說道：「崔教主，今後令郎若是有難，我們池家與南宮世家也答應假以援手。」崔小豔暗想池家與南宮世家皆是江南水稻商七大霸之一，財力十分雄厚，當下不再遲疑，肯首說道：「一言為定。」語畢向角不從揮手示意。

角不從出手解了陸萬里穴道，托住他後腰往前一送，將他推到崔小豔面前。陸萬里面無懼色，手指崔小豔說道：「妳別以為妳放了我，我就會領妳的……哎喲！」話沒說完，已遭巧三娘揮鞭捲緊，往後送到袁仰韶身旁。袁仰韶出手如風，連點兒子麻啞穴，又附送了兩記耳光，再嚴聲斥道：「叫你住嘴你偏不聽，回去要你好看！」

崔小豔雙手一拍，已有教徒送上一對鹿角刀。眾人突聞向海璐「咦」的一聲怪叫，齊齊向她望去，只見她由身後抽出兵器，竟也是一對鹿角刀。眾人細看之下，卻見這奇形兵器各別形似鹿角立豎，互扣又成日月相疊，前後左右皆是刃鋒，一共四尖八刃，端是小巧玲瓏，為短兵械之奇器。只是崔小豔那一對鹿角刀日月相交處嵌有兩顆耀眼的綠寶石，比之向海璐的那一對身價自不可同日而言。

崔小豔接過那對鹿角刀，縱身而起，三個連環觔斗翻過巧三娘頭頂，在她身後輕輕落地。巧三娘先是一愣，隨即立刻明白，湖舫船頭朝東，此刻太陽偏西，崔小豔若不搶先換位，便得耐那西照之苦，由此可見這女魔頭絕對不肯吃虧。巧三娘剛悟得這道理，已聞身後風聲急響，卻是崔小豔一對鹿角刀攻了過來。

眾人定眼觀戰，但見巧三娘一條長鞭騰空之勢矯若遊龍，起落之際倏然作響，攻敵下盤有如深谷旋風，橫托斜挑，襲敵上盤又若暴雨疾風，強砸猛劈，乍看之下似乎全為剛猛招數，可是再瞧得一陣，卻見那長鞭突而靈推巧提，宛若輕風透林，盤枝纏根，又如頑風撩裙，叫人捉摸不定，一套龍尾風鞭法百變千巧，旁觀眾人只瞧得眼花撩亂，嘆為觀止。

另一廂崔小豔一對鹿角刀左穿右鑽，上下飛騰，走的是靈巧套路，拉割挑扎之勢宛若靈鹿竄石攀岩，剁劈削之姿又如春鹿翩躚起舞，一套靈鹿十八式端是炫巧奇妙，再加上崔小豔一身彩裝，舞起刀來婀娜多姿，煞是好看。

二女鬥得一陣，眾人都瞧得出巧三娘漸占上風，要知鞭長刀短，崔小豔於兵刃上先吃了虧，再加上她的套路靈巧有餘，勁霸不足，於長鞭的強烈攻勢之下，被逼得逐漸守多攻少。袁仰韶瞧著暗自歡喜，悄悄對慕容心如說道：「我預計三娘於百招之內必能將這女魔頭打敗。」慕容心如眉梢藏憂，輕輕搖頭說道：「崔小豔鬼計多端，不是那麼容易對付的。更何況三娘還得提防她施詐使毒呢。」袁仰韶秀眉微揚，一副不以為然的樣子。

說話間崔小豔招數一變，只見她踏步極慢，出手全採守勢，緩緩踱步繞著巧三娘走了一圈。眾人皆是皺起眉頭，不明白崔小豔何以捨長取短，棄了靈動巧變之勢，採那笨拙呆滯的章法。袁仰韶瞧著更是心花怒放，語帶不屑道：「一百招是抬舉了她，我看她五十招之內就得敗落了。」

這時候向海璐也喃喃自語道：「鹿角刀的套路絕無此章法，這其中必有古怪。」話剛說完，忽見崔小豔招數一變，反守為攻，迅速絕倫地向巧三娘連進三招。巧三娘方待向後滑避，不料鞋底遇上強力黏液，提足慢了，竟遭鹿角刀在腿上劃了一道血痕。眼見崔小豔第二刀緊接而來，巧三娘強耐傷痛，提足後竄，怎料鞋底又再度遭黏液沾緊。巧三娘這一驚非同小可，危急間從鞭握中抽出祕藏匕首，堪堪擋了一刀。眼見崔小豔第三刀又劈到，巧三娘逼不得已，一個後翻身掙脫了鞋子，光著白襪落足數丈外。

這一下突起驚變，只看得旁觀眾人目瞪口呆，一時弄不明白。原來崔小豔鞋底內有乾坤，祕藏一種由燕沫、蝠糞、蜜糖提煉而成的乾癟葉片。這是崔小豔自己特調的祕方，並起了個好聽的名字，叫情難捨，她方才緩緩踱步，便是催動足底熱氣，將這一片片的情難捨溶成液狀，使之沾於甲板上。巧三娘出其不意被黏緊，立刻便吃大虧。崔小豔鞋底另塗有防黏物，卻不受其沾黏。

巧三娘驚慌之餘，急急舞動長鞭，在身周築起一道銅牆鐵壁。崔小豔展開身形遊走四方，刀法一變，出手盡是辛辣招數，招招遞向對方必救之處，只攻得巧三娘左支右絀，險象環生。眾人這才明白崔小豔起先落於下風，只不過是刻意示弱，此刻但見她招數精妙，力霸勁足，比之巧三娘毫不遜色。袁仰韶一群人瞧得瞠目結舌之餘，更是為巧三娘極度憂心。

巧三娘鞭法雖妙，但每一提足必遭沾黏，身法大打折扣。二女再鬥得十來招，巧三娘左肩又捱了一刀，腳上一雙白襪更脫了底，被逼赤著雙足應戰，實是無比尷尬。巧三娘心念急轉，眼角瞥得船舷處那個大魚缸，立刻便有了主意，只見她揮鞭橫掃，捲起魚缸一托，臨空向崔小豔砸下。崔小豔一聲嬌喝，翻身後竄，輕巧巧地落在十丈外。那魚缸「碰」的一聲，在甲板上砸得支離破碎，撒滿了一地紅汁水。

巧三娘不待崔小豔喘氣，長鞭就地一刷，已捲起一堆玻璃碎片，夾著點點紅汁水，像一道流星般射向崔小豔。這些玻璃碎片不同於一般暗器，無法用手接擋，何況崔小豔天生愛美，哪肯容得紅汁水沾上衣裙，只見她雙足一蹬，已躍上船桅。巧三娘揮鞭不止，一道道夾著玻璃碎片的紅汁水陸續射向崔小豔。崔小豔眉頭一皺，翻身躲到船帆背面，那千百塊玻璃碎片便都嵌到船帆上。

忽聞向海璐大力鼓掌，高聲叫好道：「巧三娘，妳這招紅足現形記可妙了，換作是我，就是想破腦袋也想不出這高招妙方呢。」崔小豔大奇，從帆沿探頭一看，不禁吃了一驚，原來巧三娘揮鞭刷地，將一灘紅汁水刷個乾淨，僅剩一片片情難捨所黏緊的紅汁玻璃碎片，由船桅高處下望，清晰可見二十來個紅足印。這麼一來，她精心布置的情難捨隱陣再無效應。

崔小豔氣惱之餘，眼見巧三娘正低著頭包紮腿上傷口，當下也不遲疑，縱身下躍，臨空將手中一把銀針射向巧三娘。巧三娘吃了一驚，斜縱避過，不料崔小豔第二把銀針緊隨而至。巧三娘右足一點，堪堪避過，隨即後背劇痛，卻是吃了崔小豔一刀。觀戰眾人齊聲驚呼，龔緣鳶更是嚇得面無人色，顫顫而抖。崔小豔貼近敵身，雙刀連連搶攻，不容對方展開鞭法。巧三娘見崔小豔跟得緊了，急揮匕首勉強擋得兩刀，乘隙雙足一蹬，飛身上了船桅。崔小豔哪容得對方喘氣，如影隨行飛身跟進。巧三娘在船帆與桅桿間左閃右躲，顯得頗為驚慌。歡將舉目橫掃，只見觀戰眾人個個嚇得臉青唇白，禁不住得意笑道：「各位不必驚慌，我娘子想留的只是巧三娘與她女兒二人，你們皆可安然離去。」

歡將話剛說完，忽聞巧三娘一聲嬌喝，由桅頂飛身下撲，手中長鞭同時後甩，向帆角捲去。崔小豔緊追在後，方才飛身離桿，即聞得歡將驚呼道：「小心後面！」崔小豔眼角一瞥，頓時嚇得心膽俱裂，原來巧三娘下撲之前早已在繩結處割了一刀，此刻用長鞭一扯，那面嵌滿玻璃碎片的大帆布便向崔小豔罩了下來。崔小豔身在半空，無論如何躲避不過，心知自己若被罩住，巧三娘只須轉身一刀，自己便要送命。

就在這時，只見歡將立起身來，雙手分抓椅背虎皮，同時奮力甩出。眾人只見那張虎皮旋轉而至，恰恰蓋住了崔小豔身子，高背椅則沖天而上，將大帆布一角往後摺，免去了崔小豔遭覆蓋之險。眾人還未回過神來，歡將已搶前將崔小豔扶起，目中滿是關懷神色。

巧三娘強忍後背傷痛，向歡將伉儷抱拳道：「在下逼不得已，得罪了，但盼崔教主言而有信，容得我們離去。」歡將心知崔小黼心高氣傲，當下搶先說道：「巧三娘，我此刻一聲號令，你們這群人恐怕沒一個能活著離船。念在昔日妳也不曾趕盡殺絕，我便放你們一條生路，今後誰也不欠誰的，你們這就走吧。」

池倫凱一夥人聞言大喜，扶著巧三娘回到座船，立刻啟航離去。群女湧入船艙內，馬上替巧三娘寬衣驗傷，只見左臂與右腿二處刀傷入肉不深，倒是後背那一砍深可見骨，只痛得巧三娘冷汗直冒，下唇更咬出血來。龔緣鳶淚眼盈眶，從旁協助慕容心如替巧三娘上藥扎傷，袁仰韶取水遞巾之際，嘴裡嘮嘮叨叨，不忘詛咒崔小黼。

向海璐從懷裡掏出一個白瓷瓶，從中倒出一顆黃丸，栽入巧三娘嘴裡說道：「這是我家傳的止痛丸，妳含在嘴裡大力吮吸。」巧三娘依言而行，只覺那丸兒酸得厲害，一吮之下痠麻之感直透腦髓，竟將疼痛之感蓋過。巧三娘精神一振，奇問道：「這丸兒叫什麼？竟這般神奇！」向海璐回道：「我外公號稱鬼醫，昔日與神醫薛言齊名，在武林中大有名堂，可惜他英年早逝，我也無緣見到他。這丸兒是他特製的祕方，就叫謝停封，能暫時封癢止痛。」

慕容心如包紮好傷口後，輕輕嘆了一聲道：「三娘，妳膽子也太大了，竟敢挨她那一刀。」巧三娘苦笑道：「崔小黼心高氣傲，又蠻不講理，我若不挨她那一刀，容她消一消氣，即使將她打敗了，她也不會依言讓我們離開的。」袁仰韶與向海璐雙雙一怔，這才明白巧三娘所捱的那一刀原來另有文章。

慕容心如撫著龔緣鳶的頭髮道：「妳娘雖然武藝高強，我最佩服的卻是她的心竅與膽識，她若有野心另起爐灶，立教創派，絕對可以和崔小豔相庭抗禮。」龔緣鳶見慕容心如對母親讚譽有加，自是引以為傲，可是低頭瞧見母親傷得如此之重，眼眶禁不住又紅了。巧三娘憐愛地望著女兒，口裡卻對慕容心如說道：「慕容姐姐，你們先出去，我有些話要跟緣鳶說。」

群女依言退出船艙，池倫凱與向嶽凌立刻迎上，追問巧三娘傷勢。慕容心如俯視熟睡的南宮荃，見她左臂上腫毒已消，這才放下了心。袁仰韶見兒子面頰尤紅腫不堪，不竟懊悔自己出手太重，可是一瞧見陸萬里沉著臉賭氣不言的模樣，便也狠下心腸，刻意不加慰問。

池倫凱取來一瓶上等桂花酒，替眾人各斟一杯，先行謝過向嶽凌兄妹仗義相助，又探問二人欲往何處。向嶽凌道：「我們四處考察名樓建築之餘，也打算到婺州金華鎮訪友。」池倫凱道：「我明早得護送南宮夫人他們回揚州，正好順路送你們一程。」向海璐喜道：「如此甚好，一路上有伴說說笑笑的，倒不覺悶。對了，那位綠石教崔教主到底和巧三娘母女有什麼深仇大恨，非置她們於死命不可？」向嶽凌蹙眉道：「妳怎麼老實不客氣，一開口就問人家的私事？」向海璐不以為然道：「你不問又怎知人家不肯說？」

第二回　神仙菸貨比歡樂草，迷園陣笑贈響屁詩

池倫凱微微一笑道：「十三年前六詔極樂谷一戰轟動武林，也不是什麼私事。」向海璐追問道：「我們兄妹倆初出道，卻不知有這麼一回事，還請池兄詳敘。」池倫凱道：「當年極樂谷出產一種叫歡樂草的藥物，服之可令人飄飄欲仙，久而久之便成毒癮。他們透過綠石教等四大武林幫派，打算將歡樂草傾銷於大唐國土。」向嶽淩一驚道：「這豈不成了武林一大禍害？」池倫凱點頭道：「龔緣鳶的父親正是瞧準了這一點，不惜混入綠石教，以綠石教護法的身分遠赴六詔，在極樂谷內策劃搞破壞。我們後來裡應外合，一把火將極樂谷內的歡樂草園地燒個精光，這才免除了這一場禍害。」

向海璐睜大了眼睛道：「原來龔緣鳶她父親竟是這麼一位英雄人物，那我們可要同赴揚州拜會拜會他才行。」池倫凱欲言又止，慕容心如卻幽幽嘆了一口氣，放低聲量道：「當年他雖做出了重大的犧牲，卻不為武林眾派所諒解，人人認定他是綠石教人物，是站在極樂谷那一邊的。後來谷內大戰那一夜他在混亂中失蹤，從此再也沒有人見過他了。」池倫凱加插道：「可嘆的是，他的努力卻只換來一身惡名，真正懂他功績的人實在太少了。」

向嶽凌兄妹對望一眼，心中皆對這位人物大感心儀，只是眼見池倫凱數人心懷感傷，暗覺不便追問，便顧左右而言他。待得湖舫到岸，向嶽凌兄妹回到客棧梳洗一番後，同到湖畔洞庭酒樓赴宴，這一頓自是由池倫凱作東。宴畢向海璐遊興勃勃，建議夜遊岳陽樓，慕容心如與袁仰韶卻擬帶孩子們回房休息，池倫凱不忍拂興，便答應陪兩兄妹同去。

三人到了岳陽市西門城樓，抬頭一看，只見樓高三層，層層飛簷，外簷飾有斗栱，下層三踩，上層五踩，個個有如花籃般鑲嵌在屋簷下，簷角飛翹，有如彩鳳展翅，於一盞盞彩燈映照之下，更顯得堂皇富麗。三人讚嘆之餘，迫不及待地登上城樓，就近觀賞，但見橫梁懸有垂花吊筒，豎柱雕有八寶攀龍，就連梁柱之間的雀替也是精雕細琢，十分考究。

池倫凱見向嶽凌兄妹到處敲敲叩叩，禁不住失笑道：「你們兩個真是考究木材來了？」向海璐一本正經地說道：「這是嶺南楠木，力度強、能承壓，是棟梁材料首選。」向嶽凌則取出鐵尺，輕輕敲叩那吊筒，再蹙眉問向海璐道：「妳瞧這像不像是樟木呀？」向海璐揚眉道：「樟木紋理美、木質硬，方能耐得工匠精雕細琢，用它來做垂花吊筒再好不過了。」

池倫凱不諳建築學，眼見向嶽凌兄妹深入探討，頓覺無趣，逕自走到外廊倚欄觀景。這一夜天上無雲，一片星空閃爍，湖面上更是船燈盞盞，宛若黑綢緞上斑斑星爍，煞是好看。正觀賞間，眼角瞥得一名乞丐向自己走來，池倫凱二話不說，拿出幾個銅錢便欲賞他，怎知那乞丐也不伸手乞討，只是上下打量他一身華服，開口說道：「這位爺兒，我可不是來討賞的，是有好東西要孝敬您呢。」池倫凱微微一怔，轉頭細瞧那乞丐，只見他目帶精光，顯是身懷武藝，當下小心翼翼地反問道：「不知這位兄臺有何指教？」

那乞丐查得左右無人，從懷裡掏出一個小鐵盒，細聲說道：「這位爺兒可曾聽說過神仙菸這玩意兒？試過的人有此一說：口裡含根菸，快樂賽神仙。這神仙菸傳自六詔，貨源不多，價錢也不菲，只不過我見爺兒這身打扮，便知道爺兒是肯花錢享樂的人，現下先孝敬爺兒一小盒，待爺兒試過了，體會個中妙處，再回來找我戎老三取貨。」說完將鐵盒開啟。

池倫凱探頭一看，只見盒內兩片細長鋸齒綠葉上盛有一小堆褐碳粉末，這一驚非同小可。當年火燒極樂谷之際池倫凱也在場，認得這兩片綠葉正是歡樂草植被葉種，而那堆褐碳粉末想必是經提煉的歡樂草了。池倫凱暗想此事非追究不可，當下假作驚喜之狀，抬頭說道：「這神仙菸我早聞其名，一直無緣購得，你出個價錢，我替你買下了，只是這盒裡頭分量也太少了些。」戎老三一聽大喜，連忙說道：「爺兒真是爽快！待會兒我正要帶兩位買家去取貨，爺兒若是方便，不妨隨行。」

池倫凱自是應諾，隨即回到岳陽樓內，悄悄將情況分析給向嶽凌兄妹聽。過得一會兒，戎老三果然帶了兩名男子進來。池倫凱一看，心中微驚，原來來者不是別人，正是驕陽鏢局的鞏焱、鞏淼兩兄弟。眾人互相引介一輪後，逐向城南行去。

戎老三領眾人出了城門，朝東南行了兩里有餘，來到一片密林中，果見有十來位乞丐圍著一輛牛車。戎老三快步走到一名五十來歲的老者身前，躬身彙報：「啟稟闞長老，除了驕陽鏢局的兩位少鏢頭外，另有一位池姓客人，也對我們的貨有興趣呢。」說完向池倫凱比了一比。闞長老向池倫凱上下一番打量，開口詢問道：「不知閣下是哪個地方的人？」池倫凱拱手道：「在下江南衡州人。」闞長老眼珠子一轉，追問道：「不知閣下與衡州池府池木宏怎個稱呼？」池倫凱見瞞對方不過，只好回道：「正是家父。」

在場眾人一聽，頓時對池倫凱刮目相看。原來池倫凱之父池木宏自娶了南宮世家的南宮亭後，大力擴展家族的水稻業務，同時也致力行善，近二十年黃河連續三次氾濫成災，池木宏便出錢出力，救濟災民，贏得崇高的讚譽，因此當池木宏將南宮世家世襲的水稻業務改為「池」字號時，並沒有招引太大的非議。至於南宮世家的香火，則由養子南宮天賜延承。戎老三見自己無意中招來貴賓，心中大是歡喜，搶著向闞長老舉薦道：「池公子若肯和我們丐幫合作，以池家的財力配合我們的行銷網，不消三年，便可蓋過綠石教與大運河霸，獨占鰲頭了。」闞長老向戎老三瞪了一眼，似乎暗怪他口不擇言。

池倫凱越聽越驚，沒想到歡樂草不但捲土重來，而且原先的四大幫派中已有三家重獲貨源，積極分銷了，當下打了個哈哈，說說道：「我聽說這神仙菸源自六詔，貨源既在萬里之遙，這生意做得再大也有限，若是無從發展，我倒未必有興趣呢。」戎老三連忙說道：「池公子有所不知，六詔原產地早在十多年前已被夷為平地，我們是在近醴陵的……」話沒說完，闞長老大力咳得兩聲，狠狠瞪視戎老三，戎老三這才驚覺自己說漏了嘴，霎時嚇得面有難色，低下頭不敢再言語。

池倫凱眼珠子一轉，從容說道：「丐幫若是有誠意合作，就該帶我們到貨源地參觀參觀，這般隱隱縮縮的，卻是見外了。」鞏焱也插嘴說道：「是呀！誠惶誠恐、擔心受怕的，做什麼大生意呢！」原來驕陽鏢局也有意插上一手，這一次來正是要商談合作事宜。闞長老見這鞏焱毫無修養，出口便即傷人，心中大是不喜，正要反唇相譏，突聞林外傳來喝罵聲道：「是什麼人鬼鬼祟祟的躲在林裡竊聽？」闞長老手一揚，立刻有三名丐幫弟子隨他竄出林外。池倫凱與向嶽凌兄妹對望一眼，也和犟氏兄弟一同緊隨在後。眾人出得林外，只見有三名黑衣人被一群丐幫弟子圍在正中，月光下瞧得清楚，正是綠石教三大護法。

闞長老不認得對方，只是微微皺眉，拱手問道：「這三位朋友是……」犟焱冷哼一聲道：「他們是綠石教人物，至於姓名嗎，我可不知，大概是替崔教主跑腿的探子吧。」原來犟焱在崔小豔的船上見過三人，卻不知他們乃三大護法，說話間語氣極為傲慢。角不從陰陰笑了一聲，回敬道：「我也認得你們兩個，今早浸在洞庭湖水裡刷洗船身，驕陽鏢局的下僕也真賣力。」犟焱臉色一變，就待發作，犟淼急急向他打眼色，搶先說道：「大哥，這些人是來找丐幫的，我們可別喧賓奪主。」

程雷向闞長老拱手說道：「聽說丐幫梁、莫、諸三位長老已退位，改由馮、漆、闞三位先進頂上，不知閣下是哪一位？」闞長老道：「在下姓闞。」程雷微微一笑道：「原來是闞長老，幸會，幸會！在下程雷，與這兩位角不從、賈意從同是綠石教三大護法。」闞長老揚眉道：「丐幫與綠石教一向不相往來，貴教三大護法卻於夜裡偷窺丐幫做生意，這是怎麼個說法呢？」

程雷打了個哈哈道：「我們開啟天窗說亮話，近幾年本教做的是歡樂草生意，近日卻探得丐幫也賣起神仙菸來，於是弄來一盒檢驗，乖乖不得了，全然一個模樣，免不了好奇心起，想知道丐幫的貨源從何而來。」闞長老冷冷說道：「歡樂草市場已由綠石教獨霸多年，我們丐幫只不過是初入場的小角色，又何勞崔教主操心呢。」

程雷伸手向闞長老左右兩旁比了一比，帶笑說道：「丐幫如此積極地接洽合作夥伴，想必不甘屈就於小小角色，有意大展宏圖吧。」角不從也說道：「崔教主擔心丐幫受人欺騙，特派我們來提點闞長老呢。」闞長老不解道：「此話怎說？」角不從手指池倫凱道：「當年火燒極樂谷，這位池大俠就參於其盛，他恨不得杜絕歡樂草，又怎會和丐幫合作神仙菸生意呢？」

闞長老眼角一瞥，瞧見池倫凱臉色劇變，便曉得角不從所言不假，耳聞對方又道：「至於這兩位翚大俠，本身對神仙菸興趣恐怕不大，此來只不過是替他們姐夫探聽貨源呢。」闞長老一怔道：「他們姐夫又是誰？」角不從佯作驚訝道：「昔日替極樂谷分銷歡樂草的有四大幫派，其中一派正是東江神刀門，而兩位翚大俠的姐夫也就是東江神刀門掌門了，闞長老不會連這點也不知道吧！」

翚焱今早遭崔小豔耍了一回，早已懷恨在心，眼下見角不從在闞長老面前頻頻煽風點火，再也忍耐不住，揮拳攻向角不從。角不從避得兩拳，哈哈大笑道：「崔教主的陰妃爪你嘗過了，現下且嘗五毒金絲掌下痛、辣、麻、癢、暈的滋味吧。」語畢套上金絲手套，反手向翚焱手臂抓去。

翚淼擔心兄長盛怒之下出招躁而不謹，出聲提點道：「大哥，以守為先，擔心對方誘招。」語畢忽見人影一閃，賈意從已向自己攻了過來，程雷更在一旁奚落道：「翚二俠單名一個淼字，今早果然身浸洞庭湖水，令尊替你取這名兒可是有先見之明。」那邊角不從也說道：「翚大俠單名一個焱字，火氣也特大，那可是令尊取名不當了，哈哈。」翚淼的脾氣比之兄長不遑多讓，被對方一激，立刻便怒火中燒，疾疾出拳搶攻，哪還記得什麼「以守為先」了？池倫凱正不明白綠石教三大護法何以刻意挑釁，耳中卻聞向嶽凌輕聲道：「池兄，你瞧那群丐幫弟子。」池倫凱一看，只見十來位丐幫弟子手中握棍，將相鬥五人團團圍著，形似陣法，這下才恍然大悟，原來綠石教三大護法不願直鬥丐幫陣法，因而挑釁鞏氏兄弟，暗盼能趁亂奪得出路。

角不從與賈意從刻意引得鞏氏兄弟兩人朝反方向移步，試圖脫圍而出，不料兩名丐幫弟子揮棍齊撩，往角不從背後襲去。角不從一個急轉身避過棍襲，卻吃了鞏焱一記斜掌，心中不禁暗罵鞏焱糊塗。那邊賈意從也被丐幫弟子持棍阻撓，無法脫離陣法。

池倫凱不想赴這蹚渾水，轉身向闞長老抱拳道：「闞長老既無意合作，在下且先行告退。」不料闞長老手一揮，群丐幫弟子移步包抄，將池倫凱三人也圍在陣法中，口中更是朗聲說道：「池兄這筆生意太大了，老丐做不得主，還請池兄隨我去見本幫幫主吧。」池倫凱眉頭一皺，咬唇暗思對策之際，卻聞向嶽淩低聲說道：「我們也下場攪一攪渾水吧。」語畢手一揮，與向海璐飄身下場，齊齊攻向程雷。池倫凱見狀，只好欺身搶近角不從，揮掌夾攻。鞏焱大喜道：「池兄弟，我交了你這個朋友。」

角不從方才吃了鞏焱一掌，心中本就有氣，此刻見池倫凱出手相助對方，更是暗惱，冷冷哼了一聲道：「池大俠，你是決意要跟綠石教過不去了？」池倫凱尚未說，鞏焱已狠聲咒道：「以毒取勝乃下三濫的手段，江湖上的朋友早就瞧綠石教不順眼了，今天且瞧我們如何收拾下你們這三個喝女人洗腳水的窩囊東西！」池倫凱聞言大驚，暗想這鞏焱也太魯莽了。

角不從怒極反大笑道：「天花亂墜，兄弟們打傘！」只聞賈意從、程雷應了一聲，雙雙將頸後布帽拉上，角不從則從懷裡掏出一支炮筒往上拋，自己也拉上了布帽。那炮筒臨空炸開，撒下了一大片黃粉末。眾人早知不妙，紛紛著地向外滾，閃得慢者但感黃粉末觸膚微燙，緊接著立刻便癢了起來。但聞笑聲漸遠，角不從三人已趁亂飄身離去。

池倫凱顧不得頸上奇癢，拉了向嶽凌兄妹疾速奔離，三人入了城門，找到了個大水缸，齊齊將頭栽了進去，速將黃粉末洗淨。向海璐嘖嘖稱奇道：「厲害！厲害！這炮粉真癢到骨頭裡去了。」池倫凱語含歉意道：「我真不該喚你們同行，卻叫你們受罪了，何況那三大護法似乎著了惱，日後恐怕還會找我們麻煩呢。」向海璐笑道：「有驚無險，這才叫刺激。」向嶽凌則拍了拍他肩頭道：「池兄你也別見外了，我看我們還是乘夜離城妥當些。」

池倫凱正有此意，三人於是回到客棧，喚醒慕容心如幾人商量。慕容心如憂心忡忡道：「我們車上有三個小孩，三娘又受了重傷，對方若由後追趕，遲早會趕上我們的。」池倫凱安撫她道：「他們必是認定我們朝東北回揚州，我們卻往東南行，經昌江繞遠路回府。」慕容心如想了一想，緩緩點頭道：「看來也只有如此了。」

向嶽凌兄妹回客棧收拾了細軟，到東門與池倫凱一班人會合，分乘三輛馬車出城。眾人趕了一夜一日，已行近昌江，為了安全起見，卻不入城投宿，只在城郊搭營歇息。三個小孩但覺新鮮有趣，繞著營火玩鬧，除了巧三娘臥傷營內之外，餘人皆圍在營火旁閒聊。

眾人談了一會兒，話題又繞到崔小豔身上，向海璐說道：「我瞧這位崔教主頂多四十歲年紀，卻能統領江湖第一大毒教，想必有其過人之處。」袁仰韶不屑道：「她先是以美色色誘前任胡教主，二十歲不到就當上綠石教三大護法之一。後來又誘得胡教主染上歡樂草毒癮，待得時機成熟後，便一舉殺了胡教主及兩大護法，自立為王。若說她有什麼過人之處，那便是極毒辣之心腸，極凶狠殘暴之手段了。」向嶽凌搖頭道：「自古英雄難過美人關，那位胡教主在天之靈一定深深懊悔自己往日沉迷美色，以至招來殺身之禍。」袁仰韶啐了一聲道：「那胡教主……是個女的。」

向嶽凌兄妹先是一愣，隨即雙雙臉上飛紅。龔緣鳶原在一旁與陸萬里、南宮荃耍戲，此刻卻悄悄走近營火，坐下聆聽。袁仰韶微覺尷尬，向她揮手說道：「妳和萬里帶荃兒走遠一些玩去，別在這裡偷聽大人說話。」龔緣鳶雖是萬般不願意，也只好依言起身離去。

向海璐睜大了眼睛問道：「那歡將和崔小豔不是一對的嗎？怎麼她……她……」袁仰韶說道：「這妖女大逆不道，當年手下就有三從四德七人。三從分別為角不從、賈意從、孔難從，標榜她對孔訓絕不從、假意從、恐難從。四德則為壞德、敗德、瀆德、亂德，可見她刻意挑戰道德準繩，而那歡將更不是好東西，當年在極樂谷內還曾……」袁仰韶說到這裡突然打住，瞄了慕容心如一眼後，二人皆是頰帶紅暈。向海璐追問道：「他在極樂谷內又曾怎麼了？」向嶽凌白了她一眼，連忙開口問道：「這歡將也是綠石教出身的嗎？」池倫凱見袁仰韶尷尬，便說應道：

「當年極樂谷內掌權的是極樂王，手下另有三大強將，分別為喜士、欣妃、歡將三人。十三年前群雄火燒極樂谷後這四人就失了蹤影，直到前天早上我們才在洞庭湖上重逢，沒想到他已和崔小豔結為夫妻。」

慕容心如憂心忡忡地說道：「看來這四人不但沒死，而且在大唐國土內又重新培植歡樂草，透過綠石教、丐幫，大運河霸三派分銷了。」池倫凱搖頭道：「昨天晚上綠石教三大護法頻頻追問丐幫的貨源，可見兩派各自為政，互無關連，歡樂草貨源還不只一處呢！」慕容心如嘆道：「想不到龍大哥耗心耗力，到頭來也是白忙一場。」

向嶽凌兄妹還待追問，林外不遠處突然傳來三個小孩的驚叫聲。眾人大驚之下循聲飛奔趕去，卻只見陸萬里懷抱南宮荃，驚慌萬狀地手指南方道：「池表舅，有兩個黑衣人拐了緣鳶表妹往那兒跑了！」池倫凱吩咐慕容心如與袁仰韶留下守護孩子們，自己則和向嶽凌兄妹飛步追去。

三人追得百來丈，黑暗中已隱約可見前方人影，池倫凱初時還擔心是綠石教三大護法之二，可是眼見兩名黑衣人輕身功夫大為遜色，便稍微放下心來。待得三人追近，向嶽凌抄起地下一把石子，瞧準了向前散射，果聞橫抱龔緣鳶那人叫了一聲「唉喲」，腳下一個踉蹌，便這麼阻得一阻，池倫凱已欺近，一掌向對方肩頭拍去。前面那人回過身來，替同伴接下這一掌，並開口喝道：「快傳呼角護法！」

橫抱龔緣鳶那人從懷裡掏出一支木哨，就嘴急吹，方才停口，背上已吃了向嶽凌一掌，腿上更遭向海璐砍了一刀，只痛得他抛下龔緣鳶，在地上翻滾哀號。就在這時，遠處傳來一聲唿哨，黑暗中更聞腳步聲響，猜想有十來人朝這邊奔來。池倫凱大驚，連忙吩咐道：「這裡由我應付，你們快帶緣鳶離去。」

向嶽凌背負龔緣鳶，緊隨向海璐往返路奔去，兩人奔出百來丈後，向海璐卻折而向西，向嶽凌急急提點道：「你走錯方向了！」向海璐足下不停，回頭說道：「我們總不能將敵人引回營地吧？」向嶽凌想想有理，便隨向海璐往西奔出二里有餘，待確定綠石教那班人沒有隨後追來，二人才停下腳步，替龔緣鳶解了穴道，柔聲安撫她一輪。

三人候至天明，才啟步往來路尋去，只是昨晚黑暗中慌亂奔逃，早已迷失了方向。三人直尋了一個時辰有餘，仍是無法找到營地所在。向嶽凌見龔緣鳶漸漸驚惶，便安慰她道：「妳娘她們必是到城裡等候我們了，就算無法尋到他們，我和海璐姐姐也一定會護送妳回揚州的，別擔心。」向嶽凌兄妹確定了方向，領著龔緣鳶來到城門處，遠遠瞧見一胖一瘦兩名乞丐佇立城門口，手指牆腳一男一女兩個小孩辱罵。待得向嶽凌三人走近一看，卻見那兩個小孩約莫十來歲，也是一身乞丐裝扮，女孩坐在一輛手推車上，身子腫胖得厲害，頭上長了一顆爛瘡，瞧著甚是噁心。男孩雖也是衣衫破爛，全身上下骯髒不已，但雙目炯炯有神，一臉精明，只見他瞪視兩名乞丐，回嘴駁道：「我又不是你們丐幫弟子，為何要將所得分於你們？」

那胖丐洪聲道：「你到底懂不懂規矩？城裡三條大街、七條橫街都是我們丐幫的地盤。你要麼就向我們打聲招呼，我們讓你在橫街一角開攤，每日所得七三分帳，老子分七你拿三，要麼就滾到小巷子裡去，別阻你老子我發財。你既然已踩上我們的地盤，理應向我們進貢所得七分，這就是道理。」那男孩眼睛瞪得更大，手指那胖丐道：「這昌江城裡大街小巷我都鑽了兩年，你們才剛到，憑什麼要劃地盤收費用？我們各憑所能，各發各的財，你們也不能因為我生意好，就來強分羹呀！難道你老婆奶子大，隔鄰的小孩就能張口要奶嗎？」

那胖丐變臉道：「臭小子，嘴裡放乾淨些，小心老子打歪你張嘴！」那男孩瞄了雙丐背後一眼，不屑道：「我知道丐幫弟子以八袋為尊，你們兩個背上空空如也，想必是剛拜入丐幫的新弟子，嘴毛都還沒長齊，就在這裡狐假虎威，我可不吃這一套。」

那胖丐這下可火了，踏前一步便向男孩臉上摑去。向嶽凌正要出手阻撓，忽見那男孩左足為軸，右足一滑，巧妙無比地閃向一旁，跟著右掌一拍，已實實在在地擊中胖丐肋下。那胖丐怒吼一聲，反手一拳擊出，那男孩雙手一扣，將胖丐手臂往後扭，跟著起腿一踹，已踹得胖丐跌跪在地。

向嶽凌兄妹愕然相顧，均沒料到這男孩身帶武藝，而且招數精妙，只是年幼力微，無法傷得對手。這時候坐在手推車上的女孩見狀，樂得撫掌大笑道：「臭皮厲害！打得胖叔叔跪地求饒。」那胖丐惱羞成怒，搶前一步用力摑了女孩一巴掌，那女孩沒能避開，只痛得放聲大哭。那男孩怒喝道：「不要臉！」語畢搶前一掌拍向胖丐後腰，不料靜立一旁的瘦丐突然伸棒下撩，只絆得那男孩撲跌在地。那胖丐趁機一腳踹下，口裡咒罵道：「去吃屎吧，你這小王八！」

那胖丐第二腳還待踹下，忽見一支鐵尺從旁遞到，輕巧巧的已挑得自己跌個四腳朝天，卻是向嶽凌出手了。那瘦丐舉棒迅叩向嶽凌後腦，向嶽凌低頭避過，鐵尺點敵膝蓋，那瘦丐左手下拍，就來奪敵兵器，不料向嶽凌這乃聲東擊西，只見他橫腿一掃，那瘦丐立刻便跌翻在地。

胖瘦二丐待要爬起身來，向嶽凌一支鐵尺卻是左撩右挑，只絆得二丐前撲後蹶，始終爬不起身來。那男孩更是從旁踢上兩腳，口裡罵道：「連女孩兒你也欺負，真不要臉！」向嶽凌待二丐跌得臉青鼻腫，這才停手斥道：「今後若讓我知道你們欺負弱小，我就打斷你們四隻狗腿，還不快滾！」胖瘦二丐哪還敢應話，連滾帶爬地奔進城裡去。

那男孩回頭見女孩仍在哭泣，不禁皺眉道：「豬妞，我說別哭了，妳眼淚若哭乾了，待會兒怎麼做生意呀！」向海璐走近女孩，伸手撫她頭髮道：「妳叫珠妞嗎？珍珠妞兒，名字可好聽了。來，姐姐給妳糖吃，別哭了。」說完從懷裡掏出棗糖，塞到女孩手裡，再轉頭問那男孩道：「你叫什麼名字？你剛才露的那兩手可真不賴呀。」那男孩應道：「我叫臭皮，我姐姐叫豬妞，滾泥濘的豬，不是珍珠的珠。我那幾手功夫是我乾爹教我的，可惜我力氣不夠，否則一定打得那兩人跪地求饒。對了，你們又怎麼稱呼呢？我還沒謝過你們呢。」向海璐見臭皮年紀雖小，但性情豪邁，心中喜歡，便報上了三人姓名。臭皮說道：「你們若不嫌棄，中午就隨我回家，我蒸一碟臘味三寶請你們吃。」向海璐還以為自己聽錯了，洞庭湖這一帶氣候溫暖潮溼，當地人習慣將魚、肉、雞等煙燻貯存，因此當地菜餚以臘味聞名，而那臘味三寶集去骨臘雞、去皮臘肉、去鱗臘魚於一籠蒸煮，成菜滋味香醇，卻是一道普通人家難得有機會一嘗的名菜。這小乞丐竟開口要請自己品嘗佳餚，怎不叫她驚訝。

向嶽凌心中一動，開口說道：「小兄弟，你對昌江城既然這般熟悉，可否幫我們找幾個人？」說著將池倫凱數人的容貌形容了一番。臭皮拍了拍胸口道：「一切包在我身上，且隨我來。」說完領三人入城，來到城北一條橫街裡的一間小食店，要向嶽凌三人在內稍候，自己卻鑽進巷子裡。過不多久，只見臭皮領了七個同齡小孩到來，要他們親耳聆聽向嶽凌的描述，這才派遣他們到城裡各個客棧詢問去。

向海璐笑讚道：「想不到你小小年紀，做起事來還挺有辦法呢！」臭皮聳了聳肩道：「我娘惡疾纏身，乾爹是個殘廢，我姐姐腦子又不好，全靠我一人養家，若不常動腦筋，家裡人只怕全要挨餓了。」向海璐三人心中一動，轉頭瞧那豬妞時，果然留意到她舉手投足間略帶痴呆，不是個正常的女孩。

向海璐心中微酸，回過頭向臭皮說道：「今天要你勞師動眾幫我們找人，午餐該由我們請客才對，吃完了另外打包菜餚，拿回去給你娘、乾爹吃。」臭皮眨了眨眼睛，含笑說道：「向姐姐妳心腸倒挺軟的，我一說妳就相信了。」向海璐一怔道：「難道你剛才說的是謊話？」臭皮又眨了眨眼，忽然低聲向豬妞交待了幾句，推著她的小座車往外走，同時回頭說道：「待會兒你們看到什麼，聽到什麼，千萬別插手。」

向海璐苦笑道：「我倒給這孩子搞糊塗了，小小一個乞丐，自己恐怕也吃不飽，竟要請我們吃臘味三寶，不但身懷武藝，手下還有一班同齡小孩供呼喚，這到底是怎麼一回事？」向嶽淩尚未說，一直靜坐不語的龔緣鳶突然開口說道：「我信他不過。」向海璐奇道：「為什麼？」龔緣鳶道：「你瞧他那雙眼睛，骨溜溜的，說話時腦子裡不停打主意，十句裡頭也不知有幾句是真話。」

向海璐揚眉取笑道：「妳倒會看人了！那妳又信不信得過我兄妹兩人呢？」龔緣鳶慎重說道：「向姐姐，你們兩個是老實人，這點誰都看得出。只不過太老實就怕會吃虧，袁舅母就常嘮叨我表哥陸萬里，說他太老實心眼，注定要吃人家的虧。」向海璐聞言大笑道：「難道妳舅母她希望兒子不老實嗎？」龔緣鳶想了一想，喃喃說道：「一個人對朋友老實是好事，可是不論敵友，對誰都老實，那就叫笨了。」向嶽淩兄妹齊聲一笑，尚未說，突聞大街處傳來一陣嘈雜聲，夾雜著小女孩的豪啕哭聲。向海璐雙眼一亮，含笑道：「我們走出去瞧瞧那小鬼頭玩什麼把戲。」三人來到大街，果然見到一群人圍著豬妞所乘的小推車看熱鬧。有一名大漢左手抓牢臭皮的領口，右手揚著一把菜刀，滿口粗言粗語地辱罵臭皮兩兄妹，臭皮顯得一臉惶恐，豬妞卻是豪啕大哭。人群中有一名胖婦似乎瞧不過眼，指著那名大漢大聲斥道：「牛角黃，你幹嘛拿著刀子嚇唬小孩？」那大漢牛角黃怒氣沖沖地應道：「小鬼頭到我酒庫裡偷酒，被我撞個正著，驚慌奔逃時還打翻了我兩樽上等洞庭春，這可是我貯藏了五年的佳釀呀！」那胖婦轉頭責備臭皮道：「你也真是的，小小年紀就學人偷酒喝！」臭皮惶然搖頭道：「不是的！我姐頭上生了個毒瘡，我娘說要不是每日以酒消毒，遲早會爛入頭顱裡，到時候就神仙也救不得了。」

向嶽凌兄妹見臭皮說話時七情上面，目中盡是慌恐神色，雙唇更是顫顫而抖，若非早已知他使詐，真要相信他的話了，此刻瞧著也只能相對搖頭苦笑，龔緣鳶則是一臉輕蔑之色。

牛角黃拖著臭皮往酒樓裡走，大聲嚷道：「不給你一點教訓不行！你打翻我兩樽洞庭春，我就砍下你兩隻手指，看你以後還敢不敢偷酒！」人群中早有人鼓譟起來，那胖婦更是手指牛角黃斥道：「你這人也太霸道了！難道乞丐兒人命就不值錢嗎？」牛角黃駁道：「的確不值我那兩樽洞庭春價錢！」那胖婦這下子可真動怒了，雙手叉腰道：「你要錢嗎？我們一人一個銅錢淹死你！」說完從懷裡掏出一個手帕開啟來，轉身向人群說道：「鄉親們，我們別讓外人說昌江城裡人沒人情味，大家湊幾個錢，幫這小孩一把，也壓一壓那錢奴的氣焰！」

龔緣鳶只覺再也看不下去，拉扯著向嶽凌兄妹回到小食店。過不多久，臭皮也推著豬妞的座車來到，笑嘻嘻地晃了晃手上油包裹說道：「我們的臘味三寶弄到手了。」向嶽凌苦笑道：「想不到你還會串通酒樓老闆，當街上演一場好戲。」向海璐也笑道：「何止那酒樓老闆，依我看那胖婦唱的那段戲也是有指令的，對不對？」臭皮聳了聳肩道：「總得有個人帶頭嘛。」

龔緣鳶突然開口說道：「向大哥，向姐姐，待會兒我和娘會合後，不跟你們到他家裡去了。」臭皮辨得龔緣鳶語氣不善，試探著問道：「龔姐姐不喜歡吃臘味？」龔緣鳶冷冷說道：「你這包臘味沾有太多人的同情心，我嚥不下。」臭皮裂嘴笑道：「原來龔姐姐替他們不值呢，我說呀，方才捐錢的那批人以善為本，出了錢他們自己心裡也好受嘛，我得益他們也開心，何樂不為呢？」龔緣鳶不屑道：「早知道我方才就該揭穿你的把戲，看你還能得意嗎。」臭皮裝作不解道：「這我就不明白了，妳揭穿把戲後他們不開心，我也沒得益，就只妳一人高興，這不是太自私了一點嗎？」

向嶽凌兄妹見兩個小孩火藥味漸濃，連忙岔開話題。一桌人又候得一陣，才見七個小孩陸續回報，說是查遍了城裡所有客棧，都沒能查到池倫凱一夥人的下落。向嶽凌三人無可奈何，只好隨臭皮出城朝北行，到他家作客。

眾人沿路走了二里有餘，來到一個交叉路口，臭皮手指前方道：「就到了，透過這片樹林……」話沒說完，忽聞龔緣鳶一聲驚呼道：「你們看！」眾人隨她目光望去，果然見一輛馬車翻倒在路旁草叢堆裡。向嶽凌兄妹臉色大變，飛身竄前偵察，只見車子轅折輪脫，多半是急駛之際失衡翻毀，瞧清楚正是前天自己一隊人所乘的三輛馬車之一。

向海璐見龔緣鳶嚇得臉青唇白，連忙趨前輕聲安撫，向嶽凌則鑽入車廂內，一番細心偵察之下不見血跡，這才放下心來，當下鑽出車外，正待彙報之際，忽聞東面傳來馬蹄聲。向嶽凌兄妹二話不說，將三個小孩連同推車一起藏到馬車後。過不多時，只聞十來乘馬馳至交叉路口處停下，向嶽凌兄妹探頭一看，立刻辨得來者當中有綠石教三大護法，這一驚非同小可，心知單憑自己兄妹二人，絕對無法護得龔緣鳶周全。群人當中賈意從先開口說道：「我們連夜追了百多里路，終於還是叫他們給逃脫了，真氣餒。我就不明白，崔教主何以硬是要將那女孩抓到手呢？」程雷也說道：「另有一點我也覺得奇怪，崔教主何以再三提醒我們，不可傷了那南宮小女孩呢？角兄，你跟隨崔教主最久，可知道原因嗎？」賈意從搶著說道：「這點我倒知道，早在二十年前，崔教主……」角不從出聲打斷他的話語，吩咐隨行的九名教徒先到前路等候，這才回過頭輕聲斥道：「賈兄，你也太大意了，怎能在眾人面前討論這個。」

賈意從心知自己險些失言，微覺尷尬，程雷卻打了個哈哈道：「那是小弟我問錯了，不能怪賈兄，只是小弟入教遲了，有許多事不明白根源，尚盼角兄與賈兄兩位不吝賜教。」角不從見程雷問得客氣了，便微微一笑，反問道：「程兄，依你看我們綠石教裡頭哪一號人物最風流？」程雷回道：「那還用說，自然是我們大將軍！」角不從含笑搖頭道：「綠石教裡的男人論風流肯定是大將軍排第一，可是和崔教主一比，卻又是小巫見大巫了。」程雷一怔道：「這話怎說？」

賈意從再也忍耐不住，搶著說道：「大將軍即使風流到了頂限，這世上仍有一半的人他是不碰的，崔教主則少了這層顧慮，只要是她看上眼的，不論男女都能成為她的入幕之賓。」程雷睜大了眼睛道：

「你的意思是說……」賈意從得意道：「早在二十年前，崔教主明裡是前任胡教主的寵妃，暗地裡卻是江南水稻商七大霸之一，龐家莊龐夫人的愛妾，同時得寵於當代武林中最有威望的兩名奇女子呢！」

向嶽凌兄妹若不是早已聽袁仰韶說過，此刻只怕要驚得呆了，但聞角不從說道：「龐夫人原是南宮世家的千金，嫁入龐府後大刀闊斧改革業務，在商場上馳騁自如，而她的養子南宮天賜也繼承了她的商業奇賦，母子二人齊打天下。後來原為南宮世家的水稻業務被池木宏改號為『池』後，龐夫人也趁機將龐家業務改號為『南宮』，這才免了南宮世家斷名之憂。」程雷緩緩點頭道：「我明白了，崔教主是念在故人之情，這才不許我們傷害南宮小姑娘。」

角不從方待說，馬車後突然傳來一響噴嚏聲，一驚之下大聲問道：「是誰？」躲在馬車後數人沒料到豬妞會突然打噴嚏，更是嚇了一跳。向嶽凌一手一個，將龔緣鳶與臭皮扔入推車內，轉身托起就往林中狂奔。向海璐緊隨在後，口裡急急嚷道：「臭皮，快指路！」角不從三人沒料到馬車後竟躲了人，先是吃了一驚，隨即認出龔緣鳶與向嶽凌兄妹後，卻是驚喜交集，齊齊發足追趕。

向嶽凌雖是奮力推車，但小小一輛座車上載了三個小孩，林中草地又是凹凸不平，卻哪能推得多快？眼見後面追兵就快趕上，向嶽凌又想不出應對之策，心中著實慌張。這時候臭皮卻手指北面一大片荊棘灌木道：「那兒有個入口，進去後隨我指示行車。」向嶽凌慌亂間不及細想，推車入荊後隨著臭皮的指示左拐右轉，立刻便發現這片荊棘灌木並非野生野長，而是依一排排釘牢在地上的木架種植，並且陳列有序，似乎便是一種陣法。

待得推車再拐了幾個彎，臭皮開口說道：「行了，我們停下歇歇，他們找不到我們的。」向嶽凌兄妹跌坐在地上，頻頻喘氣之際，臭皮卻突然立起身高喊道：「我們在這裡，有膽就過來。」向嶽凌兄妹吃了一驚，齊聲問道：「你在幹什麼？」臭皮笑著說道：「我在這園裡布置了好一些機關，希望引得他們……」話沒說完，南面傳來一聲痛呼，似乎是賈意從的聲音。臭皮更是得意地笑道：「八成是踩中我的削趾機了。」

向嶽凌幾人豎耳聆聽，果然聞得賈意從的咒罵聲，緊接著卻是角不從提聲說道：「在下綠石教護法角不從，追敵之際不慎誤入禁地，多有冒犯，還請園主指點迷津，引導我們出園。」原來角不從見多識廣，立刻便發現這人植荊棘灌木內藏五行生剋之變，若是不諳九宮八卦之學，再闖上三天只怕也找不到出路，當下只好低聲下氣求助。

臭皮得意非凡，粗著嗓子說道：「好說，好說，你們既是誤入禁地，老夫也不加追究，現下便指引你們一條生路，聽清楚了！先朝西走……」角不從明明辨得這是個孩童的聲音，不禁呆了一呆。賈意從腳趾遭機關夾傷，正是一肚子氣，聞言禁不住怒罵道：「臭小子別裝腔作勢，尋老子開心！」臭皮嘻笑道：「咦，你怎麼知道我姓臭？」

角不從擔心賈意從惹火對方，搶著說道：「這位小兄弟若能指引我們出園，在下感激不盡。」臭皮說道：「要我指引出路也不難，不過你們須得先學狗兒吠幾聲，好讓我確定你們的所在地。」賈意從怒道：「放屁！」臭皮嘻笑道：「也行，就放個屁來聽吧。」賈意從只氣得暴跳如雷，放聲罵道：「放屁！放屁！」臭皮大笑道：「你這人真有家教，放屁前還大聲預告，怕旁人來不及掩鼻莫？」

向嶽凌幾人見臭皮將對方戲弄得團團轉，皆都忍俊不禁。賈意從恨得咬牙切齒，又待出聲辱罵，程雷卻抓緊他手腕道：「賈兄，別意氣用事。」角不從提聲道：「小兄弟愛開玩笑了，我們還待小兄弟指點迷津呢。」臭皮刻意打了個哈欠，喃喃說道：「連個屁也不肯放，面子竟真比性命要緊呢。豬妞，走，我們回家吃臘味三寶去。」程雷擔心對方真的一走了之，當下不再猶豫，運起內力逼出一聲響屁來，只聞數丈外的灌木裡立刻有幾人失聲大笑，緊接著又是臭皮的聲音道：「好！夏日炎炎，放個臭屁賺大錢！請大家往西走七步，轉西南又走七步，到了交叉口處再放個屁，我另給你們指示。」賈意從忍不住又罵道：「放屁！」臭皮哈哈大笑道：「不用預告了，我們都掩了鼻子了。」

程雷急向賈意從打手式，領先帶路走到交叉口，依指示又放了一聲響屁，這回卻聞得一個女子聲音道：「秋高氣爽，風含屁香特清爽！」原來向海璐生性好玩，哪肯放過這個機會。眾人嘻笑聲中，臭皮又給了指示，待得屁聲再度響起時，臭皮手指向嶽凌笑道：「輪到你了。」向嶽凌咬唇忍俊，提聲喊道：

「冬風凜冽，屁透紙窗油燈滅！」這一下幾人只笑得在草地上打滾，豬妞雖聽不懂，卻也格格聲鼓掌齊笑。向海璐扯著龔緣鳶的衣衫道：「快！快想下一句！」龔緣鳶聞得屁聲再度響起，捧肚笑著喚道：

「春意綿綿，衾內雅屁伴暖眠。」

隨著這四季響屁贈言，程雷三人已走出荊棘灌木外，程雷清了清喉嚨，面帶霞紅道：「這位小兄弟，不知尊師如何稱呼？這迷園陣又叫什麼名堂？我們綠石教三大護法必擇日另訪，向尊師討教。」臭皮於嘻笑聲中大聲應道：「我師傅叫臭屁大師，這園子就叫狗屁園，你們下次到訪，只要在入口處放三聲響屁，我立刻出來迎接。」賈意從還待回罵，角、程二人卻向他打眼色，拉著他離去。

向嶽凌見綠石教三大護法狼狽離去，心中鬆了一口大氣，當下托起推車，隨臭皮指示朝北行，不一會兒便出了迷園陣，來到一幢木屋前。臭皮先大聲嚷道：「娘，乾爹，我帶了朋友回來了。」屋裡卻無人回應，臭皮回過頭解釋道：「我娘每日中午都推我乾爹到山坡上晒太陽去，這會兒恐怕還沒回來。我們先做好飯，待他們回來便可以一塊兒吃了。」

向海璐一怔道：「你先前說你乾爹身子殘廢，難道不是騙我們的嗎？」臭皮眨了眨眼睛道：「對誰都可以說謊話，就是對朋友不能。」龔緣鳶忍不住頂撞他道：「難道你對你娘，對你乾爹也說謊嗎？」臭皮一本正經道：「行呀！謊言若是揭穿，他們頂多把我給罵一頓，過後還是照樣疼我呀。可是朋友一旦受騙，就不會再將你當朋友了。」

向嶽凌兄妹相對苦笑，不明白這小孩腦中何以會有這許多歪理，但見臭皮安頓好豬妞後，立刻動手做飯，卻又是駕輕就熟，顯見這一屋子的家務事一貫都由他包辦。龔緣鳶見木屋內裝置簡陋，明白臭皮一家人生活清苦，暗地裡動了惻隱之心，二話不說拿起掃帚就動手打掃起來。向海璐好奇心起，開口探問道：「屋外這迷園陣是你乾爹設計的吧？看來你乾爹本領可真不小。」臭皮回道：「我乾爹的本事可大了，當年我娘在滇西遭惡徒欺負，幸好我乾爹見義勇為，救了我娘，可事隔多年後，當我娘重逢我乾爹時，竟發現他已被仇敵挑斷了四肢經脈，成了廢人一個，和我們一樣淪落街頭，討乞為生。我們於是決定住在一塊，互相也好有個照應。」

向海璐還待再問，屋外忽然傳來一陣咳嗽聲，過得一會兒，只見一名滿臉病容，頻頻咳嗽的獨臂少婦，單手推著一張裝上輪子的木床入屋。床上躺著一名清瘦男子，但見他雙眼緊閉，濃眉深鎖，一臉憔悴之色。向嶽凌兄妹先是一愕，待要立起身接手時，臭皮已從獨臂少婦手上接過木床，推到屋角擺好，這才回頭說道：「這是我娘何耐苦，我乾爹仇丐。」

向嶽凌兄妹只聽臭皮說他乾爹身子殘廢，卻沒料到他娘也斷了左臂，而兩人先前見識過了屋外的迷園陣，心中早認定這仇丐是個了不起的人物，不料眼前躺在床上這名男子病態懨懨，自是大失所望，口頭上卻仍是尊稱了一聲「仇大叔」，又向那名獨臂少婦「何大娘」問了聲好。

那仇丐聞聲雙眼微睜，瞄了向嶽凌兄妹一眼，待得他目光掃到龔緣鳶臉上時，喉頭「嗝」的一聲，雙眼睜得奇大，掙扎著要坐起身來。那獨臂少婦何耐苦連忙伸手攙扶，柔聲問道：「仇大哥，你怎麼了？」仇丐眼睜睜地盯了龔緣鳶一會兒，才顫聲問道：「小姑娘，妳……妳姓龍嗎？」

仇丐這一問，不單是龔緣鳶大吃一驚，就連向嶽凌兄妹也暗中警惕，向海璐更是搶先說道：「我這位小表妹姓龔，不姓龍。仇大叔你是認錯人了吧？」仇丐目中閃過一絲失望的神情，口裡喃喃自語道：「怎麼長得這麼像……」何耐苦勸道：「仇大哥，你又想起你那妹子嗎？都已經是十多年前的事了，又想她來……」一句話沒說完，卻是連聲猛咳。

臭皮連忙端來一碗茶讓何耐苦漱口，並說道：「娘，我今天弄了一籠臘寶三味，妳待會兒得替乾爹添多一些飯呢。」說完立刻動手開飯。除了何耐苦守在床旁餵仇丐吃飯之外，一屋人都擠到飯桌上。向嶽凌見龔緣鳶神色不定，低聲說道：「別擔心，我們吃完飯立刻就走。」話剛說完，何耐苦突然走到龔緣鳶身旁，神情微見古怪地輕聲道：「小姑娘，我能不能求妳幫個忙……幫我餵那位仇大叔吃飯？」龔緣鳶一怔，一時說不出話來，向嶽凌卻蹙眉道：「何大娘，妳這是什麼意思？」

何耐苦稍顯尷尬，拉了一張木凳在龔緣鳶左旁坐下，搓著她的手掌緩緩說道：「小姑娘，妳聽我說，這位仇大叔身世坎坷，卻絕不是壞人。他有一位金蘭結義的妹子，兩人情投意合，原有意終生相伴，可惜造化弄人，到頭來仇大叔慘遭仇敵加害，終身殘廢，又不能和心愛的人相結合，落得今日孤苦伶仃……」話沒說完，又是一輪猛咳。

龔緣鳶好奇心起，輕聲追問道：「是仇大叔那位妹子見他身子殘廢，嫌棄他嗎？」何耐苦搖頭道：「那位妹子是個情深義重的好女子，又怎會嫌棄他呢？是仇大叔自己躲了起來，讓對方百般找不著。」龔緣鳶大驚道：「那是為了什麼？」

何耐苦嘆了一聲道：「仇大叔當年只因為急於報仇，不惜與黑道幫派勾聯，弄得一身惡名，而且還連累了一名無辜女子，害得她慘遭惡徒凌辱，以致最終咬舌自盡。這是仇大叔一生不可磨滅的過失，這十多年來他自譴自責，卻始終無法解開這個心結。」

向嶽凌兄妹在一旁聽得入神，眼角偷瞄了仇丐一眼，心中無限唏噓，卻沒留意到龔緣鳶聽到這裡，已是臉色發白，並將微顫的手掌從何耐苦掌握中抽了出來，夾在雙膝之間。何耐苦卻沒察覺，只是繼續說道：「仇大叔四肢齊廢後，情知無法自保，仇敵若是尋上門來，他妹子決不會棄他不顧，到頭來只有陪他送命。仇大叔有鑒於此，於是下定決心，遠遠躲了起來，不願讓他妹子找到。」向嶽凌兄妹聽得愣呆了，這時候再轉望仇丐時，但感肅然起敬，耳聞何耐苦又勸道：「小姑娘，仇大叔只因覺得妳長得像他那妹子，想要妳餵他吃飯，除此別無他意。」向海璐也輕聲勸道：「緣鳶，妳就應他吧。」其實向海璐深深為仇丐的深情所感動，只恨自己長得不像他那妹子，沒能獲他青睞。

龔緣鳶低頭想了一想，忽然把唇一咬，接過何耐苦遞來的那碗飯菜，走到床沿坐下，掏了一湯匙遞到仇丐嘴邊。仇丐雙眼幽幽凝望龔緣鳶，張口含下飯菜，才嚼得兩嚼，眼淚已沿頰流了下來。何耐苦趕到床邊，剛要開口勸說，龔緣鳶已抽出手帕，輕輕替他抹去眼淚，再餵他吃第二口飯菜。

向海璐瞧著心中感動，轉回頭偷偷擦去眼淚，眼角卻瞥得臭皮也在餵豬妞吃飯，只是餵得既快又猛，豬妞口中含的飯菜還未嚥下，臭皮就迫不及待地餵下一口，而且每餵三口，就將一湯匙飯菜添入自己碗中。向海璐見豬妞皺著眉頭，吃得好不辛苦，忍不住開口說道：「臭皮，我看豬妞也飽了，你就別餵了。」臭皮卻不睬她，又是將一湯匙飯菜硬塞入豬妞口中，嘴裡喃喃說道：「豬妞，妳不吃個飽，我就沒得吃了，聽話，再吃多半碗。」

向海璐再也瞧不過眼，伸手夾緊臭皮手上湯匙說道：「臭皮，我說別餵了。」臭皮眼眶微紅，細聲說道：「向姐姐，妳不明白的。我娘規定，豬妞每一餐吃多少碗飯，我就只能吃相等的三分之一。」向海璐一怔問道：「那是為什麼？」臭皮欲言又止，最終只是低聲說道：「這是我家的規矩。」

向海璐還待再問，向嶽凌已是輕踩她腳板示意，臭皮也轉換話題道：「向大哥，我將迷園陣的通行口訣說給你聽，歡迎你們再度光臨到訪。」語畢滔滔不絕地唸了起來，向嶽凌兄妹直聽了五、六遍才記全，臭皮更眨了眨眼睛道：「日後要是忘了也不要緊，在入口處放三聲響屁，我立刻便出來迎接。」向嶽凌兄妹對望一眼，一人一邊扯住臭皮耳朵齊扭，只痛得他呱呱大叫，開聲求饒。

第三回　波斯僧簡敍聖戰史，石天恩重提舊怨仇

待眾人用過餐後，向嶽凌起身告退，龔緣鳶離屋前回頭望了仇丐一眼，見對方也悵然望著自己，心中微微一酸，低著頭隨臭皮出了迷園陣。向嶽凌兄妹擔心綠石教會派人沿途埋伏，不敢朝東北回揚州，商量後決定繞遠道而行，朝東先到婺州，再北上揚州，於是三人入城購馬，連日出發。

這一日到了弋陽，三人牽馬入城，來到東市一家酒樓用餐，方才步入大門，龔緣鳶突然一聲歡呼，向一名獨占一桌的男子招手道：「萬伯伯！」向嶽凌兄妹定眼一看，只見那名男子約莫四十來歲，長相斯文白淨，這時候正帶笑應道：「緣鳶，怎麼是妳？」龔緣鳶替雙方代為引介，原來這人名叫萬世春，和龔緣鳶的母親巧三娘是舊相識。

三人入座後點了飯菜，便和萬世春聊了起來。向嶽凌一聽說萬世春以作畫為生，突然驚拍桌面道：「我想起來了！前輩正是名列畫魂墨魄十四筆中的第十二筆，早在十多年前刊行的千年名畫寶繪錄裡就已記載了您的作品呢！」萬世春聞言不但毫無得意之色，臉上反而現出古怪的神情，只見他轉身從包袱裡抽出一卷畫，在桌面上攤開來。

三人低頭一看，只見畫的是天尊星君，採的卻是傳自西域的凹凸暈染法。原來初唐畫風多沿襲六朝傳統，但唐高祖尊老子為同姓始祖，道教因之大盛，六朝佛畫獨盛的局面也被打破了。而大唐國勢強盛，也引來西域的一批畫匠，或交流學習，或求名謀利，來自於闐國的尉遲跋質那、尉遲乙僧父子便帶來了凹凸暈染法，大大地影響了大唐畫風。

向嶽凌語含崇敬說道：「寶繪錄裡也記載了萬前輩這一幅畫，不料我今天不但有幸鑑賞原作真跡，還親會萬前輩呢！」萬世春臉一沉，正色說道：「向兄弟，你眼前所見的這幅畫是假的，之前過目的那部千年名畫寶繪錄也是假的，畫魂墨魄十四筆根本就從未被列入寶繪錄裡。」向嶽凌聞言大驚，躊躇問道：「萬前輩，此話怎說？」

萬世春嘆了一聲道：「此事說來話長，當年我們畫魂墨魄十四筆齊聚一個叫忘憂谷的地方，每日依山伴水作畫，互相切磋交流，其樂也悠悠，所作的皆是我們巔峰之作。」龔緣鳶輕聲加插道：「萬伯伯所說的忘憂谷，正是極樂谷的前身。」向嶽凌兄妹一怔，更是豎耳聆聽。

萬世春又道：「後來谷內有人提煉出了歡樂草，服之可令人飄飄欲仙，我們畫魂墨魄十四筆不慎中了歡樂草癮毒，受制於谷主極樂王，被逼以自己的畫作換取歡樂草供應。」向嶽凌緩緩點頭道：「我明白了，極樂王收集你們的畫作，盼望他日你們成名後，便可高價出售。」萬世春搖頭苦笑道：「極樂王才不會做這等沒把握的投資。他命令手下四名擅長作假畫的畫匠大量仿製我們的畫作，又摹製了幾十箱的千年名畫寶繪錄，分派到大江南北，裡頭卻記載了我們的畫作。如此一來，凡是拿到摹製寶繪錄的人，便誤以為我們畫魂墨魄十四筆真的名列其中，更會以高價向極樂王收購他早已備妥的假畫了。」

向嶽凌兄妹只聽得瞠目結舌，半晌說不出話來。萬世春續道：「幸好十三年前群雄火燒極樂谷，也燒毀了極樂王貯藏的大批假畫。我原以為這寶繪錄騙局就告一個段落，不料昨天城裡的丘老闆來找我，說是剛剛購得我一幅名作，我一看，就知道是繁代筆所仿造的假畫。」向嶽凌追問道：「這繁代筆就是極樂谷內專作假畫的四名畫匠之一？」萬世春點頭道：「當年谷內有繁氏兄弟、邢氏兄弟四人專作假畫，我們稱之為假畫一族。」

說到這裡，店小二端來飯菜，萬世春只好先將畫作捲起來收妥。向嶽凌忍不住問道：「萬前輩，你是疑心假畫一族東山再起，憑摹製寶繪錄行騙？」萬世春點頭道：「正是。我已吩咐丘老闆去將賣畫那人領來這裡，今天無論如何一定要將這事弄明白。」

四人邊吃邊談，向嶽凌也是愛畫之人，一頓飯下來已和萬世春極為投緣。待得店小二收拾盤碗之際，萬世春忽然眉頭一皺，喃喃說道：「怎麼會是丐幫人物呢？」向嶽凌兄妹回頭一看，果見一名背負五袋的乞丐，隨一名商人裝扮的男子走了進來。那男子便是丘老闆，只見他恭恭敬敬地向萬世春問了聲好，開口介紹道：「這位是丐幫馮勁馮兄弟，您的畫作我正是向他購買的。」

萬世春向來者上下一番打量，見這人約莫二十五、六歲，鼻挺眉直、目帶精光，頗具英相，又暗忖此人年紀輕輕，既已達五袋之尊，顯然是個人物，因此開口詢問之際語氣不敢放得太僵，只是問道：「在下有一事不明白，這幅畫我已遺失多年，卻不知馮兄弟從何處弄來的呢？」那馮勁微顯訝異道：「莫非這真是萬前輩早年遺失之作？那是在下誤信奸商，無意中冒犯了萬前輩，請容在下致歉。」語畢轉向丘老闆說道：「丘老闆，小弟盼您能通融，先將這幅畫回交萬前輩，過得兩天，小弟再籌錢賠償您的損失。」

萬世春連忙揮手道：「丘老闆既已付了錢，這幅畫就是他的，我只希望馮兄弟能夠帶我去見這名畫商。」馮勁正色道：「我正要尋他評理去，萬前輩請隨我來。」萬世春一喜，轉邀向嶽凌三人同行。

四人隨馮勁離開酒樓，行至城牆下的一個小衚衕，只見馮勁向駐守衚衕口的兩名乞丐低聲吩咐了幾句，立刻有人在庭院裡擺了幾張木凳矮几，又沏了一壺熱茶，邀四人坐下。萬世春奇道：「馮兄弟，我們難道不是造訪那位畫商嗎？」馮勁微微一笑道：「哪用我們登門造訪，我已吩咐人去將他揪來這裡了。」萬世春道：「不是的，我擬到他店裡探查，看他貨倉裡還藏有多少賊贓。」馮勁仍是微笑道：「那也不必急，要追查賊贓來源，也不是今日太陽下山前就辦得妥的事。」

向嶽凌心中一動，試探著問道：「馮兄弟，這畫商既是在城裡設店，那丘老闆又怎會透過你買畫呢？」馮勁眨了眨眼睛道：「我幫那畫商開拓客源，賺取些許介紹費。」向嶽凌更是疑心，又問道：「聽說丐幫早年曾經和極樂王合作做歡樂草生意，卻不曉得當年他們的假畫買賣，丐幫可否也插上了一手？」馮勁仍是含笑道：「當年小弟還未加入丐幫，對這事……也不太清楚。」

向嶽凌心中暗驚，臉上卻不露聲色，轉對向海璐說道：「妹妹，妳先帶緣鳶回酒樓取馬投店，我待會兒自會去找妳們。」向海璐尚未說，馮勁先笑著說道：「向兄弟果然是聰明人，只可惜處世待人不懷戒心，我們離開酒樓之前，你就該想到丐幫很可能就是假畫供應商了。」語畢雙手一拍，立刻有一十八名丐幫弟子手持長棍，將向嶽凌四人團團圍在中央。

向嶽凌兄妹大駭，立起身一前一後護衛著龔緣鳶。萬世春更是怒喝道：「原來是你們丐幫直接向繁氏兄弟取畫！」說話間一掌切向馮勁，馮勁往後一個翻身觔斗已躍出棍圈，口裡更是笑著說道：「各位要責要罵，好歹也等我兩位長老到來嘛，又何必拿我區區一個五袋弟子出氣呢！」

萬世春暗忖己方若不速戰速決，待得對方兩位長老到來，就更不容易脫身了，思之立刻揮掌切向站得最近的一名丐幫弟子。向嶽凌兄妹也是一般心思，只見一揮鐵尺，一舞雙刀，分頭攻入棍圈。

那十八名丐幫弟子齊聲吆喝，分內外兩圈朝反方向圍著四人迅奔。萬世春眼見自己一掌切下，對方竟不避不讓，即將得手之際，外圈一丐長棍斜撩，接下自己一掌，前面那丐更是揮棍擊地，彈點自己腹上氣海穴，這一救一攻，配合得十分巧妙，直逼得萬世春往後疾退。

向嶽凌兄妹幾招下來，也摸清了棍陣路數，原來內圈九丐專攻不守，自己二人施展的殺招全由外圈九丐接下，如此一來，攻者專攻、守者專守，威力自然倍增，何況群丐奔繞時手中長棍擊地，口裡大聲唱著丐兒平日討賞歌兒，只是嗓音不全，聽在耳裡極是刺耳，大大擾人心神。

向嶽凌擔心混戰中龔緣鳶受傷，開口要求道：「馮兄弟，我們先罷戰一刻，讓這女孩兒到圈外去吧。」馮勁應道：「出來行走江湖，本就不該將小孩兒帶在身邊，這點向兄弟你難道沒想過嗎？」向嶽凌心念急轉，開口哈哈大笑道：「這女孩兒來頭不小，我是擔心你們若是不小心傷了她，擔當不起後果呢。」馮勁揚眉道：「喔，你倒說來聽聽。」向嶽凌說道：「馮兄弟有聽說過江南水稻商七大霸之一，池府池木宏吧？這女孩兒正是他的愛孫。」

萬世春與向海璐自然明白向嶽凌抬高龔緣鳶的身價，是希望馮勁下令，要丐幫群弟子不得傷了她。不料馮勁微微一笑道：「堂堂江南鉅富池木宏，竟會容得愛孫隨向兄弟行走江湖，那倒奇怪了。待我收拾了四位，再派人遠赴衡州印證印證吧。」向嶽凌見馮勁不受騙，微微皺起眉頭，耳邊卻聞龔緣鳶開口說道：「向大哥，你們自行脫圍離去，不必理我。」

向嶽凌尚未說，向海璐搶先笑著問道：「緣鳶，妳家裡拜的觀音菩薩，是男身菩薩又或是女身菩薩？」龔緣鳶一怔道：「自然是女身菩薩，觀音娘娘也有男身的嗎？」向海璐說道：「那當然，佛教傳自天竺，在當地的觀音菩薩可是以男身現形，到了我們大唐才逐漸演變為女身。妳現在只要學姐姐唸一句『救苦救難大慈大悲千手千眼陰陽雙面觀音菩薩，快來救我』，我們自能脫圍。」

龔緣鳶雖不明白向海璐用意，仍是依她指示唸了一遍，只聞向海璐高聲喝道：「陰陽雙面觀音菩薩來也！」語畢閃到向嶽凌身後，背靠背緊貼一塊，左足踩在向嶽凌右足上面。向嶽凌左手回纏向海璐纖腰，左足也反踩她右足上，口中喝道：「不能度生死，煩惱諸險道，故以方便力，為息說涅槃……」唸的卻是妙法蓮華經。

丐幫群弟子只見二人疊身旋轉，如龍捲風般向棍陣硬闖過來，待要舉棍攻敵，卻發現無從下手，向嶽凌兄妹背脊相靠，全無後顧之憂，手中遞招盡是專攻不守，和丐幫棍陣有異曲同工之妙。一時間只見刀光尺影鋪天蓋地般向眾人罩了下來，真有如觀音千手齊揮，無處不在。丐幫群弟子早亂了陣腳，首當其衝的兩人更遭向海璐雙刀砍傷。馮勁眼見群弟子守不住棍陣，立刻當機立斷，下令撤陣。

向嶽凌四人退到衚衕口，卻聞馮勁在身後朗聲說道：「好一個陰陽雙面觀音大法！日後定當再度領教。」向海璐還待反唇相譏，向嶽凌卻向她打了個手勢，不許她開口惹禍。

四人回到酒樓取了馬匹，萬世春又送三人出了城南，叮囑他們朝東沿餘水而行，這才轉身入城。向嶽凌一路上見龔緣鳶默不作聲，便柔聲問道：「緣鳶，妳方才嚇著了嗎？」龔緣鳶搖了搖頭，輕輕嘆了一聲道：「我想起了我爺爺臨死前說過的一番話。」向嶽凌奇道：「什麼話？」龔緣鳶道：「我爺爺說，他爹爹生前為海龍幫幫主，一生殺人無數，惡跡殃及三代，之所以我爺爺、我爹爹，以及我三人都是不祥之人。」向嶽凌兄妹齊聲斥道：「胡說八道！」龔緣鳶抬頭望著二人道：「你們難道沒發現，自從遇上我之後，便屢歷險境嗎？」

向海璐啐了一聲，撫著龔緣鳶秀髮道：「傻丫頭，哪有天命這回事！我們現在從弋陽出發，要到揚州，少說也有七、八條路道可行，走哪一條路可是由我們自己選的呀，又不是天注定。」龔緣鳶默然想了一想，若有所思道：「向姐姐，既然有七、八條路道可行，每一條路上所會遇到的事又不盡相同，而我們卻偏偏選了這一條路，這難道不是冥冥中有所注定了嗎？」

向海璐尚未說，道旁林中卻有人朗聲說道：「池小姑娘比喻得妙，命中注定的事是逃不了的。否則既有七、八條路道可行，你們又何以偏偏錯選這條路呢？」向嶽凌三人認得這是馮勁的聲音，不禁大驚失色，齊齊驅馬往前衝，不料馮勁早在二十丈前布下絆馬繩，三匹馬驚嘶間前後滾翻在地。向嶽凌待要搶到龔緣鳶身旁守護，卻發現已有十來名丐幫弟子搶前列陣，將自己與二女分隔開來。原來馮勁見識過陰陽雙面觀音菩薩的厲害，自不能容得向嶽凌兄妹近身。

只見林中有兩名男子隨馮勁走了出來，向嶽凌兄妹認得其中一人正是前幾日在岳陽市外見過面的闞長老，另一位約莫四十來歲，一臉精明幹練，但聞他問馮勁道：「這位小姑娘真是池府池木宏的孫女？」馮勁回道：「爹，向氏兄妹確是這麼說。」闞長老也插嘴道：「那一夜這對兄妹和池木宏之子池倫凱走在一塊，看樣子錯不了。」那男子點了點頭道：「那就請三人隨我們回去見幫主吧。」闞長老與馮勁應了一聲，持棍飛身下場，分別攻向向嶽凌兄妹。

向嶽凌見闞長老足下步行四方，手中棍打四門，便知對方使的是四堵牆棍法。這套棍法古樸大方，結構緊湊，一支長棍以跌、搖二式為主，插、擺二式以輔，攻則快速有力，防則牢若牆堵，故有四堵牆棍法之稱。向嶽凌哈哈大笑道：「闞長老也未免太霸道了，竟在馬路道上築起牆來。不行，不行，此牆非拆不可！」說話間手中鐵尺忽而軟如絹繩，上懸下繞，絞柱纏梁，忽而硬若刨鋸，左戳右扎，砸窗拆牆。原來向嶽凌出身於建築世家，這套拆牆大法更是家傳獨門武藝，正好是四堵牆棍法的剋星。闞長老但感對方每一招都恰恰克制自己的招式，五十招下來已是落於下風，心中大是驚駭。

另一廂馮勁繞著向海璐遊鬥時身形靈動多變，棍法風旋摩轉，前一招「白猴獻書」攻敵面門才剛使完，後一招「靈猴盜桃」已繞到向海璐身後，舉棍斜截她纖腰，使的卻是一套猴棍。向海璐一雙鹿角刀急舞，才堪堪抵得對方快招，卻哪裡還能護得了龔緣鳶，眼見丐幫三名弟子趨前將她拿下，只氣得破口大罵。

馮勁木棍橫掃向海璐下盤，口裡譏道：「姑娘家滿口粗言，豈非不雅。」向海璐左滑避過，右手刀斜切反攻，嘴上也反譏道：「我忘了馮兄父子二人皆是丐幫要人，可說是乞討世家，最懂汙事穢行、濁言髒語，我在馮兄面前開口罵人，豈非班門弄斧，不自量力。」馮勁笑道：「好說好說，在下自創了一套罵棍，正要請向姑娘指教。第一招是『人面獸心』，小心了！」語畢棍端連挑，一招二式，既點面門，又戳前胸，逼得向海璐連退兩步。

馮勁跟著棍撩下盤，疾戳向海璐腿上梁丘、血海二穴，引得向海璐揮刀下攔時，卻轉戳向海璐手臂上曲池、尺澤二穴，口裡則含笑唸道：「陰陽怪氣！」向海璐一怔，隨即立刻明瞭。這梁丘、血海二穴分處足陽明經與足太陰脾經經脈，而曲池、尺澤二穴則屬手陽明經與手太陰肺經經脈，這招「陰陽怪氣」卻是以棍端戳點手足三陰三陽經脈上的要穴了。向海璐口頭上不肯認輸，只見她雙刀疾刮馮勁面門，嘴裡說道：「厚顏無恥，替你刮下一層面皮！」跟著轉劈他中盤，又說道：「狼心狗肺，替你掏出這些禽獸東西。」馮勁趁向海璐分心咒罵，揮棍狠狠擊中對方左腰。向海璐吃痛之際，更避不開馮勁緊接而來的連環三棍，背、腹、肩三處接連吃痛。向海璐心慌意亂，左手鹿角刀脫手飛襲馮勁，雙足一蹬疾速後退，不料早有人候在身後，出手點了自己麻穴。

向海璐一驚之下破口罵道：「是哪個王八蛋由後偷襲？」馮勁笑著說道：「我爹不姓王，姓馮，叫馮協浩，乃丐幫三大長老之首。姑娘罵人不到家，還是少開口的好。」語畢挑棍點了向海璐啞穴。向嶽凌眼角瞥得向海璐遭擒，心中大是驚慌，眼見那馮協浩飛身搶近，舉棒與闞長老聯手夾攻，便知自己遲早敗落，當下搶先說道：「希望丐幫兩位長老顧及武林規矩，對兩位姑娘以禮相待。」馮協浩淡淡說道：「我們要藉助池小姑娘與池木宏父子談判，確定他們不來橫加打岔丐幫的生意，自然會以禮相待，向少俠放心束手就擒吧。」向嶽凌嘆了一聲，見馮協浩一棒點到，便也不加抵擋。

馮勁吩咐手下幾名丐幫弟子將向嶽凌三人綁牢了，又蒙上雙眼，這才解了向海璐啞穴，將三人扛上馬車，啟程回城。向嶽凌待馬車走了一陣，才開口細聲問道：「海璐，緣鳶，妳們都沒受傷吧？」二女應了一聲，向海璐追問道：「哥哥，這丐幫幫主是什麼人物？」向嶽凌搖頭道：「我也不知道。」

龔緣鳶突然開口道：「這丐幫幫主名叫荊度，為人貪圖利益，據說當年他為了經營歡樂草分銷，殺了幾名幫裡的忠臣老將，丐幫在武林中享譽多年，卻在他手上名消譽毀，淪為人所不恥的下三流幫派。」向嶽凌奇道：「妳怎麼會知道這一些？」龔緣鳶道：「我娘那日在船上和我一席詳談，例舉一些往日和我爹娘有過節的人物，叫我碰上了得小心應付，這位丐幫幫主則是其中一個。」向海璐好奇心起，追問道：「緣鳶，妳爹爹他……」向嶽凌出聲打斷她話語道：「海璐，這裡不是詳談的地方，別多問了。」這時候只聞一人輕輕地嘆息道：「向兄弟，你為人也太謹慎了一些，我原本還想聽聽我幫主往日如何與池府人物交惡呢。」向海璐辨得那是馮勁的聲音，忍不住譏諷道：「姓王的，怎麼你也在這車上？」馮勁也不生氣，只是搖頭笑道：「向姑娘，比起令兄，妳可真沉不住氣，跟妳打賭的話，妳準輸。」向海璐不服氣道：「你倒試試。」馮勁不假思索道：「我們兩人哪一個先開口跟對方說話，哪一個就是王八。」向海璐應道：「好！」馮勁失聲笑道：「王姑娘，妳跟我說話嗎？」

向海璐紅透了一張臉，咬牙道：「這不算，我們再來過。」馮勁卻不理她，只是問龔緣鳶道：「池姑娘，我從未聽說過令尊池倫凱成了親，卻不知令堂是什麼人物？」向嶽凌心中一動，明白馮勁始終不相信龔緣鳶是池府人物，正施計探聽龔緣鳶的底細，待要出聲提點時，卻聞龔緣鳶說道：「這位大叔，我也和你打同一個賭吧，誰先開口跟對方說話，誰就是王八。」馮勁一愣之際，向嶽凌兄妹早已笑出聲來。

待得車子終於停下來時，馮勁命令丐幫弟子將向嶽凌三人帶到屋裡，卻不許他們除下眼罩。過得一會兒，便聞得有人走入房內，馮勁先開口稱呼了一聲「漆長老」，緊接著卻聞闞長老道：「漆兄，幫主呢？我們已將池府的小姑娘弄來了。」漆長老微驚道：「你們怎麼將他們弄到大廳裡來！荊幫主帶了兩位貴賓隨後就到，快將他們藏到屏風後去。快！」

向嶽凌三人只覺又被人挪到一角靠牆坐下，更遭人點了啞穴，耳中但聞馮協浩問道：「漆兄，那兩位貴賓是什麼來頭？」漆長老回道：「是兩位雜色眼珠子的波斯僧，漢語可說得好了，說是來跟荊幫主談一筆大生意的。」馮協浩還待再問，門外腳步聲已響起，向嶽凌只聞廳中四人齊聲說道：「屬下見過荊幫主。」

那荊度應了一聲，順道引介道：「這兩位是來自波斯的萬俟慕西萬俟大德，以及莊爾勝莊大德，受邀駐長安市的波斯寺，擔任宣教聖職，今日親臨造訪丐幫，可是我們大大的榮幸。」眾人一番客套話後，自有丐幫弟子送上點心。

荊度續道：「萬俟大德聽說我們丐幫弟子遍布大江南北，想託我們找一個人。」馮協浩奇道：「不知萬俟大德想找的是什麼人？」那位萬俟慕西開口說道：「這人與我們波斯經教有莫大的關係，卻不知馮長老對我們波斯經教可有所認識？」

馮協浩微窘，轉頭瞄了馮勁一眼，馮勁輕輕咳了一聲道：「據說波斯經教源自大秦國，後來與主教大法王有了分裂，東遷至波斯發展，盛極一時，更於唐太宗貞觀年間傳入大唐，甚受禮遇，如今與拜火教及摩尼教平起平坐，成為大唐帝國的三大波斯異教派，並稱『三夷教』。」萬俟慕西點頭道：「馮兄弟說得不錯，當年本教大德阿羅本攜經入長安，由貴國丞相房玄齡親臨城郊迎接，獲唐太宗朝中接見，並被奉為鎮國大法主，允許在長安市建寺傳教，這一切有拜唐太宗的寬政灼見所賜，感謝皇父阿羅訶。」

馮、闞、漆三大長老一愣，皆不明白對方何以稱唐太宗為皇父阿羅訶，齊齊轉望馮勁。馮勁又輕輕咳了一聲道：「波斯經教與大秦國主教供奉的是同一神靈，主教稱之為基督耶穌，波斯經教則稱之為皇父阿羅訶。」另一名波斯僧莊爾勝搶著說道：「馮兄弟這說法不對，本教供奉的……」萬俟慕西微微一笑，揮手打斷他話語道：「馮兄弟非本教教徒，能有這番認識已屬難能可貴，莊大德不必句句求證，我們摘要而敘。」莊爾勝應了一聲，兩人教中職務似乎以萬俟慕西為高。

萬俟慕西續道：「約莫六十多年前，波斯大軍入侵聖城耶路撒冷，不但大肆燒殺擄掠，還將大秦國主教視為聖物的十字架，以及一份聖典經文祕卷盜走，這對當時拜占庭帝國國王希拉克略是莫大的羞辱。」莊爾勝補充道：「那是波斯軍裡的拜火教教徒所幹的惡行，他們所盜走的十字架不是普通的十字架，我們皇父阿羅訶的兒子就在上面被釘死的。」馮、闞、漆三大長老雖然不能全聽懂，卻都頻頻點頭，以表關注。萬俟慕西又道：「後來希拉克略國王發兵反攻，成功收復失地，並且將十字架護送回聖城，但那份聖典經文祕卷卻仍是下落不明。」馮勁突然問道：「萬俟大德，不曉得那份聖典經文祕卷遺失之後，是大秦國主教焦急些呢，又或是貴教憂心些？」

萬俟慕西含笑道：「馮兄弟果然是聰明人，一點就透，這份聖典經文祕卷不論落在哪一方手上，另一方就要頭痛了。」馮勁又道：「莫非萬俟大德要找的這人知曉經文祕卷的下落？」萬俟慕西點頭道：「何只知曉，經文祕卷就在她手上！」

馮協浩眼珠子一轉，轉問荊度道：「幫主，那你是決意發動丐幫弟子，幫萬俟大德尋覓這人了？」荊度道：「萬俟大德知道我們丐幫經營這個……藥草生意，答應替我們穿針引線，結交波斯當地一些有頭有臉的人物，方便我們將藥草生意帶入那兒發展呢。」馮、闞、漆三大長老眼睛一亮，均想丐幫本土的神仙菸生意屈居於綠石教與大運河霸之下，以交易量而論遠遠有所不及，但若能夠搶先開拓波斯市場，則能扭轉劣勢，獨占鰲頭了，思之不禁大為興奮。闞長老更是搶著問道：「不知萬俟大德要找的那人是何許人物？」

萬俟慕西說道：「我們要找的是一名二十三、四歲的女子，據說是波斯與漢族的混血兒，長有一對綠眼珠。」眾人聞言一怔，要知在大唐帝國各大城鎮走動的外族色目人數以萬計，就憑這點滴描述尋覓，可真如海底撈針了。闞長老不禁皺眉道：「這可不好找，萬俟大德可知這女子姓名嗎？」

莊爾勝微顯不耐煩道：「我們若是對這女子底細瞭若指掌，就不必勞煩丐幫幫我們找人了。」萬俟慕西微微一笑道：「我們雖不知這女子姓名，卻曉得她和當今武后似乎頗有關係。另外，她剛從波斯歸來，身上帶著好幾個大箱的經文祕卷，據我猜想，八成是走水路。」

眾人聽說這女子與武后有關，便知此事非同小可，一時都默然不言。過了一會兒，荊度才開口問道：「馮勁，此事你怎麼看？」原來馮勁雖只是一名五袋弟子，但為人精明能幹，又兼博聞強識，頗受荊度器重，此刻但聞他回道：「啟稟幫主，那女子若是由波斯帶來經文祕卷，要不就直接運入長安皇城，又或東都洛陽，獻給武后，要不就先找個隱密的地方藏起來。這經文祕卷若是入了朝廷手中，我們只怕也無能為力了。」莊爾勝搶著說道：「我們在朝廷裡已布了線眼，不會容得對方輕易將經文祕卷運進去。」馮勁點了點頭道：「近幾年武后在洛陽附近的龍門石窟大事修建佛像，主管建築工程的正是武后的親兄弟武託鼎，卻不知與此事可有關係？」荊度雙眼一亮道：「此事我們一查便知。萬俟大德，尋人這事便包在我們丐幫身上，若是有了線索，卻如何聯繫你呢？」萬俟慕西道：「荊幫主只要找上哪個城鎮裡的波斯寺，向寺裡大德詢問一聲，說是想借閱三藏法師的譯本經文，寺裡大德便會聯繫我了。」馮勁揚眉笑道：「到波斯寺裡借閱佛經，可真要惹人笑話了，虧萬俟大德想得出呢！」

眾人嘻笑間，一名丐幫弟子入廳通報導：「啟稟幫主，南宮府南宮天賜求見。」捆綁於屏風後的向嶽凌兄妹一聽，先是大喜，繼而焦慮，南宮天賜若知道龔緣鳶遭擒，必當設法相救，就只怕丐幫三納其口，南宮天賜即使在廳內坐上半天，也不會知道他們三人就在屏風後。

兩名波斯僧聞言立起身，齊向荊度抱拳道：「荊幫主既然有客，我們就此告辭。」荊度命漆長老將二僧送出門外，過不久，但聞兩對腳步聲行近，卻是漆長老將南宮天賜引入廳來。

荊度命人送上茶後，語含疑惑道：「南宮兄弟，我們的交易前一陣子不是談妥了嗎?你今天突然光臨，莫非是出了什麼差錯?」南宮天賜連忙說道：「荊幫主千萬別誤會，我今天造訪，是有一事相求。」荊度奇道：「南宮世家財雄勢大，連你也辦不到的事，我們丐幫又何能為力呢?」南宮天賜微微一笑道：「不是辦不到，而是不方便出面。」荊度揚眉道：「南宮兄弟但說來聽聽。」

南宮天賜說道：「荊幫主也知小弟一向以商貿為重，江湖上幫派糾紛，武林中黑白兩道恩仇，小弟能不過問就絕對不會過問，盡可能置身事外。」荊度含笑點頭道：「這也就是南宮世家何以能夠超越江南水稻商七大霸其餘六霸，將業務擴展到其他領域，遙遙領先的原因。南宮兄弟今年也不過三十來歲，卻已是淮南首富，其中自有道理。」

南宮天賜微微一笑，抱拳說道：「荊幫主您過獎了。這一回小弟卻真是有口氣嚥不下，但盼荊幫主替小弟出頭。」荊度一驚道：「有誰給南宮兄弟受氣了？」南宮天賜頓了一頓，正色說道：「前一陣子內子攜小女到君山上香祈福，遇上了綠石教，對方無端端招惹內子，更向小女用毒，令她們母女倆受了莫大驚嚇。」

荊度本就猜到南宮天賜所求的必非易事，不料竟是要求自己對付江湖第一大毒教，心中暗驚之餘，開口試探問道：「南宮兄弟莫非與綠石教有生意上的往來？」南宮天賜說道：「早在七年前，小弟從家母手上接過家族業務後，就已終止一切和綠石教有關的生意。只是……只是雙方過往頗有淵源，小弟實在不方便出面指責對方。」

荊度一陣沉吟後，喃喃說道：「丐幫與綠石教一向井水不犯河水，何況對方貴為江湖第一大毒教，我們若是與綠石教對上了……」南宮天賜插嘴道：「前一陣子我們談妥的交易，小弟願意作出讓步，由貴幫拿多一成的利潤。」荊度本就貪圖利益，聞言心中暗喜，嘴上卻躊躇說道：「綠石教勢力非同小可，與之對敵必有損傷，我看……得須多分兩成的利潤才划得來呢。」

南宮天賜微微一笑道：「荊幫主就此事與諸位長老斟酌斟酌吧，小弟待走訪了嶺南道的五元派、六合門後，再回頭來拜會荊幫主。」言下之意自是不肯讓步，暗示說丐幫不肯答應的話，自己大可另尋其他幫派出面。

荊度一咬唇，正待應諾，身旁馮協浩卻突然說道：「南宮兄弟和池府池倫凱是表兄弟關係吧？若是池少俠愛女遇難，我們卻將她救了出來，安然無恙交還給南宮兄弟，這又值不值得那兩成利潤呢？」南宮天賜蹙眉道：「馮長老這話是什麼意思？」馮協浩說道：「不怕跟你說，你表弟的愛女已落在我們手上。」南宮天賜更是胡塗了，蹙眉苦笑道：「馮長老是開玩笑吧？我表弟池倫凱尚未成親，哪來的什麼愛女了？」

馮協浩臉色微變，向馮勁打了個手式，馮勁從屏風後將龔緣鳶帶了出來，解了她的麻啞穴及眼罩。南宮天賜一怔，奇道：「怎麼會是妳？」龔緣鳶稍顯尷尬地喚了一聲「南宮表舅」，南宮天賜轉對馮協浩說道：「馮長老有所誤會了，這女孩卻不是我表弟池倫凱的女兒。」

馮協浩臉一沉，嚴聲吩咐道：「將那兩個姓向的拖出來！」馮勁依言而行，將向嶽凌兄妹押到眾人面前，除了二人眼罩。馮協浩冷冷說道：「丐幫弟子若是膽敢當面向我撒謊，我必割下他的手掌，以示懲罰。你們既不是丐幫弟子，我便便宜你們。馮勁，將他們二人舌頭割下！」

向嶽凌兄妹苦於無法開口說話，眼見馮勁吩咐丐幫弟子取來匕首，頓時嚇出了一身冷汗，危急間但聞南宮天賜喝止道：「且慢！」馮協浩揚眉道：「南宮兄弟有什麼指教？」南宮天賜追問道：「你說這二人姓向？」龔緣鳶從旁急道：「不錯！當日荃兒遭綠石教三大護法擄拐時，就是向大哥與向姐姐出手相救的。」

南宮天賜顯然曾聽慕容心如提過此事，只見他眼珠子一轉，打個哈哈說道：「荊幫主，我們快人快語，丐幫多拿兩成利潤，我則得以將這三人帶走。」荊度心花怒放，連聲應諾道：「好！至於綠石教那邊，一定不叫你失望！」馮勁不待荊度吩咐，立刻動手解了向嶽凌兄妹麻啞穴，並伸手扶二人立起身，帶笑說道：「這全是誤會一場，向少俠，向姑娘莫要見怪。」

向海璐正待反唇相譏，向嶽凌已趕緊捏她手腕示意，要她勉為強忍。待三人隨南宮天賜上了車後，向海璐才啐了一聲道：「我實在看不慣那姓王的嘴臉，總有一天要叫他好看。」南宮天賜奇道：「我還道那年輕人姓馮，是馮長老的兒子，原來他姓王。」向嶽凌搶先向南宮天賜言謝，南宮天賜卻反過來謝過二人於南宮荃遇難時假以援手。原來南宮天賜非常鍾愛女兒，向嶽凌兄妹既是愛女的恩人，在他眼中自然不比一般尋常人物，待得聽說二人要到婺州訪友時，更是堅持要一路相送，向嶽凌兄妹見盛情難卻，又心喜對方為人殷勤熱心，便也樂得結伴同行。接下來幾日，向嶽凌兄妹與南宮天賜在車上多番攀談，均覺得他言談風趣，又兼博學強聞，生意上除了家族水稻業務外，也涉獵販馬、絹帛、藥草、鹽、茶、糖等多項業務，單是揚州東市內二百二十行之中，南宮天賜就涉及一十八行，坐擁二十七家店面，是名副其實的準南首富。向嶽凌見南宮天賜不過比自己長了七、八歲，卻已成就雄偉鉅業，心中大是欽佩。

與此同時，向海璐卻發現南宮天賜待龔緣鳶甚為冷淡，而後者瞧南宮天賜的神態也隱含厭惡之色，於是趁南宮天賜約向嶽凌外出喝酒時，將龔緣鳶拉到房裡探問。龔緣鳶淡淡說道：「你們救了荃兒，南宮表舅待你們好是應該的。可是他往日欺負我娘，我又何必領他這個情呢。」向海璐莞爾一笑道：「大人與大人之間難免有些小摩擦，妳小孩兒怎可放在心上？」龔緣鳶揚眉道：「我娘半隻耳朵都給他削下了，這能是小摩擦嗎？」向海璐嚇了一跳，連聲追問緣由，龔緣鳶卻不肯說，向海璐只好作罷。

不一日，車子到了婺州金華鎮，南宮天賜說道：「我弟弟在鎮裡開了一間餐廳，我先請你們到他那兒吃一頓。」向嶽淩笑道：「哎喲，怎麼這般巧！我們要找的那位朋友也是鎮裡的名廚，說不定是跟你弟弟打對臺的呢。」南宮天賜微微一笑道：「金華鎮裡最有名的餐廳就是石天樓，最有分量的名廚就是我弟弟石天恩了。你們那位朋友若要硬碰，只怕大有苦頭吃。」

向嶽淩兄妹一怔，齊聲問道：「石天恩怎麼可能是你弟弟？」南宮天賜說道：「我原姓石，小時候過繼給南宮世家，這才改姓南宮。」向嶽淩語含興奮問道：「這麼說來，石頑、白素娘是你爹娘了？」南宮天賜一愣道：「你怎知道？你們到底是誰？」向海璐燦然笑道：「我娘叫酒窩兒，是你爹的結拜妹子，未嫁給我爹之前還曾在石天樓住過好幾年呢，這些你難道沒聽你爹娘提起過？」

南宮天賜臉現古怪的神色，淡淡說道：「我自小過繼南宮世家，也沒什麼機會和我爹娘相聚。」向海璐卻沒留意，只是繼續說道：「我六歲那年你阿菁二娘到過我家，幫我娘接生我弟弟，我還有印象呢。可惜你爹爹和阿菁二娘後來雙雙遇難，我娘得訊後傷心得很，哭了好幾天，我們兩兄妹這一次南遊，我娘就千叮萬囑，一定要到他倆墳上上香，替我娘磕個頭。」南宮天賜轉望遠處，若有所思地點頭說道：「的確也該到他墳頭上枝香了。」

南宮天賜將車子駛到石天樓門前，領著向嶽凌三人入內。一名手捧熱湯的店小二和南宮天賜打了個照面，突然怪叫一聲，險些就失手掉了湯碗，只是怔怔地盯住他道：「石老闆……你不是就剛在廚房裡嗎？怎麼眨眼間就換了衣服……這……」一名掌櫃快步趕上，伸手拍了拍那店小二後腦，皺眉斥道：「大驚小怪！還不快到廚房裡喚石老闆出來。」說完又轉對南宮天賜陪笑道：「這小子是個新手，沒能將你認出來，而大少爺你也太久沒來了。我這就到後院喚白大娘去。」

向海璐奇道：「莫非你弟弟石天恩和你長得極為相似嗎？不過說也奇怪，我娘怎麼從未提起你呢？」南宮天賜臉上又浮現那古怪神情，喃喃說道：「我既已過繼南宮世家，他們又何必提起我呢。」向海璐還待追問，身後卻響起一把洪亮的聲音道：「大哥，你終於都來了，我和娘可盼苦了呢。」向嶽凌兄妹回頭一看，都是驚得呆了，但見來者圓臉大眼，和南宮天賜長得一個模樣，只是南宮天賜衣著華麗，自有一股貴氣，這人一身大廚裝扮，滿身油汗，論氣質可差得遠了。向嶽凌兄妹這才明白，原來石天恩與南宮天賜竟是孿生兄弟。

南宮天賜先前那神情早已隱去，只見他和石天恩欣然相擁，笑著說道：「做哥哥的業務忙，總抽不出時間。」石天恩雙眼一瞪道：「哪有連續忙上兩、三年的？你再不來，我可要聯同左三哥、右五哥到你府上將你揪來了。」說完又擁著他大笑，顯然非常疼愛這位兄長。

這時候那名掌櫃領了一位六十來歲的老婦出來，只見這老婦臉蛋特長，有如涼瓜，瞧上去甚是怪異。石天恩快步迎上，將那老婦攙扶到桌上，笑著說道：「娘，妳瞧是誰來了。」那老婦神情恍惚，手握桌上筷筒翻弄，把竹筷撒滿桌面，對石天恩的問話不予理睬。南宮天賜一愣，顫聲問道：

「天恩，娘怎麼了？」石天恩苦笑道：「娘年紀大了，這兩年有些許痴呆，大哥你別叫嚇著了。」

南宮天賜臉色蒼白，伸手輕撫老婦肩頭，顫聲問道：「娘，妳可認得我？」那老婦抬起頭先瞧瞧南宮天賜，又望了望向嶽凌兄妹，指著三人一一道：「你們不就是左鴨翅、右鴨腿、鴨脖子羅。」石天恩哄著老婦道：「娘，鴨脖子他們到杭州去探望右鴨翅兩夫婦，這兩天就回來了。眼前這位是天賜呀，妳怎麼不認得了？」

向嶽凌兄妹知道石天恩的母親白素娘另外收養了六名子女，也就是鴨脖子幾人，眼見她如今連至親的人都認不得，心中不禁唏噓感嘆。南宮天賜眼眶一紅，怔怔地呆視白素娘，半晌說不出話來。

石天恩轉問向嶽凌兄妹道：「你們是我大哥的朋友吧？」向嶽凌道：「石大哥，我們兄妹從瀛州出發前寄了一封信給你，不知你……」話沒說完，石天恩已是恍然大悟，笑著將向嶽凌擁入懷裡道：「原來你們是酒姑姑的一對兒女，我可盼得久了！」向海璐心知向嶽凌最愛乾淨，此刻被一身油汙的石天恩抱在懷裡，必定十分難受，忍不住抿嘴偷笑。向嶽凌雖是尷尬，但有感石天恩一股熱情，心中也難免感動。

那掌櫃從旁提點道：「石老闆，客人還等著上菜呢。」石天恩洪聲道：「還上什麼菜？廚房不煮了！在座的都不收錢，石天樓今天關門休息了。」那掌櫃不敢駁嘴，只好訕訕然逐桌去向客人討罵。

石天恩招呼向嶽凌兄妹坐下，手指龔緣鳶問道：「這位小姑娘又是誰？我總覺得她面善得很。」向嶽凌說道：「她叫龔緣鳶，是神鞭巧三娘的女兒，你可認識她娘？」石天恩臉色突然一沉，變得極為難看。向嶽凌一愣之際，才留意到龔緣鳶一直低著頭咬唇，顯得十分尷尬，當下心裡便也猜著了三分。

向海璐見狀，連忙轉換話題道：「石大哥，這兩天得勞煩你先帶我們去買些祭品，再到墳地替石伯伯、阿菁二娘、以及蘭兒姐姐上香。」石天恩咬牙道：「你們若能夠替我弄來崔小豔的人頭當祭品，我爹他們三人在天之靈就感欣慰了。」向海璐微驚道：「石大哥，你要找崔小豔報仇？」石天恩恨聲道：「這十來年我已陸續將壞德、亂德、瀆德三人的人頭弄來拜祭蘭兒姐姐，就只差崔小豔一個。」

南宮天賜忽然開口道：「天恩，你真有心要殺崔小豔，替爹報仇？」石天恩說道：「大哥，我知道你始終有個心結，怪爹娘當年不該將你過繼給南宮世家，你不願涉險替爹報仇，連累你家裡人，這點我能夠明白。可是我自小和蘭兒姐姐一起長大，眼見崔小豔縱容她手下對蘭兒姐姐百般凌辱，又對爹及二娘施以酷刑，我怎能不替他們報仇呢？」

向嶽凌兄妹對此事所知不詳，此刻聽來只覺暗暗心驚。南宮天賜想了一想，沉聲說道：「綠石教勢力龐大，要殺崔小豔得謹挑時機，每年七月是崔小豔父親的忌日，在那之前她必到萬花谷選購鮮花備祭。你可聯同左三哥、右五哥先到萬花谷埋伏，我則派人探查，確定她行程後立刻通知你們。」

石天恩雙眼一亮，大力拍了南宮天賜肩頭一把道：「這才是我的好兄弟！」向嶽凌兄妹對望一眼，齊聲說道：「石大哥，我倆願助你一臂之力。」石天恩一愣道：「此行甚是凶險，你們卻不必去。」向嶽凌說道：「石伯伯對我娘有恩，我娘早就叮囑過了，石大哥有什麼需要幫忙，我們必傾全力相配合。」石天恩心中感動之餘，眼眶微溼，喃喃說道：「爹，你生前好善樂施，終也有人感恩圖報，也並非每個人都忘恩負義。」語畢不經意又白了龔緣鳶一眼。

向海璐見龔緣鳶極是難堪，開口說道：「石大哥，我們也累了，能否開間房讓我們歇息？」石天恩聞言連忙招來那名掌櫃，要他領向海璐與龔緣鳶入客房休息。向海璐待掌櫃離房後，轉慰龔緣鳶道：「上一代的恩怨與你無關，石天恩即使與你娘有過節，也不該遷怒於你。」龔緣鳶輕輕嘆了一聲道：「我爹爹親手殺了他爹爹，我又怎能怪他懷恨於心呢？」向海璐大驚失色，輕聲追問道：「這到底是怎麼回事？」龔緣鳶緩緩道：「據我娘說，是我爹爹有愧於他爹爹在先，後來在極樂谷內，極樂王擒了他爹爹，當眾逼我爹爹處決他，那卻是情勢所逼，無可奈何了。」向海璐驚疑不定，心想這其中情由必定錯綜複雜，若非當事人只怕也不能全然明瞭。

龔緣鳶突然懇求道：「向姐姐，我不想隨南宮表舅回揚州，也不想留在石天樓，你能不能帶我到萬花谷，再託南宮表舅帶信給我娘，叫她到那兒接我回家。」向海璐自然明白龔緣鳶的難處，一陣沉吟後便答應替她做安排。

第四回　使奸詐低價購酒廠，破珍瓏攀岩取祕笈

第二天早上，龔緣鳶臥床裝病，石天恩帶了餘人到墳地拜祭石頑三人，向海璐趁機向南宮天賜就此事說明白，南宮天賜本就不願攜帶龔緣鳶同行，聞言自是同意，當下寫明到萬花谷的路途指示後，辭別眾人獨自上路，北歸揚州。

石天恩吩咐掌櫃道：「把大門關上，我要特備幾道佳餚宴請我的兩位好弟妹，今天不做生意了。」向嶽淩兄妹嚇了一跳，齊聲說道：「石大哥，你也別太客氣了。」那掌櫃卻低聲說道：「石老闆自小愛玩愛鬧，石天樓的盈虧他從不放在心上，生意好的時候他還叫苦連天呢！這陣子難得左老闆、鴨老闆不在，他還不趁機偷懶！」

向海璐好奇心起，追問道：「是左老闆嚴些，還是鴨老闆嚴些？」掌櫃道：「左老闆嚴，鴨老闆勤，石天樓的員工都怕他們兩個，就是不怕右老闆。」向嶽淩兄妹齊聲問道：「為什麼？」掌櫃道：「右老闆脾氣好，心又軟，員工都愛占他便宜，有事沒事老向他借錢，四個老闆裡頭要數他最窮了。」向海璐又問道：「那麼四個老闆裡頭，誰的廚藝最好？」掌櫃圓睜雙眼道：「那還用說！石老闆

蒙上眼睛下廚，也勝過其他三人好幾個馬鼻呢。」

掌櫃話剛說完，身後突然有人開口說道：「今天廚房缺鴨舌，掌櫃這條特長，割下來用也就夠了。」掌櫃伸了伸舌頭，轉身向剛入門的二男一女一一問安道：「左老闆、右老闆、鴨老闆，你們都回來了。」向嶽凌兄妹順序打量來者，只見三人皆是四十來歲，其中左鴨翅長得又黑又瘦，右鴨腿則是白白淨淨，鴨脖子比二人矮了一個頭，卻胖了一圈。

右鴨腿搶先向掌櫃打眼色道：「左老闆口渴了，還不快斟茶給他喝。」左鴨翅皺眉道：「我都還沒開口罵他，你就這麼急護著他幹嘛？」右鴨腿陪笑道：「他說話是直了些，卻沒什麼惡意，三哥你就別為難他了。」石天恩遠從廚房裡哈哈大笑道：

「掌櫃說了實話，刺痛了左三哥呢。」左鴨翅哼了一聲道：「你有膽就蒙上雙眼和我們比一場。」石天恩笑著從廚房裡搶出來道：「奉陪！」語畢替向嶽凌兄妹代為引介。向海璐也笑著說道：「那我們兩兄妹就老實不客氣，當你們的裁判好了。」

石天恩四人果然一頭栽入廚房裡，忙了一個多時辰，才將四大碟上了蓋的菜餚端到桌上，並笑嘻嘻地說道：「我們分別煮了春秋戰國四大煞菜，請你們一一品嘗。」向嶽凌一怔道：「什麼叫四大煞菜？」石天恩正色說道：「每一道菜都沾了一國之君的血，讓我來一一為你們詳解。」說著掀了其中一個碟蓋，只見碟上一條肥壯白魚烤得金黃馥郁，瞧著便叫人食指大動，向海璐老實不客氣，夾了一大塊入口，只覺除了魚香外，唇齒間還辨有肉末、筍末，及香菇味兒，原來魚肚裡藏有酒醃餡料，滿口肉嫩魚鮮，十分美味。

待得向嶽淩也嘗了一口後，石天恩續道：「這道太湖名菜是吳王王僚最喜愛的一道菜，伍子胥有鑑於此，向欲篡位的闔閭獻計，派刺客專諸到太湖向太和公學做炙魚，三個月學成後，闔閭宴請王僚，專諸便以魚肚內密藏的短劍行刺王僚，容得闔閭登上王位。」鴨脖子忍不住開口問道：「滋味如何？」石天恩輕聲說道：「大姐，待他們四道菜一併嘗完，才作評價嘛。」向嶽淩兄妹心中暗笑，明白這道菜必是鴨脖子所作。

向海璐逕自掀開了第二個碟蓋，只見這碟是道甲魚羹，耳聞石天恩說道：「這道黿羹為春秋鄭國鄭靈公所喜，有一回享用時眾大夫到訪，鄭靈公分賜時卻獨漏了公子宋，公子宋十分難堪，離去前伸指入鼎蘸了羹汁一嘗，卻惹怒了鄭靈公。公子宋害怕鄭靈公要殺自己，先下手為強，密謀殺了鄭靈公。」

向嶽淩兄妹各夾一片入口，剛要叫好，卻聞得大門外有人叩門。石天恩大聲喚道：「今天廚房沒點火，不做生意了。」門外那人說道：「明明聞得太湖飄香，黿羹鬱郁，你這是說大話來著。」石天恩雙眼一亮，將第三道菜捧到門縫處，掀蓋說道：「你能猜著這道菜，我就開門讓你進來。」門外那人深深地吸了一口氣，大聲嘆道：「好毒，好毒！毒不死荊軻，卻也刺不死秦王。」石天恩哈哈大笑，開啟門說道：「隔門而能辨香，也只有范毅辛范前輩才有這等功力呢。」

向嶽淩兄妹抬頭一看，只見一名五十來歲的老者隨石天恩步入食堂，二人經石天恩代為引介後，才知道這位卻是倍受武林人物尊重的海天一派掌門人范毅辛，當下連忙拜見過。范毅辛手指石天恩手上那碟菜，笑著道：「兩位小娃娃當心，這姓石的不懷好意，想毒死你們。」向嶽淩一怔道：

「前輩此話怎說？」

范毅辛道：「『本草綱目』裡有記載，馬肝有大毒，當年荊軻藝高膽大，啟程行刺秦王前，要求燕國太子丹宰殺一匹千里馬，取馬肝食之。荊軻食毒壯膽，太也危險了，不可效仿。」左鴨翅搶著說道：

「我這道馬肝嚼而取其味，不吞食，不礙事。」語畢見向嶽凌兄妹豫疑不決，便夾了一片入口細嚼示范，強加印證。向嶽凌兄妹對望一眼，仍是苦笑著搖了搖頭，左鴨翅不禁大感失望。

石天恩笑嘻嘻地說道：「范前輩，這最後一道菜餚的典故就由你來說吧。」語畢掀了碟蓋，眾人探頭一瞧，只見一碟切丁精肉上淋了肥濃羹汁，以嫩筍、香菇、山藥、薑末爆炒，另外聞得濃郁的紹酒味。向海璐搶先夾了一塊肉丁一嘗，辨得是塊淨羊精肉，只覺肉質細膩、滋味鮮美，當下連聲讚好。

范毅辛點頭道：「這羊羹起源於西周，到了春秋戰國，更是榮升為宮廷菜。據說戰國時代的中山國國君曾用這道羊羹宴請眾大夫，一位叫司馬子期的將軍坐在末座，那碟羊羹還沒傳到他就已被夾個精光。司馬子期心中憤憤不平，暗覺自己不受重視，當天晚上捲袱出走，投靠楚國，後來更幫楚王滅了中山國。」

向海璐睜大了眼睛道：「就為了那麼一口羊羹？這中山國滅得也太冤枉了。」范毅辛含笑說道：「問題不出在於羊羹，而出在於中山國那位國君用人之術，他要是懂得適時將自己那碟羊羹讓給司馬子期，司馬子期不但不會反，還會拼了老命替他打天下呢。」

石天恩也點頭道：「我曾聽我爹說過，當年海龍幫幫主東海龍王每次和他的一名手下強將下場擊鞠，總是刻意輸馬球，藉此餵飽對方的好勝之心，以確保對方不會滋生反叛之意，這恐怕也是同一個道理。」

范毅辛轉對石天恩說道：「老夫今天不但不請自來，還約了你兩個乾兒子的爹娘來呢。」石天恩大喜道：「年子鴻兩夫婦也會來嗎？我已經整整一年沒見到景泰、景豐兩兄弟了，卻不知他們又長高了沒有。」石天恩說這話時眼中滿是關懷喜悅的神色，顯然異常疼愛這兩個乾兒子。向海璐見狀取笑道：「石大哥，你這麼喜歡小孩，自己為何不早些成家，生他三、五個呢？」

左鴨翅哼了一聲道：「他當年救了計姑娘，要是懂得把握時機，打蛇隨棍，景泰、景豐兩兄弟說不定就是他親生兒子了。」石天恩聞言臉色飛紅，向海璐裝作沒瞧見向嶽凌向她猛打的眼色，開口追問道：「計姑娘就是年夫人嗎？當年石大哥又怎麼救她來著？」左鴨翅說道：「計姑娘當年落入大運河霸一名淫徒手中，幸得天恩相救。這小子回到石天樓，對計姑娘念念不忘，卻什麼也不敢做。結果一年之後，計姑娘不但嫁了高闊門的年子鴻，還陸續替他生了兩個兒子，只因有感天恩救過她，便要兩個兒子拜天恩為乾爹。」

右鴨腿及鴨脖子見石天恩大為尷尬，連忙將左鴨翅推入廚房道：「既然有客人要來，我們還不快動手多備幾盤菜餚！」向海璐見向嶽凌向自己狠狠瞪了一眼，伸了伸舌頭道：「我去叫緣鳶出來吃飯。」說完藉機開溜。

石天恩定了定神，轉問范毅辛道：「前輩這次約了年兄，莫非是聯盟五派出了問題？」范毅辛突然神情凝重，沉聲說道：「五元派和六合門遠在嶺南，禍不殃及，我們海天一派、催青派、高闊門三派卻大勢不妙。」石天恩一驚道：「到底出了什麼事？」

范毅辛留意到向嶽凌稍顯迷惑，便略為解釋道：「我們五派做的都是釀酒生意，為了避免惡性競爭，早在十九年前就已聯盟立約，劃分生意界限，這十九年來也都相安無事。可是最近一兩個月，我分布江南的許多老客戶都突然決定不向我拿酒取貨，又不肯告訴我原因，也不肯透露誰是新的供應商。最奇怪的是，就連準南道的催青派，山南道的高闊門也都面臨同個問題。」

石天恩蹙眉道：「江南道這一帶做釀酒生意的只有東江神刀門能和貴派相庭抗禮，莫非是他們從中搗鬼？」范毅辛點了點頭道：「我們也是這麼想，因此今天便約了東江神刀門掌門雕拓，探一探他的口風。」

這時候門外突然響起一陣急促的敲門聲，更有兩把孩童的聲音喚道：「乾爹，快開門，我們到了！」石天恩搶前把門一開，立刻有兩名十一、二歲的男孩爭先恐後地撲到他懷裡，只樂得他開懷大笑。緊隨入門的卻是一對夫婦。

向海璐此刻正好領了龔緣鳶下樓，一雙眼睛登時鎖定那少婦，但見她身形婀娜，相貌娟美，果然容顏照人，再瞧那男子，雖無潘安之貌，但一臉親切笑意，叫人瞧著喜歡。石天恩忙代為引介，原來來者正是高闊門掌門年子鴻，他夫人計瑩瑩，以及年景泰、景豐兩位公子。

石天恩招呼眾人坐下後，幫鴨脖子三人將菜餚端了出來。年景泰先開口問道：「乾爹，哪一碟是你炒的？我今早刻意不吃，就為了留肚，吃你炒的菜。」石天恩聽了大是高興，手指那四碟煞菜道：

「這裡頭其中一碟是乾爹炒的，你倒來猜一猜。」年景泰一一嘗過後，手指那碟羊羹道：「八成是這碟了。」石天恩與右鴨腿鼓掌誇讚之際，鴨脖子卻不悅道：「難道鴨姑姑煮的太湖白魚不好吃嗎？」年景泰眼珠子一轉，侃侃說道：「鴨姑姑，妳要是當著我娘面前，問我爹皇宮裡眾妃子哪個最美，我爹必定說沒一個比得上我娘的。就好比皇宮裡御廚煮了一桌的宮廷菜，當著我乾爹面前我仍是說我乾爹炒的菜最好吃，對不對？」

石天恩笑著擰了他面頰一把道：「你這張油嘴兒抹的是年字號的，又或是計字號的油？」年景泰回過頭問年子鴻道：「爹，你說娘長得美不美？」年子鴻笑著說道：「你不見我們後院那棵桃樹總不開花，只因見到你娘，花兒都羞死了。」眾人嘻笑聲中，年景泰撫掌道：「看來我嘴兒抹的是年字號的油呢。」計瑩瑩白了年景泰一眼，轉對年景豐說道：「將來娘老了，一定到你家住，因為你哥哥家院子裡桃樹肯定不開花。」眾人一聽，又是一輪大笑。

餐桌上石天恩、年子鴻都是愛開玩笑的人，一頓飯沒吃完眾人已是笑飽了。向海璐留意到年景泰聰明伶俐，就是大人們語帶雙關的笑話兒他也聽得懂，反觀他弟弟年景豐則有所不及，看樣子老實多了。

待得眾人用完餐後，年景泰嚷著要上金華峰，計瑩瑩轉對石天恩說道：「石兄弟，金華峰的飛來亭後面不是有一局石刻『珍瓏』嗎？自從去年泰兒在峰頂見識過後，回府勤翻棋書，居然給他鑽研出破解之法，所以今天才這麼急著要上山印證。」石天恩一驚道：「這局『珍瓏』多年來無人能破解，泰兒竟有此能耐，連我這個做乾爹的也要自嘆不如了。」

向海璐好奇心起，開口說道：「這局『珍瓏』真的這般難解嗎？年夫人，我也隨你們上峰見識見識去。」計瑩瑩自是說好，於是二女離座備車，帶了年景泰、景豐，以及龔緣鳶三個小孩出城。鴨脖子三人今早方遠遊歸來，難免疲睏，不一會兒都藉故回房休息。

范毅辛見桌上只剩四人，便開口問年子鴻道：「年賢姪，你這幾天可查到了些什麼？」年子鴻點了點頭，慎重說道：「原來雕拓於兩個月前祕密接洽我們三派的主要客戶，各別簽訂一年的合約，由東江神刀門供應釀酒，待得一年期滿，他們將舉辦一個盛大的回饋賭局，每個客戶皆可和東江神刀門賭一局，若是勝了，過去一年的帳目便抵消，若是敗了，也只不過是照常付帳。這合約於他們有利無弊，也難怪他們爭先恐後，一概都簽了。」

桌上餘人一聽，登時愣呆了。過了一會兒，才聞石天恩喃喃自言道：「東江神刀門好毒的手段，他們自身雖是虧得七孔流血，卻決意要將你們三派逼上絕路，到得明年，則只剩他們一派獨大了。」

范毅辛臉色蒼白，咬唇問道：「那你岳父怎麼說？」年子鴻嘆了一口氣道：「范前輩也曉得我岳父計聖堂是個心高氣傲的人，眼見自己堅守多年的血汗鉅業面臨瓦解，一時候接受不來，已臥病床上多日。瑩瑩擔心他病情惡化，卻沒將此事告訴他。」原來計瑩瑩的父親計聖堂正是催青派掌門人，做的同樣是釀酒生意。

范毅辛默然想了好一會兒，才復開口說道：「待會兒雕拓到來，我們只有委曲求全，三派共同替他承擔來年這場賭局虧損，另外也邀東江神刀門重入聯盟，將聯盟五派原有的市場劃分一些給他。」年子鴻恨聲道：「東江神刀門前任掌門東江狐素以鬼計多端，陰險刁鑽見稱，想不到他兒子竟是青出於藍而勝於藍，比他老子更刁鑽十倍。」

向嶽淩奇道：「范前輩說是要邀東江神刀門重入聯盟，莫非他們原屬聯盟？」范毅辛點頭道：「不錯，當年我們原為聯盟六派，後來卻發現東江神刀門與丐幫同流合汙，販賣歡樂草，於是決定將之除名。」向嶽淩還待再問，門外突然響起一把聲音道：「都已是陳年往事了，范前輩怎麼老提，何況我爹爹早已入土為安，前輩就算要追究，也等他日歸西後，找我爹爹詳談才是。」

眾人回頭向大門處望去，只見說話那人是名三十來歲的男子，一身藍綢長袍，足下靴頭嵌珠，穿著甚是華貴，但額頭狹窄，下巴又尖，面相毫無貴氣。反觀他身後另一名男子，雙目炯炯，不怒自威，雖已年近六十，但身形魁偉，不遜壯年之勇。眾人目光都不由自主地往後者身上投射。

前面那人正是東江神刀門掌門雕拓，此刻但見他咳了一聲，代為引介道：「這位是驕陽鏢局總鏢頭翚驕陽，也是在下的岳父大人。」向嶽淩雖見過翚焱、翚淼兩兄弟，卻沒聽過翚驕陽的名頭，眼見范毅辛三人臉色微變，便明白對方大有來頭。

石天恩命店小二上了茶後，雕拓先開口說道：「年掌門，聽說令岳計掌門身子不適，莫非是受了風寒嗎？」年子鴻心頭有氣，口頭上卻客客氣氣地回道：「夏暑小疾，經大夫診治後已無大礙，雕掌門有心了。」雕拓刻意嘆道：「令岳年紀也大了，身子不適之際，最渴望有個兒子在身邊接手打理業務，好讓自己安心養病，就可惜令岳與計家兄弟緣淺，臨暮而親子不在身旁，人生一大哀事也，唉！」

原來計瑩瑩原有個兄長，年輕時犯了大錯，被父親計聖堂趕出家門，斷絕了關係。年子鴻不明白雕拓何以重提舊事，只是含糊應了一聲。雕拓喝了一口茶，緩緩說道：「我們東江神刀門最近貨單倍增，酒窟存貨供不應求，正想找令岳商量，看他是否有意思出讓酒廠，趁機榮休，安享晚年。」年子鴻與范毅辛對望一眼，立刻明白了雕拓的全盤大計。東江神刀門擬斷了三派的市場後，再逼他們廉價出售酒廠，趁機收購，這一招又比自己二人先前所設想的計高一籌了。

雕拓不待對方說，轉對范毅辛說道：「范掌門，前一陣子杭州的一家酒樓出了亂子，一大票客人集體中毒，據說是喝了貴派所供應的釀酒呢。」范毅辛正色道：「事後證實禍源乃是太湖魚產，與我們的釀酒無關，那家酒樓也就此事做出了澄清。」雕拓故作苦笑狀道：「可惜好事不出門、惡訊傳千里，我們只聽說了前半段傳聞，事後澄清云云倒沒聽說過。」范毅辛瞧見雕拓臉上的神情，心裡已然大悟，

當下冷冷說道：「雕掌門，貴我兩派同在江南道做釀酒生意，難免有所競爭，但如你這一類手段卻似乎有違公正。何況高闊門的市場遠在千里之遙，和貴派並無衝突，你又何必趕盡殺絕呢？」

雕拓揚眉含笑道：「我原本的確只想收購貴派的酒廠，坐穩江南道釀酒業第一把交椅，也就足夠了。幸好我岳父一言驚醒夢中人，說我若是單單對付貴派，年掌門與您交情這麼好，必定從旁相助，再加上他岳父的催青派，到頭來我東江神刀門只怕要撲個灰頭灰臉，自討沒趣了。所以嘛，只好一網打盡，一次過收購海天、高闊、催青三派。」范毅辛與年子鴻驚怒交集，這才明白鞏驕陽才是幕後主使人。雕拓從懷裡掏出一疊紙，在桌上攤開道：「這是東江神刀門收購海天一派與高闊門酒廠的建議書，請范掌門，年掌門兩位過目。」范毅辛與年子鴻強按怒氣，低頭將建議書仔細讀了一遍。

向嶽淩從旁觀察，只覺范、年二人怒氣漸消，取而代之的卻是一臉驚訝之色，到得後來，二人抬頭面面相覷，半晌說不出話來。

鞏驕陽由始至今默然不語，此刻卻突然開口說道：「范掌門，年掌門，我雖鼓勵我女婿開拓業務，大展宏圖，卻不會教他做令人詬病之事，你們各自可得的廿六萬兩收購價，遠遠超出現有市價，你們可不吃虧。」向嶽淩見范、年二人各自沉吟不語，便知對方所開出來的價錢確是天價。雕拓替范毅辛斟了杯茶，比了個請示道：「范掌門若是為了杭州那件事惱怒，在下這裡賠個罪。正如我岳父所說，我對三派的酒廠雖是志在必得，卻也不會趁危無理壓價。」

范毅辛想了一想，正色說道：「雕掌門的確開出了個好價，請容老夫回府和內子商量後，盡快給以答覆。」雕拓笑著說道：「那當然，接下來幾個月我也忙得很，我們不如約定今年冬至節再度光臨石天樓，吃餛飩拜冬，簽收購合約吧。」范毅辛眉頭一皺，心想離那冬至節還有五個月，自己的釀酒生意只怕撐不下去，雕拓言下之意，卻是逼迫自己當場簽約。

年子鴻為那收購價大大動了心，卻擔心雕拓使詐，這時忽然開口說道：「雕掌門，要我現下簽約也行，不過卻須石天恩石兄弟，向嶽淩向少俠，以及令岳鞏前輩三人作證。」雕拓點頭道：「行。」范毅辛雖覺此約簽得草率，卻也明白自己無甚選擇，當下也肯首同意了。

雕、范、年三人先蓋章簽名，底下又寫明鞏、石、向三人為此約作證，最後則將合約在桌面上攤開，容許墨跡風乾。石天恩從酒窖裡取來一罈劍南春，替六人各斟一杯，作為慶賀。

范毅辛見鞏驕陽不舉杯飲酒，稍感訝異，開口問道：「鞏兄怎不飲酒？」鞏驕陽淡淡說道：「驕陽鏢局有個規矩，眾弟兄日落之前不許飲酒，我身為總鏢頭，就應該以身作則。」范毅辛心中敬佩，提起茶壺替鞏驕陽斟了一杯，笑著說道：「那小弟則以茶代酒，敬鞏兄一杯。」不料范毅辛一口飲盡，鞏驕陽仍是不舉杯，只是淡淡說道：「這茶太燙了。」

范毅辛疑心頓起，立刻察覺鞏驕陽雖是端坐椅上，一雙手卻始終藏於桌面下，再定眼一看，忽然發現攤在桌面上的合約中央有幾縷輕煙裊裊升空。范毅辛心頭一震，搶過合約一看，只見方才寫明「廿六萬兩收購價」的字據此刻卻少了一個「廿」字，成了「六萬兩收購價」。原來鞏驕陽雙手抵住桌面底，運起一股內力穿透桌面，精準無誤地將熱氣瞄準兩份合約上的「廿」字，巧妙無方地將墨跡蒸發。雖說合約上所使用的墨水必有古怪，可是鞏驕陽這一手精準無誤的隔板傳熱，卻是驚世駭俗的神功。

范毅辛一聲怒吼，揮拳擊向鞏驕陽面門，這一擊乃盛怒之下出手，拳帶雷霆之勢，已使上十成功力。鞏驕陽揮掌迎上，待得拳掌將觸之際，突然五指稍合，作勢要抓。范毅辛但感對方掌中滋生一股吸力，自己那一拳不由自主地隨鞏驕陽斜裡一甩，失了準頭，以毫釐之差沿對方右耳破風而過，待得拳勢已盡，卻感對方以掌裹拳，使勁便欲捏碎自己掌骨。

范毅辛大吃一驚，沒料到自己盛怒之下過於魯莽，一招出手已遭對方牽制，這時候自己多年勤習苦究的武學立刻顯現，右手使出軟骨功，左掌斜切，取敵關元，同時一口濁氣向對方右眼吐射而去。鞏驕陽右耳原已被對方拳風震得嗡嗡作響，此刻右眼一痛，抓捏敵拳的手勁頓減，又見對方左掌疾疾拍到，當下再也顧不得傷敵，滑步向後閃避。

向嶽凌幾人正當舉杯暢飲間，忽然目睹二老出手相鬥，一時候都驚得呆了。年子鴻見雕拓趕緊將他那一份合約塞入懷中，便知有詐，連忙搶到桌旁細看，瞬間便察覺少了「廿」字。年子鴻既驚震，又迷惑，抬頭追問雕拓道：「這到底是怎麼一回事？」雕拓冷冷說道：「六萬兩才是真正的收購價，那廿萬兩是個虛價，僅足以購得一小股貪小便宜的竊喜。」

年子鴻一想到自己父親親手所創的釀酒業務竟被自己糊里糊塗地廉價賣斷，頓感天旋地轉，腦中一片混亂。他知道父親年樂山自十三年前一場比試中遭對手重創後癱瘓在床，多年來雖有母親細心照料，卻始終意氣消沉，唯一感欣慰的是自己能將釀酒業務打理妥善，使得高闊門繼續發揚光大。過去這兩個月業務出現狀況，自己尚可力加隱瞞，但東江神刀門若真摸上門收購酒廠，卻又如何隱瞞得住呢？一想到這裡，年子鴻頓感全身乏力，冷汗直流，只能傻愣地癱坐在木凳上。

向嶽凌與石天恩二人全神貫注觀鬥，只見二老疾拳狠腿，鬥得甚是激烈。范毅辛使的是一套連天瀑拳，一拳方出，第二拳緊隨而至，形似流水，連綿不斷，勁若飛瀑，奔巖竄石，偶爾起腿相攻，又如龍騰深淵，虎躍急峽，拳勇好比連天瀑臨崖而瀉，腿猛則如千丈水撼巖砸石，只瞧得向、石二人目眩神馳，幾度更是忍不住開口叫好。

鞏驕陽使的卻是一套虛心掌，這掌法虛實相間，飄忽不定，與敵拳相觸之際或是使虛相吸，引得拳風旁拐斜跌，或是使實相扣，以五指抓捏敵拳。攻敵時則採其輕飄晃忽之勢，單是一掌襲向中盤，便可同時危及頸、胸、腹、雙肩五處，叫人捉摸不到，難以防禦。

海天一派武藝自成一格，范毅辛原也能與鞏驕陽一鬥，只是方才魯莽出手，第一招便吃了虧，雖以軟骨功保得掌骨不受捏碎，卻也被捏得疼痛不已，每一出拳勁未傷敵而先自傷，再加上鞏驕陽十分狡猾，逢迎右拳總是以五指使實相扣，百招下來范毅辛已是難耐疼痛，拳勁逐減，漸漸落於下風。

范毅辛突然一聲怒喝，將腰帶隨解隨揮，宛若一條靈蛇般向鞏驕陽右耳噬去。鞏驕陽雖甩頭避過，但腰帶在耳旁「啪」的一響竟直襲耳鼓，深深刺痛，卻是范毅辛以牙還牙。只見他揮帶作鞭，進則明掃強壓，退則暗戳巧鉤，一會兒縱左斜撩，一會兒奔右下挑，身形與鞭法同是靈巧多變，倒叫鞏驕陽不敢小覷。

雕拓見鞏驕陽劇鬥二百餘招而仍無法將范毅辛拿下，心中不免焦躁，悄然將腰間配刀解下，隨著口中一聲輕呼拋向鞏驕陽，不料石天恩見機極快，手抄木凳一擋，已攔下那把配刀，並笑嘻嘻地回望雕拓道：「看樣子令岳和范前輩勢均力敵，少說也得上千招才能分勝負，雕兄拋了這麼一把大菜刀給我，莫非是想吃點心，要我到廚房裡準備準備？」

雕拓尚未說，鞏驕陽卻笑了一笑道：「那也不用，三招之內就可分勝負了。」語畢身子一矮，橫腿猛掃范毅辛下盤。范毅辛揮帶點向敵腿伏兔穴，不料鞏驕陽改掃為撩，將范毅辛長袍袍角往他頭頂一掀，蓋住了他雙眼視線。范毅辛大吃一驚，待要後躍已然不及，只覺胸口一陣劇痛，已中了一記虛心掌。石天恩與向嶽淩大吃一驚，雙雙搶前救護。鞏驕陽欺近石天恩，伸手便來奪刀，石天恩自知不敵，就勢放手鬆刀。鞏驕陽向雕拓打了個眼色，兩人往大門口急竄，趁亂離開石天樓。

石天恩扶正范毅辛，伸指搭他脈搏。向嶽淩憂心忡忡問道：「范前輩傷得重嗎？」石天恩眉頭深鎖，咬唇說道：「他體內有兩股異力橫衝直闖，亂無章法，我根本拿捏不準，就有心替范前輩療傷也無從下手。」

范毅辛強耐體內煎熬，咬牙說道：「羣老打入我體內的兩股力道一為至陰寒力，一為至陽炙力，如此一來，我同時受陰寒陽炙之損，便無法自療，這就是他這一掌的厲害之處。」向嶽凌一怔道：「范前輩，那我們該怎麼辦？」范毅辛道：「我海天一派有一套由二人同使的陰陽雙刀法，其內息心法一分為二，一為至陰，一為至陽。我現下分授二位，之後你們兩人齊出掌，一人以陰誘陽，一人以陽逐陰，將兩股異力各別融而化之，便可替我療傷。」

石、向二人大喜，當下謹聆范毅辛所傳授的心法口訣，先花了半個時辰自習，確定無誤後，才依指示出掌抵范毅辛胸、背二處，各別以自身真氣驅逐他體內異力。年子鴻這時候也在一旁守護，以防二人初習乍使，容易出亂子，幸好范毅辛頻頻點頭，表示二人運息得當。

向嶽凌見范毅辛臉色漸潤，放下心來，開口問道：「這羣老一掌之力竟能齊含至陰、至陽兩股相剋的力道，這是什麼神功？」范毅辛搖頭道：「羣驕陽十年前在潤州創辦驕陽鏢局之前，任誰也沒有聽過他的名頭，可是他的鏢局異軍突起，在短短十年內就成了江南道第一大鏢局，別家鏢局不敢接的大票都由他一手包辦，而且從不出錯。江湖上人人自是好奇，多方追查他的來歷，可是他無門無派，武藝自成一格，出身卻甚是神祕。」

向嶽凌還待再問，石天恩卻向他打了個眼色，示意要他讓范毅辛專心療傷。向嶽凌點了點頭，當下不再問話。

話說向海璐、計瑩瑩二女驅車到了八里外的金華峰山腳下，帶了三個小孩徒步上山。計瑩瑩探知向海璐從未到過金華峰，便稍作簡介道：「這座金華峰素以清幽稱著，其中更以百丈崖、通天瀑、飛來亭三絕馳名州外。而那局『珍瓏』刻在飛來亭後面的巖壁上，直到最近幾年才被人發現。」

向海璐奇道：「可知這局『珍瓏』乃是由哪位高人所設計？」計瑩瑩點頭道：「那巖壁上刻有文字，說是由兩位隱士所合創。這兩位高人的名號一為蘇棋士，一為絕戀公子，於臨暮之年與各別的紅顏知己退隱深山，卻不想讓自己的武藝就此失傳，於是便設計了這一局『珍瓏』，只要能夠破解這局『珍瓏』者，便可得到兩位高人的獨門武學祕笈。」向海璐轉望年景泰，揚眉笑道：「這兩位高人一定料不到自己所設計的『珍瓏』，竟是由一位十二歲不到的小兄弟破解了。」年景泰眉開眼笑，顯得十分得意。

五人沿山道拐了個彎，眼前霍然一亮，只見有一條手腕般粗的鐵索從眾人所在處凌空延伸到崖對立面的石巖，巖上有一座小亭，卻是飛來亭了。計瑩瑩牽牢二子的手，提氣凌空橫渡。向海璐待三人上了飛來亭後，才手牽龔緣鳶渡索，到了中段回首一看，卻見一條水龍從崖頂往深淵急瀉，水勢雄奇之外，瀑聲更是震耳欲聾，果然是一大奇觀。

眾人上了飛來亭，由計瑩瑩領路，穿越一小片叢林，來到巖壁南面，果見有一局「珍瓏」刻在巖壁上，但見那兩位隱士畫壁為局，橫豎十九條棋線入壁三寸，每塊棋格子鑽有小孔，巖壁腳下另雕有一個大石盤，裡頭裝有許多削尖了一角的圓石，可直接插入小孔內。右面壁上刻有文字，說明破解得「珍瓏」者可得武學祕笈，文底則有蘇棋士與絕戀公子的署名。大唐國士內上至朝廷，下至百姓，弈棋之風甚盛，向海璐雖非高手，卻也懂得分析圍棋局勢，此刻抬頭一看，但見雙方各下了百來子，南面已成定局，東北角尚有一小片空地可爭，西北角的白子則幾乎被黑子困死，雖尚存一氣，卻是凶多吉少，只因白子在他處針鋒相對，纏得黑子一時無暇去吃，西北角的白子才得以苟延殘喘。

年景泰眨了眨眼睛，問向海璐道：「向姐姐，依妳看，白子下一步該怎麼下？」向海璐詳端棋陣，一陣斟酌後才指著東北角道：「我若是依著此路和對方瞎纏，雖然一時可護得西北角的白子，到頭來卻怕要丟了東北角的優勢，終歸是要敗北。」

年景泰一言不發，從石盤裡撿了一粒白子，走到西北角插入一個棋格子內，再回頭問向海璐道：「向姐姐瞧這一步可行得通嗎？」向海璐眉頭一皺，手指西北角兩個棋格子道：「黑子只需在這兩處落腳，白子再度被困，仍是無法脫危。」年景泰走到東北角，手指兩個棋格子道：「若是我趁機下這兩子，又怎麼說呢？」向海璐一愣，似乎便瞧出了一線轉機，待得一陣詳端後，終於笑著撫掌道：「我明白了，你誘得黑子在西北角守勢，卻趁機往東北角擺陣，只要霸得住東北陣角，即使丟了西北地盤，白子仍有勝算，但若執於死守西北劣勢，終要丟了大局。」

年景泰顯得十分得意，轉對計瑩瑩道：「娘，我既破得這『珍瓏』，卻到哪兒去問取那武學祕笈呢？」計瑩瑩將右面壁上那段文字又看了一遍，最終卻皺眉說道：「這裡可沒寫啊！」年景泰臉色一變，顫聲說道：「怎麼可能呢？」向海璐也幫著細讀文字，到得最後才咧嘴笑道：「哪有什麼武學祕笈？我瞧是有人惡作劇罷了。」年景泰臉色蒼白，全是失望之色。

年景豐見狀，突然開口說道：「哥哥，就算真有武學祕笈，也不該由你取得，這局『珍瓏』明明是……」話沒說完，年景泰雙眼狠狠一瞪，把年景豐嚇得再不敢說下去。計瑩瑩見愛子傷心失望，走過去輕聲安慰道：「泰兒，你外公武藝高強，你就學上十年也學不全，又何必垂涎這些來歷不明的武學祕笈呢？」年景泰咬牙不語，雙頰卻留下了忿恨的眼淚來。

向海璐走回西北角，從小孔中抽出那粒白子，正要放回石盤內，卻發現白子削尖的那角黏緊了一個三寸來長的小鐵筒。向海璐「咦」的一聲，微一沉吟，便明白那白子是塊磁鐵石，就因為年景泰下對了棋子，才將小孔中祕藏的鐵筒抽吸出來。

向海璐大為興奮，趕緊將鐵筒筒蓋開啟，抽出了一小條黃絹布，交給計瑩瑩。二女持絹細看，果見上面繡了許多蠅頭小字，卻是蘇棋士留話，說他與絕戀公子二人的武學祕笈藏在峰頂，並畫下了路途指示。

年景泰樂得手舞足蹈，極力催促計瑩瑩帶路。龔緣鳶取笑道：「這祕笈是你的就是你的，否則就算到了你手上，下山時也會掉落懸崖，不知所蹤的。」年景泰也笑著駁道：「就是掉落懸崖，我也會想辦法攀下去撿回來的！」

計瑩瑩依黃絹布上的路途指示，領眾沿巖壁朝東行，卻於百丈後來到崖沿。計瑩瑩還道自己看錯了，招來向海璐一塊兒鑽研，待得二女弄清楚後，不禁驚得呆了，原來依黃絹布上所畫，眾人須得橫攀眼前一大片懸崖峭壁，才能抵達對面的峰頂，尋得祕笈埋葬處。可是這片懸崖深不見底，一個失足便會摔向萬丈深淵，卻哪還有命享用祕笈呢？

計瑩瑩見年景泰極度失望，便柔聲勸慰道：「泰兒，這事終究辦不成，我們回去吧。」不料年景泰把牙一咬，束緊衣帶道：「這是老天爺考驗我來。」說完作勢要攀爬。計瑩瑩大驚道：「你幹什麼？不行，這太危險了。」年景泰斬釘截鐵道：「我既破解得了這局『珍瓏』，冥冥中就注定該得到那冊武學祕笈。娘，妳今天就算不讓我攀岩，拉我回府，我也會偷偷溜出來，上金華峰取祕笈的。」

計瑩瑩知道這孩子若是打定主意，絕對勸說不了，當下低頭一陣沉吟後，轉對向海璐說道：「向姑娘，妳帶孩子們到飛來亭等我。」向海璐一驚道：「年夫人，這太危險了！」計瑩瑩微一笑道：「至多半途而廢，回轉過頭來，決不會輕易涉險就是了。」

向海璐知道計瑩瑩雖是這麼說，但為了一圓愛子心願，一定不會輕易放棄，當下也不勸解，只是說道：「年夫人，妳等我一等。」說完用鹿角刀割下幾片樹皮，搓成一條長繩，將一端纏綁在自己腰圍，再遞另一端給計瑩瑩道：「年夫人，我倆一前一後攀岩，就是失手，也好有個照應，不會跌得粉身碎骨。」計瑩瑩心中感動，開口說道：「向姑娘，妳又何苦涉險呢？」向海璐學足計瑩瑩的口吻道：「至多半途而廢，回過頭來嘛！」說完又吩咐龔緣鳶帶領兩個男孩回飛來亭，免得她二人分心。

三個孩子回到亭裡，年景豐越想越是害怕，忍不住哭了起來。龔緣鳶安慰他道：「有向姐姐在，你娘不會有事的。」年景泰也蹙眉說道：「你哭什麼哭？家裡最沒膽的就是你！」年景豐忽然立起身來，指著年景泰道：「哥哥，你不該欺騙娘，使得她為你涉險攀岩。」年景泰雙目一瞪，嚴聲說道：「你胡說些什麼？」年景豐大聲喝道：「那局『珍瓏』根本不是你破解的。」年景泰大怒，趨前推了年景豐一把道：「我叫你閉嘴！」

龔緣鳶瞧不過眼，縱身擋在年景泰身前喝道：「你怎麼對自己親弟弟動手動腳？」年景泰揚眉道：「他既是我親弟弟，就用不著妳管！」龔緣鳶見年景泰態度囂張，心中有氣，便回過頭問年景豐道：「你哥哥怎麼欺騙你娘？跟姐姐說，待姐姐替你主持公道。」

年景豐說道：「我們去年在這裡見識過了這局『珍瓏』後，哥哥就央求我娘買了三大箱的圍棋書籍，說是有心要鑽研，結果無意中在裡頭找到了這局『珍瓏』的破解術，卻騙我娘說是他自己鑽研出來的。」年景泰怒斥道：「胡說八道！」年景豐道：

「我沒胡說，就是金棋士寫的『天龍圍棋術』裡頭第八部的『虛竹珍瓏』。」

年景泰忿然大怒，搶前就待往年景豐臉上摑下。龔緣鳶舉手一隔，不料年景泰年紀雖小，武藝卻著實不弱，只見他倏然以小擒拿手鎖釦龔緣鳶手臂，橫裡一甩，已將她摔在地上。年景豐害怕，待要搶出亭外，年景泰已展臂攔擋，跟著連環三腿，逼得年景豐退到亭沿，嚴聲喝道：「下索！」

年景豐被年景泰逼得緊了，無可奈何退下鐵索，只見他全身顫動，苦苦平衡身子，哭聲求道：「哥哥，你讓我上來吧。」年景泰哼了一聲道：「你先發個毒誓，永守祕密，不能將此事告訴任何人。」年景豐忙應道：「好，我發誓永守祕密就是了。」年景泰想了一想，又說道：「若是洩漏祕密，就要遭那割舌之苦，說！」年景豐顫聲照說了一遍。

龔緣鳶在一旁只聽得怒火中燒，大聲斥道：「哪有人逼迫自己兄弟發這等毒誓的！」年景泰冷冷回望她道：「還有妳，也得發個毒誓。」龔緣鳶瞪大了眼睛道：「你憑什麼要我發毒誓？」年景泰二話不說，起腿往那鐵索踩下，但聞一聲驚呼，年景豐已失足下墜，危急間雙手慌亂一抓，便抓牢了鐵索，隨風臨空搖盪。

龔緣鳶只嚇得臉青唇白，萬萬沒料到年景泰竟狠心至斯，眼見年景豐驚慌失措，目中全是恐懼神色，當下咬牙道：「好，我答應你保守祕密，快拉你弟弟上來！」年景泰揚眉說道：「妳也發個毒誓，就說要是洩漏祕密，妳爹爹便慘遭橫禍，生不如死。」龔緣鳶逼於無奈，只好照說了一遍。

年景泰這才容得年景豐爬上飛來亭，癱坐一角低聲哭泣，龔緣鳶將他摟在懷裡，狠狠瞪視年景泰，只覺這一生再也沒有遇見過一個比他更卑鄙無情的人了。

話說向海璐與計瑩瑩腰繫樹繩，雙雙攀上峭壁，每當一人攀動，另一人則抓牢巖壁蹺角，以防對方滑溜。二女依此法小心翼翼，步步為營地橫渡峭壁，居然也無驚無險，安然抵達對立山崖。二女笑著欣然相擁，卻發現著手處衣衫又溼又黏，原來二人均是嚇出了一身冷汗。

二女解下樹繩，在樹叢間尋得一條羊腸小道，沿道攀坡，兩旁樹叢越行越疏，待得行近山頂，只剩一些不及膝的小灌木。二女汗溼衣衫，經山頂寒風一吹，雙雙凍得嬌軀顫抖，頻頻合掌吹氣取暖。計瑩瑩心中有愧，盡量將身子擋在風口處，向海璐白了她一眼，笑著說道：「年夫人，妳身上才幾斤肉，能擋得了幾縷風？」計瑩瑩見向海璐心胸寬厚，心中歡喜，便捱近她道：「可惜泰兒還小，否則我一定要他將妳娶回家，做我兒媳婦。」向海璐笑道：「好呀，如此一來，妳就不怕泰兒家裡的桃樹不開花了！」

待得二女攀上山頂，已身處薄霧中。向海璐手指南面道：「年夫人，妳看！」計瑩瑩轉頭一瞧，果見崖沿擺了一張矮几，形作長方，便似彈琴所用，矮几前另設了三個樹幹作凳。向海璐嘆道：「薄霧中臨崖彈琴，已屬絕雅，居然還能找到三位知音人，同享琴音雅韻，這四位真是神仙人物了！」

二女走近細看，立刻便發現其中兩張樹凳凳面上刻得有字，一個刻了「蘇棋士埋琴處」，另一個刻了「絕戀公子埋劍處」。二女對望一眼，各擇一而掘。計瑩瑩先掘出了一架九霄環珮琴，只是琴身大半已蛀毀，可見埋藏日久。破損琴身內另藏有一個油布包，計瑩瑩小心翼翼地開啟來，卻見裡面裹了一部小冊子，上面寫了「蘇棋士武學錄」六個字。

向海璐緊接著也掘出了一個油布包，開啟一看，裡頭除了一部「絕戀公子武學錄」外，另有兩把短劍，劍柄上同樣刻著朵朵蘭花、薔薇、水蓮，劍身卻分別鑄有二字，一為「戀花」，一為「水蓮」。向海璐心神蕩漾，喃喃說道：「原來神仙人物也享有情愛之歡，要是他日我老了，能有個心愛的男子陪我臨海觀潮戲浪，那該多好。」計瑩瑩抿嘴笑道：「向姑娘，妳愛做浪漫的事就盡量在生兒育女之前作，否則待妳當了娘後，心中的愛意就要分薄了。」

向海璐聞言一怔，呆呆地出了一會兒神，拿起那部冊子時又想，這位高人號稱絕戀公子，那必是情路坎坷，這才絕情絕戀了。一時間思潮起伏，卻不知自己心裡在胡思些什麼。計瑩瑩見狀，微微一笑道：「向姑娘，看來這位絕戀公子冥冥中和妳甚是有緣，他那部武學祕笈就由妳收下吧。」向海璐迷迷糊糊地應了一聲，順手將那冊子收入懷裡。

二女將琴、劍重埋入土，跪地拜了兩拜，謝過兩位高人恩賜武學祕笈，這才快步下山。到了峭壁處，同樣是腰繫樹繩，一前一後慎攀而過，安然抵達原地。

年景泰見計瑩瑩果然取得武學祕笈，只樂得心花怒放，年景豐見母親安然歸來，也破涕喜泣，計瑩瑩輕撫兩個兒子頭髮道：「泰兒，這部祕笈雖歸你所有，但娘希望你會和弟弟分享，兄弟倆一同修練。」年景泰不假思索道：「這個自然，有好東西不跟弟弟分享，還跟誰分享呢？」計瑩瑩見愛子懂得兄弟間相親相愛之道，甚感欣慰，也就沒留意到龔緣鳶臉上不屑的神情了。

二女攜了三個小孩下山入城，回到石天樓。年景泰興高采烈地捧著那部武學祕笈奔入大廳，卻見年子鴻失魂落魄地獨坐一角，對愛子的喜訊彷彿聽而不聞，只是一臉茫然地呆望妻兒。計瑩瑩心中大駭，臉上卻是不動聲色，只是叮囑向海璐帶幾個小孩到後院去。

到了後院，向海璐見左鴨翅與右鴨腿在梨樹下低聲密議，便湊近問道：「左三叔，右五叔，到底發生了什麼事？」右鴨腿手指東北角一間房道：「范掌門被驕陽鏢局的鞏驕陽打傷，如今天恩與妳哥哥正在裡頭替他療傷呢，至於細節我們也不太清楚。」

向海璐見問不出個所以然，只好耐心等候，待得范毅辛療傷完畢，才將向嶽凌拉回房裡，追問情由。向嶽凌詳敘後不忘叮囑道：「這一次妳無論如何得按下好奇心，別向年夫人追問，免得她難堪。」

當天晚上眾人聚餐時，向海璐果然留意到計瑩瑩臉色沉重，年子鴻神情頹喪，就連年景泰也識趣不多說話。第二天早上，眾人將范毅辛攙扶上車，由年子鴻一家護送回府。到了中午，石天恩替母親安排妥當後，留下鴨脖子主掌石天樓，聯同左鴨翅、右鴨腿、向嶽凌兄妹，以及龔緣鳶離開金華鎮，向萬花谷出發。

第五回　毛慢郎點出荷蓮淆，顧三催暗懷江湖心

根據南宮天賜所提供的路途指示，萬花谷位處昌江城以南王喬山一帶，向嶽凌幾人不但得朝西走回頭路，還得途經弋陽。向嶽凌兄妹與石天恩三人商量後，決定南繞弋陽而過，以免重逢丐幫人物，平添麻煩。

不一日，六人來到萬花谷，只見谷口搭起了一個茅頂竹架的迎客棚，裡面有六、七個花童正忙著招待前來買花的客人。六人剛步入，立刻有一名花童將他們引到南面一張桌子坐下，奉上一壺香茶，又取來兩小杯李花花汁，分贈向海璐與龔緣鳶二女道：「兩位姑娘來的正是時候，萬花谷這一季的駐春膏剛剛上市，採李花花汁，李果果漿，配以大食國進口的紫花地丁香油調製而成，三日一抹，賽杏羞桃。」

原來唐代女子相信以李花、梨花、櫻花花汁洗面，可養顏駐容，只是這三種花花期極短，花汁不但難得，而且價錢昂貴，因此向海璐一聽說萬花谷竟將花汁調配成膏，立刻興致勃勃，連聲追問。

向嶽凌苦笑道：「你們谷主可真會做生意！」那花童應道：「王喬山周遭百里內的花農不下於

二十戶，可是勉強能和我們萬花谷相提並論的就只有猴頭谷了，各位大爺來到萬花谷買花，絕對沒走錯地方。」向嶽凌眼珠子一轉，開口說道：「其實我們這一回卻是造訪你們谷主來的。」那花童問道：「那大爺們是想見花谷主、顧谷主、又或毛谷主呢？」向嶽凌一愣之際，石天恩已是搶著說道：「見花谷主。」那花童點了點頭，又轉問向海璐道：「姑娘是否要先購得駐春膏，以免待會兒離開時行程匆匆，一時忘了空遺恨。」向嶽凌搶著說道：「不用了，我們可能會小住幾日呢。」向海璐瞪了他一眼，細聲對龔緣鳶說道：「將來妳要是瞧見哪個男子的姐姐、妹妹膚色有損，便可知那男子毫無惜愛之心，千萬別嫁他。」

那花童領了六人徒步入谷，先是穿過一小片李樹園，沿途邊走邊說道：「歷來寺廟裡祭祀的貢果以梅、杏、李、桃、慄為五時之首，春貢梅，夏貢杏、季夏貢李、秋貢桃、冬貢慄。我們的李果紅實甘甜，大爺們離谷時莫忘了買一些回去。」

再走得一陣，眾人鼻中嗅到一股濃郁的香氣，卻是來到一小片桂木園，那花童又說道：「這肉桂樹皮帶有奇香，我們谷裡將之晒乾後包紮妥當，方便大爺們攜帶回府，可入食、入酒、入藥。」向嶽凌忍不住笑道：「不但谷主會做生意，連個花童也會推銷，難怪萬花谷傲視群花農，近百里內獨占鰲頭了。」

眾人穿過了桂木園，來到一個偌大的荷花塘，塘邊泊有幾艘竹筏，那花童領六人上了筏，持篙一撐，已撐得竹筏向南岸飄去。六人但見千百片荷葉挺立水面，高矮參差不齊，有如一波波的綠浪，而數百朵妍麗嬌嫩的紅粉荷花散布其中，又宛若波濤中浪花串串，融春嬌夏豔於一水，叫人賞心怡目。

向嶽凌忽然笑著對左鴨翅道：「左三叔，當日你煮的那道馬肝若是能配上蓮藕，就更完美了。」左鴨翅皺眉道：「怎說？」向嶽凌抓牢水面一支荷葉葉柄一提，摘下尾端的新藕一折為二，只見斷處縷縷藕絲連線兩半，雖斷猶連。向嶽凌問道：「左三叔可知道『藕斷絲連』這句成語的來源？」

右鴨腿見左鴨翅臉色一沉，趕忙說道：「我們在廚房裡幹活的哪有讀過什麼書，向兄弟你就別賣關子了。」向嶽凌道：「當年荊軻允諾燕國公子丹刺殺秦王，深戀荊軻的公主心知愛郎此行九死一生，臨別時手握蓮藕一折為二，以藕斷絲連比喻二人身雖離而情不斷。左三叔的那道馬肝若是配上蓮藕，則可減煞氣。」左鴨翅不以為然地駁道：「兩味相沖，如何能配搭？你倒煮來給我看看。」向嶽凌見對方無法明瞭自己的比喻，只好一笑而罷。

這時候竹筏已近南岸，龔緣鳶忽然指著水面的浮葉奇道：「向大哥，你看，這一邊的荷葉怎麼都癱軟無力，只能平浮於水面上呢？」向嶽凌也覺奇怪，正想向花童詢問時，水面上忽然傳來一個男子的聲音緩緩說道：「小姑娘認錯了，這可不是荷葉。」

六人循聲望去，只見東面有三頭水牛浸在池塘裡，其中一頭最大的背上躺了一名男子，但見他左臂作枕，右手持冊，於暖陽下蹺著腿閱書，一副悠哉悠哉的情景。向嶽凌向來最慕奇人雅風，立時對這人心生好感，抱拳朗聲說道：「還請指教。」

那人頓了好一會兒，才緩緩說道：「你們看清楚了，這池塘近南岸的花兒可不是荷花。」向嶽凌躬身從水面上摘了一朵於筏上傳看，果見這花乍看之下像荷花，細看則分辨得出其花瓣較尖較繁，花色也較深較雜。這時候那人又緩緩說道：「這是傳自天竺的霓盧波羅花，是七寶蓮花其中一種，東漢時隨佛教傳入中國本土，俗稱睡蓮。」

向海璐見這人始終目不離書，說話懶散緩慢，心中不喜，便開口衝撞他道：「佛門弟子稱西方淨土為蓮土，稱佛座為蓮座，稱荷花為蓮花，荷花蓮花本就一花嘛。」說完久久不見那人說。那花童卻插嘴說道：「大爺、姑娘們，這位就是我們的毛谷主，號稱毛慢郎，只因他說話、做事都比人慢三拍，決不是有意怠慢你們。」

待得那花童說完，毛慢郎才說說道：「佛門弟子指荷為蓮，混淆花種你們也信，倒不如由我這花農談佛說法，立寺傳教好了。」說完翻了個身，以背相對，不再理睬眾人。向嶽凌打了個手勢，不許向海璐開口頂撞，待得竹筏抵岸，更是恭恭敬敬地向毛慢郎請了個安，這才隨那花童繼續往前走。

眾人緊接著穿過一片菊花園，向海璐突然手指西面的花叢道：「咦，哥哥，你看，這裡竟有白色的品種！」龔緣鳶也歡呼道：「向姐姐，遠處更有紫色的呢！」那花童含笑道：「自古只見黃菊，而我們谷主卻擅於培植改良品種，即使是黃色花品種，也培植出花大、瓣奇，形態各異的變種呢。」

向嶽凌還待再問，前方忽然傳來一把女子的聲音，嗓尖調急，宛若辱罵聲。眾人出了菊花園，果見一名長得高高瘦瘦的女子坐在一頭青驢上，正指揮一群花童掘土取姜。那群花童雖已趕得滿頭大汗，那女子似乎仍不滿意，手指口斥，盡是催促。

向海璐低聲問那花童道：「這位也是你們三大谷主之一吧？氣焰可大了。」那花童應道：「這位是顧谷主，號稱顧三催，為人是性急了一些，卻也沒惡待我們這些花童。」向海璐抿嘴笑道：「你們顧、毛兩位谷主一位特急躁，一位特散漫，可真是一對活寶了。」那花童也笑道：「顧、毛兩位谷主確是時時嘔氣，有時候鬧僵了還得須花谷主從中調解，夫婦倆才會重歸言好呢。」眾人一愣，這才明白顧、毛兩位谷主原來是對夫妻。

一行人又穿過了一片吊蘭園，才瞧見山坡上的山莊，眾人行近時卻聞得陣陣明朗的讀書聲，向嶽凌奇道：「怎麼萬花谷裡也辦起學堂來？」那花童回道：「花谷主將我們百來名花童分成甲、乙兩組，甲組到花圃裡勞作時則輪到乙組留在學堂上課，三日一次對調。」向嶽凌心中一動，點頭說道：「花谷主竟肯為你們這些花童辦學堂，那倒真是有心人。」那花童也點頭道：「花谷主對我們關懷致甚，為人又是心細如針，要是哪位花童病了，花谷主必親自監督我們用藥，夜裡替我們蓋襟，將我們照顧得無微不至的。」向嶽凌不禁對這位花谷主的人品大為心折，滿心企盼親會其人。向海璐眨了眨眼睛，取笑道：「哥哥，這位花谷主終日與花為伴，攝其花色，染其花香，人必長得如花似玉，超凡脫俗，何況又是品性清高，對孩子們深具柔情愛意，我看你不如入贅萬花谷……」向嶽凌臉上一紅，輕斥道：「待會兒千萬別胡說，小心得罪花谷主。」向海璐笑道：「唉喲！這會兒就替嫂子說話，我這做小姑的日後哪還有地方站呢？」

那學堂設在山莊外，眾人行經時透過窗戶一探，果見六、七十個小孩齊集一堂，正隨私塾先生唸那三字經。向海璐眼珠子一轉，喃喃自言道：「將來我姪子長大了，卻不知該學建築呢，又或學花藝的好？」向嶽凌白了她一眼，不予理會，暗地裡卻怦然心動，更急盼親睹這位花谷主的廬山真面目。

那花童將眾人引到大廳，又奉上了點心，這才離廳前去通報花谷主。向嶽凌見餘人齊齊凝望自己，不禁大窘。石天恩笑嘻嘻地說道：「向兄弟，待會兒我們個個裝傻扮笨，由得你侃侃而談。」右鴨腿也取笑道：「石天樓辦喜宴一般上九道菜，若是向兄弟辦喜宴，我們附送三道菜，做虧本生意也沒問題。」

向嶽凌羞急了，正待開口駁嘴，忽聞那花童的聲音道：「各位大爺，這位就是我們的花谷主了。」眾人轉頭一看，一時都愣呆了，只見花童身後那人約莫三十來歲，卻是一名男子。那人見向嶽凌六人齊齊呆望自己，臉上微微一紅，扯了扯衣衫，這才抱拳道：「在下姓花，人稱花老大，這幾位是……」

向嶽凌回過神來，連忙代為引介，雙方一番客套話後，齊齊坐下用茶。六人偷偷打量這位花老大，但見他長相粗獷，嗓音沉穩，與那花童所描的「細心體貼」的花谷主形象大相逕庭，心裡都是大失所望。石天恩帶頭切入正題道：「花谷主，我們有位朋友過幾天會到萬花谷來，我們想在這設宴，給他來個驚喜，希望你能容許我們在萬花谷住上幾天，做些準備功夫。」花老大瞄了向海璐腰間佩帶的那對鹿角刀一眼，緩緩說道：「我看『驚』固是有，『喜』倒未必，我們萬花谷是做生意的地方，卻不容得客人在山谷裡尋仇滋事，這幾位爺們只怕是白跑一趟了。」石天恩沒料到花老大竟然一眼瞧穿自己意圖，一時接不上口。左鴨翅卻立刻變臉道：「就算你猜得不錯，我們現下是客客氣氣地向你借個地方，你若不允許，我們難道就不敢硬來！」花老大聞言不見驚惶，只是淡淡地吩咐那花童道：「去將兩位谷主請來，就說有貴賓離谷，得集體相送。」

石天恩幾人原擬欺瞞萬花谷谷主，待崔小豔到臨的前一日，才將對方拿下捆起，一來防對方阻擾，二來也能確保綠石教日後不會向對方尋仇。不料花老大心細如針，反倒壞了計畫，眼下只怕便得用強了。過了一會兒，果見那名花童將顧三催及毛慢郎引來。花老大低聲向他們分析情況後，顧三催先哼了一聲道：「萬花谷有好幾年沒人上門踢館子了，我要不趁機練一練筋骨，一身功夫只怕真要荒廢了呢。」石天恩沒料到這女子這般好鬥，還想覓得折衷之法，左鴨翅已是朗聲回應道：「是不是我們打贏了，你們就將地方借給我們？」顧三催揚眉道：「就這麼說定！我們三局定勝負，你們當中可有誰使刀的？先下場陪我玩玩。」

左鴨翅從包袱裡抽出一把菜刀，一躍到了廳中央。顧三催見對方兵器有趣，心中一樂，連聲催促那花童去將自己的一對眉尖刀取來。毛慢郎眉頭一皺，緩聲勸道：「雙方不過比武切磋，又何必動刀槍，萬一一個失手，豈不傷了和氣？」顧三催不屑道：「自從我們退隱萬花谷後，你是越來越怕事了。難得有人陪我餵招，不趁機使一使刀，也太對不起自己了。」眾人皆聽得出毛慢郎對顧三催關懷備至，只是後者天性好鬥，卻不領他的情。那花童一取來眉尖刀，顧三催立刻擺了個請式道：「你是客，請發招。」左鴨翅也不客氣，揮刀撩起一片刀花，搶先向顧三催中盤攻去。

顧三催見左鴨翅刀式奇幻，撩起的刀花又絢綺多姿，擋了兩刀後忍不住開口問道：「這是什麼刀法？竟這般好看！」右鴨腿見左鴨翅不理她，便開口代為解釋道：「這套天廚刀法是由廚藝的刀工演變而來，我三哥前面連使了菊花剞、蘭花剞、牡丹剞三式，顧谷主若是懂得廚藝，要辨得天廚刀法的路數倒也不難。」

顧三傕聞言臉上一紅，原來她雖是女子，於廚藝卻一竅不通。花老大經右鴨腿提點，很快的就瞧出端睨來，當下開口提點道：「他剛剛使的是蝴蝶剞，這一招卻是……麥穗剞了。」左鴨翅眉頭一皺，隨即刀法立變，快速絕倫地連批三刀。花老大點了點頭，續道：「他這下是鋸批、抖批、滾批三式。」

毛慢郎緩緩插嘴道：「大哥，三傕她不懂廚藝，你提點了也沒用。」顧三傕臉上大紅，心惱丈夫當眾羞辱自己，雙刀「錚」的一聲相砸，搶上一輪狂攻。向嶽凌幾人見顧三傕出招剛勁有力，一對眉尖刀快速翻轉推斬，倒是聲勢奪人，左鴨翅當下展開守勢，欲先摸清對方路數。

待得二人又對了五十來招，毛慢郎才插嘴道：「三傕，這套剪水刀法講求虛實分明，剛柔相濟，起手舒展如風，刀意連綿似水，像你這般大劈大掄，猛疊猛搬的，卻有違剪水刀法的神韻了。」顧三傕哼了一聲道：「我娘就是這般教我的，要是錯了你找她理論去，別在這裡煩我！」毛慢郎頓了一頓才說道：「十二姑婆性情暴躁，這剪水刀法的神韻她始終捉捏不準，妳照她所教的方法使刀，卻無法發揮刀法的精髓。」

向嶽凌幾人大奇，心中皆默默盤算，顧三傕的母親既是毛慢郎的「十二姑婆」，那他夫妻兩人輩份豈非隔了一層？眾人還未理清頭緒，耳中忽聞左鴨翅一聲吆喝，斜進揮刀裹腦，顧三傕吃了一驚，雙刀齊舉欲擋，不料左鴨翅這一刀乃是虛攻，下盤那一腿才是真襲，顧三傕小腹吃了一踹，更避不開緊接下來的一刀迅砍，危急間人影一閃，卻是毛慢郎搶前接下了這一擊。

顧三傕將一對眉尖刀扔在地上，氣鼓鼓的退到一角坐下，回頭狠狠瞪了毛慢郎一眼，似乎怪他出言擾她心神，累她敗局。毛慢郎將那對眉尖刀撿起，交給花童後，回頭向眾人抱拳道：「哪位賜教？」石天恩見了毛慢郎方才出手搶救的身法，就知道他的武藝比妻子高出許多，眼見右鴨腿已應邀下場，忍不住開口說道：「五哥，小心應對。」

右鴨腿點了點頭，轉對毛慢郎說道：「毛谷主，在下請你品嘗幾道菜，指點廚藝，先來一道『金華燻豆腐』。」語畢雙掌一切一拍，宛如將豆腐分切成塊，再拍搓成圓，出掌遞招之際更是輕飄悠晃，好比燻煙裊繞，燃松蘊香。

原來右鴨腿使的天廚掌法每一招都採用一道菜餚的名稱，但見他邊打邊唸道：「糊泥烤燒豬、糟煨玉米筍、麻菇燴雞腰、清燉馬蹄鱉……」一時間只聽得眾人又是驚訝，又是有趣，待得他三十招一過，忽聞得「咕嚕」一響，卻是向海璐肚皮打了一聲鼓。

毛慢郎微微一笑，緩緩說道：「可惜我這一套排雲掌沒這般有趣的名稱，慚愧。」眾人定眼一瞧，但見毛慢郎出掌風流飄逸，如雲似水，攻也攻得素雅清麗，宛若清溪映白雲，守則守得柔美靜謐，便似風停樹枝端。向嶽凌幾人雖與他對敵，心中仍是不免為他這套掌法暗暗喝采。

花老大笑著說道：「三弟，近幾年來也沒見你練功，不料出手更勝往昔，做大哥的佩服得緊呢！」毛慢郎尚未說，顧三倠先搶著說道：「大哥，萬花谷的業務多由我們兩人分擔，他是閒人一個，自然有大把時間躲起來練功了。」花老大說道：「二妹，妳也知道三弟他不愛理事，我們做兄弟、妻子的就辛苦一些也沒什麼。」顧三倠啐了一聲道：「自古能者多勞，懶人就偏生有懶福。」

這時候毛慢郎突然身形一變，左竄右躍之勢迅如狡兔，出拳遞掌之勁又猛比怒虎，再鬥得一陣，但見他足下滑如靈蛇，起腿狠若野馬，只攻得右鴨腿左支右絀，頓落下風。花老大撫掌笑道：「好一個十二獸行動功！」毛慢郎卻開口說道：「我的福星不就是妳。」

眾人見他說接得牛頭不對馬嘴，一時都摸不著頭緒，待得瞧見顧三催目露喜色，一臉歡顏，才悟得毛慢郎這句話是接顧三催方才譏諷他「懶人偏生有懶福」的那句話，只是慢了三拍，卻叫人聽糊塗了。石天恩見右鴨腿目露慌意，便知他遲早要敗落。

再過得十來招，果聞毛慢郎輕呼一聲「著」，一掌拍中右鴨腿左肋，只是出掌不帶內勁，卻沒傷了他。右鴨腿心中感激，向他鞠了一躬，這才退回座位。

石天恩步入廳中央，向花老大抱拳道：「這一次闖谷鬧事，確是我們理虧，只是情勢所逼，情非得以，還望見諒。」花老大飄然下場，抱拳回道：「好說，請發招。」

石天恩向橫踏步，右手斜裡畫了半個圈，向花老大右頸切下，左掌由下向上穿擊，襲他小腹。花老大方才曾留心觀察左鴨翅、右鴨腿出招，見二人招式固然巧妙，卻嫌內勁底子不厚，終歸是三流角色，便也沒將他們放在眼裡，但此刻聞得石天恩掌風凌厲，劃空之聲有如撕綢裂綿，實是暗暗驚心，當下再也不敢小覷，專注沉著應對。

向嶽凌兄妹頭一遭見石天恩出手，沒料到他內力修為竟如此深厚，直是驚喜交集，但見他橫劈一攬，袖藏鷹翔空破風之勁，起腿一踹，足帶萬馬越原摧草之勢，進招襲敵猛如狂將領軍攻城，只許攀梯越牆，不准鳴鼓收兵。向海璐忍不住問道：「右五叔，這是什麼掌法？」右鴨腿低聲應道：「這套掌法採西域天峰牯牛神力之威，其勢橫蠻霸道之極，號稱西霸掌。我雖也會使，卻沒天恩這等威力。」

顧三催與毛慢郎見石天恩來勢洶洶，臉色大變，一前一後喚道：「小心了，大哥！」花老大應了一聲，眼見石天恩猛然一拳擊到，身子就腰一折，額頭擦地而過，左臂如柳條橫掃，擊向石天恩左肋。石天恩回掌下拍，花老大卻不接掌，雙手就地一撐，兩腿往石天恩手臂倏纏，使勁一扳，逼得石天恩右膝跪地，更回掌拍向他後背。石天恩雖急急鬆得手臂，背上卻吃了一掌。

左鴨翅、右鴨腿雙雙「咦」的一聲低呼，顯然沒料到花老大竟是以柔取勝，但見他展腰擺肢舒比柳條，敵掌襲來則迅折狂蕩，巧避妙閃，飛掌襲敵時卻紛紛比柳絮，逆風狂舞，竟得以柔克剛，與石天恩鬥個旗鼓相當。

向海璐見花老大骨酥筋軟，掌輕腰柔，身形變幻宛若舞娘獻藝，隱隱帶嬌媚之態，禁不住嘆了一聲道：「這位花谷主若是個女子，必是個千嬌百媚的美人兒了。」花老大劇鬥間仍聽得一清二楚，只羞得滿臉通紅。向嶽凌白了向海璐一眼，卻對這個口不擇言的妹子無可奈何。

石天恩見西霸掌奈何不了對方，掌法一變，捨霸取巧，出手虛實交替，盡採靈動幻變之能。右鴨腿不待向海璐追問，低聲說道：「這叫東詐掌，每一招遞出之際皆是虛招，與敵交鋒時探得對方掌勢虧盈，才於瞬間決定是否該轉虛為實。使東詐掌的人腦筋要轉得快，我就使得不好。」向海璐安慰他道：「這掌法既號稱東詐，自然是要懂得撒謊耍賴的人才能使得好，右五叔你人太老實，使不好也不奇怪。」

這時候花老大掌路也是一變，只見他挺直身子，五指略張，出掌時臂彎如月，掌不遠遞，卻是層層疊疊，在身周築起一道掌牆，叫石天恩輕易攻不進去。毛慢郎瞧了一陣，緩緩讚道：「要不是今天有客闖谷，大哥這一套梧桐吟秋我還真沒眼福再度欣賞呢！一株青玉立，千葉綠雲端，悄然一葉落，天下盡知秋，比之方才那套垂柳頌春又是另一番風景。」

向嶽凌之前已隱隱辨得花老大身法帶有垂柳好風飛絮之意，此刻得毛慢郎點出，頓悟花老大眼下卻是採梧桐落葉知秋之韻，那梧桐每枝生一十二葉，花老大出掌每一式也藏有一十二變，層層疊疊，好比梧桐之葉於夏秋交陰，蔽得炎煉蒸烈之炙。向嶽凌心中有所領悟，喃喃說道：「泡桐乃制琴良木，若能以琴音伴武，托出那深秋蕭瑟之韻，花谷主這一套梧桐吟秋必能發揮得淋漓盡致。」花老大心中一動，微微一笑道：「向少俠若有雅興，何不為在下伴奏一曲。」那花童甚是機靈，也不等花老大吩咐，已從牆上摘下掛琴，捧交向嶽凌。向嶽凌盤膝一坐，十指就琴而彈，奏起一曲「凋葉傷秋」，一時蕭蕭秋意溢灑廳中，人人聞樂感傷，花老大卻是摘音入武，身靜若荒山老樹，掌飛如秋風舞葉，一套梧桐吟秋使得更是得心應手了。

石天恩見狀，帶笑說道：「既有秋風掃落葉，豈無冬風寒樹幹，花谷主且嘗嘗我的北傲掌吧。」語畢招式一變，出掌果然有如嚴冬寒風，凜冽刺骨。花老大哈哈笑道：「萬載常新松柏色，哪懼寒霜欺樹幹！在下這一套扁柏賞冬，還請石大俠指點。」說完身手立變，形若扁柏樹桿，虯龍盤空，蒼勁剛毅，掌如扁柏枝葉，繁密層疊，錯落有致，卻也抵得石天恩一陣強攻。二人鬥得雖緊，暗地裡卻泛起惺惺相惜之意。

向嶽凌琴音一轉，改奏一曲「踏雪折梅」，先前那陣秋意盡逝，取而代之的卻是凜凜寒意，花老大輕輕嘆了一聲道：「向少俠琴藝超凡，此局無論是勝是敗，皆盼向少俠能在萬花谷短宿幾日，賞花之餘也撫琴弄音，以求一飽在下耳福。」向嶽凌微微一笑道：「在下謝過花谷主厚意。」

石天恩劇鬥間心念一轉，忽然吹起口哨來，並且吹的卻是春意盎然的江南小調，還是以丹田暗運內力逼出來。向嶽凌經他這一擾亂，琴音也漸臻輕快，曲調中充滿了歡愉之情。石天恩留意到花老大眉頭緊皺，知他已受感染，突然大吼一聲，單掌直取中宮，花老大吃了一驚，被逼對了一掌，耳中卻聞石天恩急喚道：「謹護心臟！」

花老大還未明白過來，卻感到自己雖消了對方掌中那股陽勁，卻有一縷陰勁乘虛而入，在體內遊走，尋陷攻擊五臟六腑。花老大頓悟，趕緊提氣護住心臟。石天恩也實在無傷人之意，伸掌輕抵花老大小腹，以真氣替他消了體內那縷陰勁。

花老大雖是敗下陣來，卻毫無沮喪之意，反而含笑向石天恩、向嶽凌二人抱拳道：「萬花谷已久無賓客，難得石大俠，向少俠幾位光臨，我自當一盡地主之誼，只是來日各位若與他人在谷內起衝突，我們三位谷主卻不會插手，任由你們自個解決。」石天恩大喜道：「那是最好不過！我們也應諾絕對不會將三位谷主牽涉在內。」顧三催白眼一翻，搶著說道：「你說的倒容易，你們若在萬花谷滋事，嚇走了我多少位客人，就是斷了我多少條財路，這筆帳認真算起來，恐怕你還賠不起呢。」毛慢郎輕輕握住妻子手掌，細聲說道：「三催，大哥當年要是怕事，不替我們將追兵擋在谷外，我們今日哪有棲身之所呢。」顧三催聞言，瞄了花老大一眼，終於低聲說道：「就由大哥做主吧。」

向嶽凌幾人隱約明白花老大有恩於毛慢郎夫婦，因此谷內要事多由花老大做主。花老大當下吩咐那名花童領六人到客院安排住宿，向海璐問起名字，那花童自稱雞冠紅，原來萬花谷裡的花童一概都以花命名。

石天恩為表誠意，當天晚上與左鴨翅、右鴨腿溜進廚房，炒了幾道好菜，宴請三位谷主。花老大本身廚藝頗為了得，嘗了石天恩的菜餚後卻甘拜下風，連聲叫好。顧三催一向來總嫌毛慢郎食量太小，這一夜見丈夫連添三大碗白飯，心中大是高興，對石天恩六人的敵意也就消了許多。

第二天早上，花老大帶領六人遊覽萬花谷，原來谷分北、中、南三大花田，每一片花田種植了二十來種花品。中、南花田交界處還建了一個龐大的溫室殿，栽培一些有如葡萄、扶荔等溫暖地帶植物。過了溫室殿，眾人隨花老大轉而朝西行，來到一個小池塘，臨塘有一座六角亭，花老大招呼眾人入亭歇息，並介紹道：「這池塘稱作臥虎塘，亭子則稱伴虎亭，也是我平日練琴的地方。昨日向少俠一曲『凋葉傷秋』，半首『踏雪折梅』，只聽得我悠悠然難以忘懷，今日還盼向少俠臨塘奏曲，一飽在下耳福。」說完摘下柱頂的掛琴，含笑捧交向嶽凌。

向嶽凌不便推辭，只是微笑道：「花谷主，昨日我們連續欣賞了垂柳頌春、梧桐吟秋、扁柏賞冬三套掌法，似乎三缺一而不成全。今兒我同樣以琴音伴武，也盼能再度一飽眼福。」花老大朗聲笑道：「向少俠既然叫到，在下只有獻醜，呈現一段綠天迎夏。」

石、左、右三人不知「綠天」為何樹種的別稱，又不好意思詢問，於是待琴音奏起，便注視花老大，只見他隨樂起武，掌指交遞，出掌飄然生韻，宛若青羅扇招風納涼，秀美舒泰，遞指則遒勁秀髮，有如紫毫筆臨帖舞墨，書風飄逸。三人瞧了好一陣，仍是瞧不出個頭緒來。

向嶽凌指下琴音不斷，雙目觀武卻瞧得心曠神怡，輕聲嘆道：「自古文人庭院植芭蕉，草書以暢志，花谷主將這文人雅事溶入武功，堪稱別具一格。」原來古時文人多貧困，只好在屋後繁植芭蕉，利用芭蕉葉寫字，於是後人便以「寫遍芭蕉」來形容勤奮學習書法之意。石、左、右三人聞言，便明瞭「綠天」就是芭蕉的別稱。

向嶽凌一曲彈畢，花老大一套綠天迎夏也使完了，眾人撫掌叫好聲中，向海璐湊近向嶽凌耳邊細聲說道：「難得你們兩個如此合拍，就可惜花谷主一臉鬍鬚，做不成我嫂子。」向嶽凌白了向海璐一眼，回過頭來卻發現花老大漲紅了臉，原來向海璐聲量雖小，花老大畢竟還是聽到了。

向嶽凌本待出言打個圓場，那花童雞冠紅卻氣喘呼呼地跑到花老大跟前，急急彙報導：「花谷主，猴頭谷的猴谷主到來，急著要借貨，顧谷主不肯，兩人在院子裡吵了起來。」花老大眉頭一皺道：「這賴皮猴越來越不像話了，一個月內竟連借三回。石大俠，此事我非得親自處理不可，你們還是隨我回府吧。」

向海璐眼珠子一轉，吩咐龔緣鳶道：「妳先隨石大叔他們回府，我還有事跟向大哥商量呢。」待得眾人走遠，向海璐才神祕兮兮地說道：「有件事我老早就想告訴你了，只是一路到萬花谷都找不到機會。」說到這裡一頓，從懷裡掏出那冊「絕戀公子武學錄」遞交向嶽凌，並將前因後果解釋一番，這才續道：「這陣子我們待在萬花谷，左右無事，正好趁機研究研究裡頭的武學。」向嶽凌失笑道：「我還道是什麼機密事兒，在旁人面前就說不得嗎？」向海璐瞪直了眼睛道：「這可是我用性命換回來的寶物，你不稀罕，那你就別學好了！」向嶽凌含笑道：「那怎麼行！妳將來若是欺負妳嫂子，我好歹也得打得過妳，才能護得妳嫂子周全呀！」向海璐雙手叉腰，吃吃笑道：「哎喲，說得我那麼凶，那我日後還能嫁得出去嗎！」

向嶽淩將手上冊子翻了一翻，微微一驚道：「這位絕戀公子的武學自成一格，比起爹爹傳授我們的武藝可深奧多了。」向海璐傲然道：「我取得冊子乃因我是有緣人，你習得武藝卻不過是沾了我的光。」向嶽淩揚眉笑道：「幸好海天一派掌門范毅辛范前輩也傳了我一套心法，趁機傳了給妳，免得給妳瞧不起。」

向嶽淩與向海璐兄妹情深，這幾句話自是鬧著玩，接下來的日子兩人天天到臥虎塘旁習武，依武學錄內的指示勤練。向海璐初時還擔心襲緣鳶沒人陪伴，後來卻發現這女孩對萬花谷事事好奇，每日隨雞冠紅就三大花田來回奔波，幾日下來也學了不少東西。向海璐見她自得其樂，也就放下心來。

這一日向嶽淩兄妹習武習得累了，正在伴虎亭內歇息，卻聞得小徑上傳來足踏落葉聲，兩人回頭一看，卻見花老大手攜竹籃，笑盈盈地步入亭內。向海璐咧嘴笑道：「莫非雞冠紅今天休息，得勞煩花谷主親自替我們攜來點心嗎？」花老大笑道：「我邀你們留宿萬花谷，原擬找機會和令兄弈棋彈琴，賞花論武，不料這陣子忙得不可開交，今日無論如何得偷那半日閒，和你們聚一聚。」

向嶽淩心中感動，立起身幫花老大將竹籃裡的三碟小點，一壺果酒取出，替三人各斟一杯，搶先敬了花老大一輪酒。花老大說道：「在下貿貿然探訪，不知是否打擾了兩位習武呢？」向嶽淩回道：「我們兄妹倆這等微末武藝，和花谷主一比卻是叫人見笑了。不知花谷主師承何門何派，可否告知？」花老大說道：「我爹爹全然不懂武藝，純是花農一名，我這一身武功卻是跟谷內一對花匠學來的。」向嶽凌兄妹大奇道：「願聞其詳。」

花老大敘道：「我小時候就留意到谷內有一對花匠夫婦，與其他花匠很是不同。男的叫虎大叔，是個彪形大漢，雖然斷了一條左臂，卻是力大如牛，做事又勤奮，很得我爹爹歡心。他妻子長得奇醜，凡事愛挑剔，又不合群，眾花匠都不喜歡她。虎大叔見狀，便懇求我爹爹容他在這座山丘上建了一間小茅屋，夫妻倆離群而居。」說著手指臥虎塘以北的一座小山丘。

向海璐插嘴道：「這位虎大叔如此疼愛妻子，卻和毛谷主一個模樣，莫非是萬花谷山水藏靈，住在這裡的男子脾氣特別好，都能容忍妻子無理取鬧。」向嶽凌瞪了向海璐一眼，咬牙說道：「若真如此，我可得要力勸未來妹夫在這裡買地築屋，做長居之計了。」

花老大笑著說道：「我當時年紀還小，心裡仰慕虎大叔的英雄氣概，常常跑來這裡纏他陪我釣魚抓鱉，虎大叔膝下無兒，對我也十分疼愛。後來相處久了，也覺得虎大嬸面惡心善，沒眾花匠想像的那麼難纏。」向嶽凌點頭道：「一個人只要有耐心，終歸能挖掘出他人的優點，若是單單以貌取人，卻要丟失了結交良友佳偶的機緣了。」

花老大聞言一怔，心中似乎頗有感觸，頓了一頓才續道：「有一次我無意中撞見虎大叔在山林裡練功，便纏著要他傳授武藝，虎大叔也著實疼惜我，便背著我爹爹收我為徒。」向嶽凌又點頭道：「想不到這位虎大叔竟是退隱江湖的武林高手，這可是花谷主你的機緣了。」花老大搖頭道：「論武藝虎大叔只能算得上三流角色，真正的高手卻是虎大嬸。」

向嶽凌兄妹聞言更是大奇，雙雙連聲追問。花老大續道：「我原也不知，直到我十六歲那年，虎大叔得了急病，臨終前要求虎大嬸繼續調教我。待得虎大叔入土半年後，我倆都恢復了心情，虎大嬸才招我繼續授課，我初見虎大嬸出手，直是驚得呆了，這才知道什麼叫天外有天，人外有人。」

向嶽凌兄妹均想，這位醜婦身懷絕藝，卻肯下嫁一名獨臂漢子，隱居萬花谷內，兩人之間必有不為人知的奇情故事。向海璐遐想間不忘追問道：「花谷主，這位虎大嬸還在谷內嗎？」花老大搖了搖頭，輕聲嘆道：「虎大嬸於五年前傷重逝世，卻和我二妹、三弟兩人大有關係。」向嶽凌兄妹更是好奇，頻頻追問。

花老大先是默然一陣回憶，而後才緩緩敘道：「我二妹、三弟初到萬花谷求職時，年方十九、二十歲，我只道他們是一對離開家園，尋找新生活的小夫婦，卻不知他們乃是武林人物，是古城派的後人。」向嶽凌喃喃自言道：「古城派？這名頭好熟……」向海璐怪叫一聲，拍腿笑道：「我想起來了！我聽娘說過這古城派裡有十二堂主，是同父同母所生的十二位兄弟姐妹，名字可怪了，由毛鼠、毛牛叫起，沿十二生肖一路命名到毛豬為止，是武林中的一個笑話呢。」花老大苦笑道：「一點也沒錯，我二妹她娘叫毛豬，排行第十二，我三弟他爺爺叫毛牛，排行第二。」

向海璐先是一怔，隨即怪叫道：「那麼說顧谷主不就是毛谷主的堂姑姑？」花老大點了點頭道：「他們兩個自幼兩小無猜，到得十六、七歲時已是情根深種，明知有違倫理，卻是不能自拔。再過得兩、三年，二人相處之際難掩戀慕之意，眾多姑嬸叔伯大驚，硬是要將二人隔離。我二妹性子剛烈，拉了三弟捲包袱私奔，一路逃到這裡來。」

向嶽凌奇道：「他們自當隱姓埋名，又怎會向你透露實情呢？」花老大說道：「我也是無意中聽到的。記得那天晚上，虎大嬸在這裡督促我練武，忽然聽見有腳步聲走過來，我們兩個便躲到樹叢裡去，月光下瞧得明白，來者正是我二妹、三弟兩人，只見他們在亭裡坐下後，一陣卿卿我我，便有如一般新婚夫婦。過了一會兒，二妹突然將三弟身子推開，似乎氣惱他什麼，三弟柔聲勸慰，二妹卻不依，還罵他不長進。」

「我好奇心起，爬近亭子竊聽，但聞二妹斥道『你難道就甘心一世人躲在萬花谷裡，做個沒出息的花匠嗎？』三弟卻駁道『我們相結合乃大逆不道的行逕，你娘和我爹若是找到我們，只怕還容不得我們活命呢。』二妹惱道『我是你堂姑姑，他們若逼我們兩人相結合，那是大逆不道，可是現在卻是我們倆真心相愛，只要我們兩人不介意，他們又何必阻止呢？』當時我聽到這裡，直是驚得呆了，不小心弄出聲響，卻叫他們發現了。」

「三弟見是我，就先心虛了，二妹還想發難，卻哪是虎大嬸的對手，沒兩下就被制住了。虎大嬸非但不為難他們，還說打心底欣賞二妹敢愛敢恨的氣魄，套他們將二人的情史詳敘了一遍。原來二妹執意要重出江湖，三弟卻寧願隱居萬花谷，二人這才起了爭執。」

向嶽凌兄妹聽到這裡，心裡極其紛亂，一方面情願顧三催、毛慢郎有情人終成眷屬，另一方面又覺得兩人有血緣之親，相結合確是大為不妥。花老大瞧見二人的神情，微微一笑道：「看來你們和我一樣，同為俗世條規所縛束，輕易不敢踏離一步。當時虎大嬸就說了一番話，令我大為驚訝。」向嶽凌兄妹大奇，又是連聲追問。

花老大敘道：「當時虎大嬸就說『這世上只有利與弊，豈有對與錯。如果人群都分散而居，各人儘可做各人愛做的事，只因合居成群了，凡事對當政掌權的有利，當政掌權的就說是對的，對大眾有利，眾人也就說是對的。久而久之，凡是有違眾意的，你就是心底裡十二分喜歡，萬二分願意，也沒膽去做』。」

向嶽凌兄妹各自默然一陣沉吟，仍是理不出個頭緒來。向海璐不耐煩了，又追問道：「那後來呢？」花老大續道：「當時虎大嬸勸我二妹、三弟兩人先練好武功，過得幾年再出谷闖江湖不遲。從那一夜起，虎大嬸就同時調教我們三人，而我和二妹、三弟日久生情，更義結金蘭。後來我爹爹逝世了，我便提升他們夫妻倆為主管，協助我打理業務。」

向嶽凌含笑猜道：「花谷主不會是捨不得兩位弟妹，希望藉助業務留住他們吧？」花老大苦笑道：「我三弟心喜谷內寧靜的生活，本就不想離開，可是我二妹心繫江湖，終於還是雙雙出谷了。」向海璐問道：「那你為何不隨他們出谷闖蕩去，外面的花花世界可精采了！」

花老大一臉嚮往的神情，幽幽嘆了一聲道：「我豈不想，可是萬花谷的生意又怎放得下呢？」向海璐「噗哧」一笑道：「瞧你這可憐樣，不如叫我大哥留下來替你管理業務，由我陪你到外頭玩一趟吧！」花老大脫口而出道：「我倒寧願你大哥陪我到外頭玩呢。」說完臉上立刻紅了起來。

向嶽凌問道：「那顧谷主、毛谷主二人又怎回到了萬花谷呢？」花老大咳了一聲道：「他們二人離谷不到一年，就碰上古城派的人物，被幾位堂主追趕著逃了回來。我在谷口將追兵攔住，要他們放二妹、三弟一條生路，不料他們竟要趕盡殺絕。幸好虎大嬸及時趕到，將他們一一打敗，我又用言語擠住他們，二妹與三弟這才逃得性命，只是在有生之年，卻應諾永不離開萬花谷。可惜虎大嬸卻於比鬥中受了暗傷，一個月後傷發不治。」向嶽凌兄妹聽到這裡，皆是黯然神傷。向海璐遙望水面，霍然心中明瞭，喃喃說道：「原來臥虎塘、伴虎亭皆是為了紀念虎大叔兩夫妻而命名。」花老大點了點頭，手指那山丘道：「他們就葬在臥虎丘上。」向嶽凌說道：「花谷主，可否帶我兄妹倆上臥虎丘去拜祭他們二人。」

花老大領二人穿過一片梧桐林，來到臥虎丘北坡，果見有兩個墓碑朝東北方而立，左碑刻有「江大宏之墓」，右碑則刻了「金好好之墓」。向海璐就近摘了兩束黃菊，獻上墓前，與向嶽凌默跪致敬。

三人從臥虎丘下來，徒步回府，途經中花田時，遠遠瞧見有兩個人影在花叢裡摘花。向海璐認得其中一人是龔緣鳶，另一人比她高出了一個頭，是一名十五、六歲的少年，卻不是萬花谷的花童。向海璐好奇心起，脫隊向二人行去，待得走近時，只聞龔緣鳶說道：「你姐姐可挑了，什麼花都不要，偏要這麗春花。」那少年笑了一笑道：「我姐姐聽說書先生說了虞姬的故事後，就獨愛這麗春花，我今兒既到了萬花谷，好歹也得給她摘一大束回去呀。」

向海璐見這少年笑起來左頰也有個極深的酒窩，竟和自己一個模樣，心裡不禁對他起了親切之感。但聞龔緣鳶說道：「是什麼故事？你倒說來聽聽。」那少年說道：「西楚霸王項羽與劉邦爭奪天下的故事妳總聽過吧？話說項羽兵敗後與虞姬逃至烏江，面對滔滔江水，無限淒涼，萬念俱灰之下命虞姬為他再舞一段。虞姬知道項羽對她放心不下，舞畢抽劍自刎，以謝項王。據說虞姬的血濺上項羽的衣帶，而項羽將衣帶埋入土中，一夜後埋帶處長出了一棵搖曳生姿、聞樂起舞的白花，就是這麗春花，也有人稱之為虞美人。」

向海璐笑著打岔道：「這故事倒新鮮，我還是頭一遭聽到呢！你姐姐獨愛虞美人，莫非是心慕她情愛堅貞？」那少年頗見害臊，含笑低下了頭。龔緣鳶卻認真說道：「這故事不對。」向海璐揚眉道：「怎說？」龔緣鳶道：「我聽毛谷主說過，這麗春花是近幾十年由大秦國以西引入的新品種，大唐之前恐怕還沒人見過這花呢！」向海璐蹙眉道：「妳這女孩兒也未免太認真了吧？」

那少年忽然抬頭道：「時候不早了，我也該離谷了。緣鳶妹子，我代我姐姐謝過妳這一束虞美人。這是我姐姐織的圓絳子，送妳一個。」說完從懷裡掏出一物，遞給龔緣鳶後轉身就跑。向海璐湊近一看，只見圓絳子中央繡了個「倩」字，手功頗見精細，抬頭望著那奔遠的身影道：「這少年挺有趣的，到底是什麼人？」龔緣鳶回道：「他叫黎小刀，住揚州，是替我南宮表舅帶信的。對了，南宮表舅說，崔小豔再過三天就會來到萬花谷了。」

向海璐心中微驚，趕忙帶龔緣鳶回府，兩人尋到石天恩房裡時，卻見他已將左鴨翅、右鴨腿、向嶽淩三人招來，正商討此事。石天恩取出早已備妥的一大張牡麻繩網，詳細布署道：「向兄弟，你和你妹子二人持網躲在大廳橫梁上，我和左三哥、右五哥將崔小豔、歡將二人引到梁下，你們才撒網擒敵。」

向嶽淩面帶憂色道：「我在洞庭湖見過崔小豔出手，這裡除了石大哥之外，我們餘人皆不是她的對手，據說歡將的武藝更是駭人，我們若無法一網打盡的話，確是十分凶險。」石天恩微微一笑道：「向兄弟，你也見過右五哥出手，單憑他一人自是對付不了崔小豔，但若有四個右五哥同時出手，你說這勝算又如何呢？」

向嶽凌兄妹面面相覷，卻是一臉茫然。右鴨腿解釋道：「天恩與花谷主相鬥時所使的東詐、西霸、北傲掌，另加南蠻、中神通掌，合稱五絕神掌，是昔日五大高手合創的一套掌法。各別使固然精妙，合使卻威力倍增。二人同使有如兩大高手，三人合演則如四人圍攻，若是五人齊施，便有如十六位武林高手同時出手，威力無窮。」

向海璐奇道：「我見過我娘使南蠻掌，卻沒聽她談起這套掌法的來源。」向嶽凌則問道：「石大哥，我們該不該先向三位谷主打聲招呼呢？」石天恩想了一想，搖頭說道：「顧谷主行事慌張，我擔心她會露出馬腳，還是不說的好。」向嶽凌點了點頭，轉對龔緣鳶叮囑道：「到時候妳躲在房裡，無論聽到什麼也不許現身，明白嗎？」龔緣鳶應了一聲，心裡怦然狂跳，也不知是害怕呢，又或是興奮多些。

接下來兩日，石天恩幾人抓緊時間習武練功，人人都是心情緊張，所幸花老大與顧三催忙於業務，也沒留意到他們的動向，毛慢郎一貫的偷閒閱書，更是不見人影。到了第三日，左鴨翅駐守谷口放哨，餘人則在大廳候備，向嶽凌兄妹不時抬頭查視梁上的牡麻繩網，崔小豔尚未現身，兩人卻已頻頻冒汗，溼透衣衫了。

第六回　兒遭擄崔小豔狂怒，逢噩運計瑩瑩痛哭

到得申時，向嶽凌兄妹聞得左鴨翅在窗外低聲一哨，立刻飛身上梁，石天恩與右鴨腿也閃到屏風後。過得一會兒，果聞顧三催那把嗓尖語急的聲音道：「崔教主，大將軍，你們先到大廳裡坐坐，我立刻吩咐花童替你們備房去。令公子難得到訪，少說也得在谷裡玩上三兩天再走不遲。」緊接著卻聞崔小豔的聲音道：「峰兒，難得跟娘一塊兒出來玩，你就別顧著看書好不好？」

向嶽凌兄妹低頭細看，果見三人隨顧三催步入大廳，除了崔小豔與歡將外，兩人中央還夾著一個十二、三歲的男孩，只見他眉濃目清，頗見俊秀，只是手握冊子，邊走邊閱，略顯書呆之氣。歡將見那男孩不應，伸手輕撫他頭髮道：「傻孩子，書有什麼好看？身旁的世界才真正精采呢。」語調中充滿了憐愛之意。

顧三催剛要轉身招來花童上茶，窗外人影一閃，左鴨翅已搶入廳發難。歡將擋在妻兒身前接了一掌，眼角卻瞥見一個偌大的屏風砸了過來，當下一聲怒吼，飛腿將屏風踹個稀爛。石天恩由左首欺近，與左鴨翅合鬥歡將，右鴨腿則快掌飛襲崔小豔。崔小豔臨危不亂，托住兒子左腰往後一送，

讓兒子跌坐廳角椅上，再轉身接掌。

那男孩身子撞上椅背，隨那椅腳稍旋，傾斜間便瞧見了躲在梁上二人。向嶽凌兄妹暗叫不妙，那男孩果然手指二人藏身處，大聲叫道：「娘，梁上有人！」崔小豔一驚，連忙搶近相護。向嶽凌兄妹見行跡敗露，只好抓牢繩網急撲，向崔小豔母子罩下。

崔小豔既已警覺在先，哪能中計，只見她出掌隨托隨送，將兒子連人帶椅推向廳角，自己一個燕子翻身，也竄出網外，跟著轉身遞掌，立刻纏上向嶽凌兄妹，口裡更是惱斥道：「顧谷主，妳好大的膽子！竟敢串通歹徒，設陷擒我！」

顧三催萬萬沒料到石天恩幾人設陷要擒的竟是綠石教教主崔小豔，直嚇得面無人色，慌忙辯道：

「沒有的事！這班人連我們也瞞在鼓裡。」崔小豔嚴聲斥道：「只要我兒子傷了一根寒毛，我一把火燒了萬花谷，谷裡人無論是大人小孩，一個個挖了你們眼珠，再餵你們吃七日驚心丸，要你們飽受七日之苦後發狂而死！」

顧三催聽了先是一愣，隨即二話不說，竄到那男孩身前迅點他麻穴，扛起他轉身就跑。崔小豔威顏嚇唬，原是要顧三催護著兒子，不讓石天恩一班人加害，豈料顧三催竟將兒子擄拐而去，當下大驚喚道：「顧三催，妳幹什麼？」石天恩見崔小豔語帶驚惶，明白那男孩是她的命根子，心念一轉，開口向左鴨翅打了聲招呼，雙雙轉身追去。崔小豔心中大急，哪還戀戰，待歡將出手替她解了圍，兩人拔足緊追。

石天恩隨顧三催沿遊廊左彎右拐，方要追上，卻見她閃身入了客房，緊接著更聞房裡傳來龔緣鳶的驚呼聲。石天恩剛闖入房中，竟見顧三催扛著兩個小孩越窗而出，不禁大感糊塗，足下加快腳步緊追，口裡更是喚道：「顧谷主，妳到底要幹什麼？」顧三催卻不回頭，只是大聲應道：「你們雙方有什麼恩恩怨怨，到谷外解決去，別給我添麻煩！」

石天恩再追得一陣，眼見就要趕上，身後忽然傳來左鴨翅一聲痛哼。石天恩回頭一看，驚見左鴨翅中掌倒地，歡將更是飛身撲來。石天恩不敢硬碰，閃身一讓，待歡將追過頭，再由後一掌擊他後腰，歡將被逼轉身還得一掌，卻已失了先機。兩人對得幾招，眼角卻瞥見崔小豔身影一閃而過。

顧三催肩上扛了兩個小孩，早已跑得氣喘吁吁，耳聞身後有人追到，更是心慌，待得沿道拐了個彎，卻喜見花老大佇立前方，正指揮一組花童修枝剪葉。顧三催尖聲喚道：「大哥，救我！」花老大回頭一看，驚見崔小豔一臉怒容，緊追在後，更辨得顧三催肩上其中一個小孩是龔緣鳶，當下不及細問，閃身擋在崔小豔面前，朗聲說道：「崔教主手下留情！」崔小豔卻不跟他囉嗦，五指成爪急抓，逼他讓路。花老大舉手一抹，出掌層層疊疊，使開梧桐吟秋接下攻勢，開口問道：「崔教主，是我妹子什麼地方得罪了妳嗎？」崔小豔啐了一聲道：「你妹子先是容得歹徒在屋裡設陷擒我，又擄拐我兒子，若說你一點也不知情，我才不信！」說話間又急急攻了四掌。花老大心念一轉，登時明白一切，崔小豔見他面有愧色，更堅信三位谷主與石天恩早已串通，盛怒之下出手更是凌厲。

花老大正暗思如何才能解釋明白，眼角卻瞥見向海璐飛步趕到，並聞她開口問道：「花谷主，顧谷主呢？」花老大應道：「抱了兩個孩子趕往谷口去，妳哥哥他們呢？」向海璐足下不停，飛步越過二人，順口應道：「那歡將不好對付，我哥哥三人聯手才勉強抵得過他。」

崔小豔心中大急，提聲喊道：「這位姑娘，莫忘了你們在洞庭湖遊舫上曾經應諾不傷害我兒子！」語畢卻聞前方傳來向海璐的笑聲道：「崔教主您記錯了，應諾您的是巧三娘、池倫凱、南宮夫人三人，可沒我的份！」崔小豔聞言又驚又怒，當下加催掌力，盼能強搶過去，不料心急頓亂，三招下來左肩已吃了一掌。花老大得手後心中反慌，情知這梁子可結得實了。

向海璐趕到荷塘南岸，喜見顧三催方才撐篙入水，當下一縱上筏，伏身查得兩個小孩無恙，這才抬頭說道：「顧谷主，謝您了。」顧三催狠狠瞪了她一眼道：「我可不想被人挖了雙眼，逼吞什麼七日驚心丸。待會兒我替你們弄來一輛馬車，你們馬上給我滾出谷去！」向海璐明白顧三催正當盛怒，不敢應話，只是替龔緣鳶解了穴道，柔聲慰問。

竹筏一抵北岸，顧三催立即飛身取車去。向海璐低頭瞧那男孩，只見他一臉驚慌之餘，雙目中彷彿有一股淒迷悵惘之意，忍不住也柔聲安慰他道：「別害怕，你叫什麼名字？」那男孩咬唇應道：「我叫……崔庭峰。」

向海璐還待再問，遠岸卻傳來呼喝打鬥聲。向海璐立起身遙望，只見南岸七個人影翻翻滾滾，鬥得甚是激烈，其中一人身法頗見呆滯，卻是左鴨翅負傷出戰，若不是崔小豔與歡將心繫愛子，無心殲敵，左鴨翅早已遇險。饒是如此，石天恩五人仍處下風，尤難抵歡將猛烈的攻勢。七人再鬥得一陣，忽聞歡將喝了一聲「著」，有一人應聲而倒。向海璐辨得中掌者正是向嶽凌，不禁與龔緣鳶齊聲驚慌大叫。

陡然間但見花老大棄了崔小豔，抱起向嶽凌縱身上筏，撐篙離岸。崔小豔也乘隙搶上另一艘竹筏，入水急追。花老大奮力撐得兩撐，使得竹筏斜裡飆射，想要引開崔小豔。不料崔小豔卻不轉向追趕，只是筆直朝北岸急撐，反而越過了花老大的竹筏。

向海璐臉色大白，轉過頭與龔緣鳶相顧駭然，卻是不知所措。就在這時，身後傳來馬車聲，向海璐驚惶喊道：「快！快把馬車趕過來！」不料那馬車緩緩而行，馳得甚是平穩。向海璐眼見崔小豔已渡過了荷塘中央，更是高聲催促，只恨這顧三催平日行事比旁人快了三拍，緊要關頭卻學她丈夫毛慢郎拖拖拉拉，不急不躁。

向海璐正待破口大罵，卻聞龔緣鳶歡聲呼道：「池表舅，我在這裡！」向海璐回頭一看，果然認得趕車那人正是池倫凱，這時候車內有個人聞聲探頭一看，卻是巧三娘！龔緣鳶大喜若狂，拔足向馬車奔去。

原來巧三娘收到南宮天賜的傳訊後，獲悉女兒無恙，大是欣喜，在池倫凱的陪同下立刻啟程趕來萬花谷，只是傷勢未能痊癒，路上車行甚慢，足足比疾馬傳信的黎小刀遲了三天抵達。此刻與女兒久別重逢，自是欣慰，但隨即聞得向海璐分析急況，卻又皺起眉頭，想了一想才吩咐道：「緣鳶，妳和向姐姐在車上等我。池大哥，快扶我上竹筏！」

到了荷塘上，池倫凱依言撐得竹筏筆直迎向崔小豔，待得雙筏相距十來丈時，才於巧三娘身後坐定，雙掌抵她後背腎俞穴，將自己內力源源輸入。巧三娘凝神運息，長鞭入水悠悠一劃，蕩起一波波漪瀾，崔小豔但覺池底一股暗流，將自己竹筏撥向西面，待得持篙反手一撐時，池底暗流又轉了方向，引得自己竹筏撥向東面。崔小豔雖是奮力撐篙，竹筏卻盡是左右晃盪，寸步難移，心中勃然大怒，只恨雙筏相距遠了，無法躍上相鬥。

這時候花老大的竹筏已抵北岸，向海璐幫他將向嶽凌抱上馬車，一臉慌急問道：「哥哥，你傷得怎樣？」向嶽凌咬牙苦笑，目中卻盡是痛楚神色。龔緣鳶急扯花老大的衣衫道：「花谷主，你快幫幫我娘！」

花老大回頭審視戰情，見巧三娘雖暫時阻擋得崔小豔，但遠岸歡將已搶上竹筏，正飛快划向池塘中央，心知時刻緊迫，當下開口朗聲說道：「崔教主，您和石大俠之間有什麼誤會，在下願做和事佬，雙方坐下來調理調理，又何必大動干戈呢？」崔小豔哼了一聲道：「你要保得萬花谷無損，便將這批人替我拿下，但我兒子要有絲毫損傷，你們谷裡人就準備挖坑掘墳好了。」

花老大還待勸說，歡將已將竹筏划到荷塘中央，只見他躬身下拍，打散了竹排，並撿起一支支竹竿，運力射向巧三娘的竹筏。巧三娘大吃一驚，揮鞭欲將急射而來的竹竿截下，不料自己傷重未能全愈，此刻藉助外力，卻無法抵得歡將深厚蠻力，其中幾支竹竿撞上竹筏，擊得尾端猛繞，池倫凱雙手一離巧三娘後背，巧三娘頓感全身虛脫無力，整個人滑入水底。崔小豔見機不可失，將竹筏飛快撐得兩撐，舉篙往巧三娘頭頂砸下。龔緣鳶驚呼聲中，只見池倫凱揮篙接下攻勢，口裡更是急聲喚道：「向姑娘，快帶緣鳶離開這裡！」

向海璐眼見巧三娘雙眼緊閉，一動不動地浮在水面，也不知是死是活，而歡將的半截竹筏更是飛快射向北岸，一時慌了手腳，全然不知所措。花老大見事態緊急，向向海璐打了個眼色，要她攜帶龔緣鳶上車，自己則朗聲說道：「崔教主，大將軍，令公子先交由我看護，只要你們不傷了我兩位弟妹，也放這幾位朋友一條生路，過得幾日，我自會將令公子安然送返府上。」

花老大話一說完，立刻飛身上座趕車，不料方才鞭得馬兒起步，忽聞得車後風聲急響，回頭一看，卻見一支竹竿如快箭離弦，猛然插向輪轂，只砸得輻折輞脫。花老大臉色一變，情知歡將一旦追上，自己絕對無法抵擋，當下鑽入車內，將向嶽凌負在背上，手裡抱起那男孩，快速朝谷口奔去。向海璐自是背負龔緣鳶緊隨在後，奔逃之際回頭一瞥，驚見歡將已飛身上岸，正隨後追來，心中更是驚惶失措。

向嶽凌伏在花老大背後，耳聞歡將腳步聲越追越近，咬牙低聲勸道：「花谷主，把我放下，你們再逃。」花老大搖頭不語，足下卻是奮力加快腳步。就在這時，只見前方拐彎處一輛馬車飛快趕來，前座卻坐了顧三催、毛慢郎二人。花老大大喜，急急呼道：「三弟，快幫我攔住追兵！」

毛慢郎尚未說，顧三催搶先喝道：「大哥，我已和崔教主說明白，我們決定置身事外，互不相幫，你怎麼還插手其中呢？」花老大奔到車前，先將向嶽凌與那男孩抛入車廂內，接過了轡繩後才應道：「我也和崔教主說明白，她要是膽敢傷了谷內任何人，就要替她兒子築墓立碑了。」顧三催雖是一肚子怨氣，仍是緊隨毛慢郎奔前迎戰歡將。花老大待向海璐與龔緣鳶攀入車廂後，抓牢轡繩一扯，驅馬向谷口急奔，才一會兒，已遠遠將相鬥眾人抛在後頭。

向海璐見龔緣鳶抽噎不止，明白她憂心巧三娘，便柔聲安慰道：「妳別擔心，崔小黯愛子在我們手上，她絕對不敢傷害妳娘的。」語畢突然想起那男孩就在車上，不禁臉上一紅，轉而安慰他道：

「崔庭峰，你也不必害怕，我們絕不會傷害你的。」

向嶽凌轉頭凝望那男孩，只見他臉上已不見驚慌之色，卻有一絲淡淡的淒迷，彷佛對自己的厄運已認了命，不禁奇道：「你叫崔庭峰？這位姐姐說得對，過得幾天我們自然會護送你回府，你卻不必害怕。」

那男孩崔庭峰幽幽嘆了一聲道：「其實這的確沒什麼好害怕的，我在夢裡已經歷過千百次，這又不是第一回了。」向嶽凌兄妹一怔，齊聲問道：「這話怎說？」崔庭峰道：「我娘自小便要我旁觀，看她怎麼使毒。我每一次瞧見那些人受刑時痛楚的模樣，晚上便不敢睡覺，只怕一閉上眼睛，那些慘死的人就會來向我索命。後來我終於想通了，我娘既然對他們用毒刑，便是欠了他們的，他們要在我夢裡向我索討，也是應該的。你們要擒我娘，必是她用毒逼害過你們親人，如今找我報復，也是理所當然，我又有什麼好驚慌害怕的呢？」

向海璐沒料到這男孩心境如此頹廢，禁不住勸道：「你娘對人使毒，這筆債必算到她自己頭上，哪能由你來替她承擔。」崔庭峰苦笑道：「那姐姐妳擒我來幹什麼？」向海璐聞言一呆，一時也糊塗了。向嶽凌微微一笑，向崔庭峰分析道：「我們把你擒來，是要讓你娘憂心，好讓她下一回用毒害人之前，將心比心，莫要輕易濫殺無辜。我們對你卻全無惡意。」崔庭峰默然想了一會兒，似乎對向嶽凌的解釋頗能認同，當下也寬了心。向海璐更是欣然說道：「你就當是陪我們出外一遊好了。」說完提高聲量問花老大道：「花谷主，我們這會兒卻趕往哪裡去？」花老大也高聲回道：「先到我老友賴皮猴那兒躲幾日再說吧。」

猴頭谷離萬花谷不及二十里，轉眼便到。車子直駛入谷，前後穿越一片荳蔻園，一座茱萸林，才抵猴頭谷山莊。向海璐下車一看，卻是吃了一驚，只見山莊沿坡而建，重簷歇山式屋脊層層疊疊，規模比之萬花谷山莊少說也大了兩倍不止。山坡頂還彷彿瞧見有工匠搭棚動工，似乎仍在擴建。待得幾人隨花老大步入廳堂，迎面更是一片金碧輝煌，只見東西兩壁牆上雕了十六羅漢的塑像，各個造型獨特，姿態各異，有作沉思狀，有作假寐狀，也有作訕笑狀的，倒令人有步入宏偉廟宇的感覺。

花老大高聲喚下人備房後，將向嶽凌安置椅上，細聲說道：「待我向賴皮猴交待了幾句，立刻助你運功療傷，你且忍耐一些。」向嶽凌見花老大對自己關懷備至，反倒有些許難為情，乾笑兩聲說道：

「花谷主，這一次我們突擊行動失敗，反而連累了你，你竟一點也不生氣，我是更加內疚了。」花老大佯裝惱怒道：「誰說我不生氣！和你並肩作戰一番，到頭來你對我仍是這般客氣。你要不嫌棄的話，我稱你一聲向兄弟，你直呼我花老大好了。」

向嶽凌還待猶豫，向海璐已搶先喚道：「花老大，你這般直接吩咐猴頭谷的下人備房，難道不怕猴谷主生氣嗎？」花老大哼了一聲道：「這賴皮猴谷裡花業經營不當，經常得向我借貨，還得看我臉色做人呢。」向海璐奇道：「不對呀，單看這廳堂裝潢就氣派不凡，比起萬花谷山莊雄豪多了。」花老大手指牆上雕塑道：「賴皮猴兩公婆就貪新鮮，這叫打腫臉皮充胖子！」

這時候廳堂入口處卻傳來一陣嬌笑聲，只聞一名女子嗲聲道：「唉喲，花老大千百年難得到訪一回，一到來就怨東嫌西，挑三剔四的，難道我們猴頭谷裡沒一樣你看得上眼的東西嗎？」向海璐回頭一看，只見說話的是一名三十來歲，裝扮妖豔的女子，此刻正斜依在一名青年男子肩上，姍姍蓮步走了進來。那名男子一臉笑意，瞧上去倒比那女子年輕許多。

花老大稍顯尷尬，微紅著臉打了聲招呼道：「菊花夫人，不是我花老大瞧不起妳外子，這十六尊鎏金銅像是造得瑞嚴華麗、氣派萬千，可是十六羅漢的來源典故他又知道多少？」菊花夫人身旁那名青年男子聞言挺直了腰，睜大眼睛說道：「我怎麼不知道！我們大唐遊僧玄奘大師從獅子國帶來的佛經裡就將這十六位尊者的事蹟寫得清清楚楚，他們受了佛祖的囑咐，不入涅槃，常在人間，為眾生造福田呢。」

向嶽凌兄妹一怔，皆沒想到這一位毫無氣派的年輕人竟是猴谷主。花老大也是一愣，跟著咧嘴笑道：「賴皮猴，真是士別三日，刮目相看，你這會兒倒撈了些學問。」菊花夫人伸出蔥蔥玉指輕叩猴谷主額頭道：「小獮猴，我沒說錯吧，我們在大唐賺的錢再多，若不請個私塾先生，提升提升自己的學問，人家終究要瞧我們不起，忘不了我們是六詔來的蠻夷呢。」

猴谷主也笑嘻嘻地說道：「夫人，我看妳每日燉枸杞瑞鱉湯給那位私塾先生進補，一味的滋陰潛陽、益腎建胃，恐怕另有用意吧？」菊花夫人咬著唇捏了猴谷主一把道：「你吃醋嗎？」猴谷主怪笑道：「有人替我分擔工作，容得我偷懶，高興還來不及呢。」

向嶽凌兄妹沒料到這一對夫妻竟在客人面前浪言媚語，當眾調情，只羞得面紅耳赤，花老大也頗見尷尬，連忙插嘴說道：「賴皮猴，我這位朋友受了傷，得借個地方休養調理，這幾日若有人來到猴頭谷打探，千萬別透露我們的行跡。」說完替雙方引介一輪，這時候那名下人回到廳裡，說是已備好房，花老大幾人便順勢告退離廳。

花老大擔心崔庭峰會逃跑，向下人討多了兩張藤床，要他和向嶽凌及自己三人同房而臥。待得用過晚膳後，立刻閂上房門，開始運功療傷。向嶽凌藉助花老大的援力，啟運絕戀公子武學錄裡記載的自療法，足足調理了兩個時辰，才將體內那股異力按捺下來。花老大隨即又餵他吃了一碗枸杞瑞鱉湯，替他蓋好了被衾，這才退回藤床上休息。向嶽凌見花老大於細微處一絲不苟，將自己照顧得無微不至，又回想起那花童雞冠紅所說過的話，這才體會到花老大貼心切意的好處。

第二天一早，花老大派遣一名猴頭谷的下人到萬花谷打探訊息，同時也替自己幾人取來軟細。毛慢郎託那名下人回報，說崔小豔投鼠忌器，不敢下毒手殺任何人，只於離去前威言恫嚇一番。顧三催則是勃然大怒，將石天恩、池倫凱兩班人趕出谷外，巧三娘雖是傷得不輕，卻無性命之憂，只是留言交待向嶽凌兄妹，要他們好好照顧龔緣鳶，儘早將女兒護送回揚州袁府去。毛慢郎也擔心崔小豔去而復返，託言勸花老大幾人暫且莫要回萬花谷來。

眾人得到訊息，均都放下心來。花老大繼續替向嶽凌療傷，幾日下來，倒也康復了七、八成。崔庭峰見花老大幾人以禮相待，確無虐己之意，暗地裡也鬆懈了警惕之心，只是每日困於小小一間廂房內，不免感到鬱悶。

向海璐見狀，有一日便領了崔庭峰離房，許他陪同自己及龔緣鳶出遊。龔緣鳶這幾日下來已摸清了猴頭谷的花田，這會兒便興高采烈地當起嚮導，沿途介紹花田裡的花卉品種，甚至連花期、發源地、栽種法等等細節也說得頭頭是道，不僅崔庭峰聽得津津有味，目露欽仰，就連向海璐也暗地裡佩服，沒料到這女孩兒學習起來竟是異常認真，一絲不苟。

向海璐雖見崔庭峰似無逃跑之意，終歸想試他一試，於途中佯稱自己鬧肚痛，留下二人逕自回山莊，卻悄悄折返回來，從遠處觀察二人。只見一個侃侃而談，一個細心聆聽，兩人肩並肩步入一片木槿園內。向海璐見園裡的樹叢枝葉茂密，易於藏身，便欺近身去，想偷聽二人在談些什麼。只聞龔緣鳶說道：「這木槿榮於仲夏，訖於孟秋，如今花期已將逝，這可能是最後一批木槿花了。」崔庭峰凝望樹上一朵朵淺紫、桃紅的木槿花，喃喃說道：「這木槿花個別看雖是秀美，卻嫌開得太散了，頗有零落悽婉之態。」龔緣鳶點了點頭道：「這花朝開暮落，開得再美也只得那麼一日，的確可惜。」

崔庭峰痴痴地想了一會兒，忽然開口說道：「緣鳶妹子，妳能不能夠將這木槿花的栽種法寫下來，待我向猴谷主討一袋花種，拿回家去種。」龔緣鳶奇道：「這花有什麼好？你不如種一些牡丹、芍藥之類的，花開富貴，討個好兆頭。」崔庭峰幽幽說道：「這花僅得一日之榮，便有如一個人短促的一生，把它種在我墳頭上，再恰當不過了。」

向海璐聞言嚇了一跳，龔緣鳶更是蹙眉追問道：「崔兄弟，莫非你身上帶有不治之傷，或是什麼暗病？」崔庭峰莞爾一笑道：「那倒不是，只不過我娘要我接手管理綠石教，將來是要使毒害人的，又怎能盼得長命百歲呢？」龔緣鳶訝然道：「你懂得使毒？」崔庭峰苦笑道：「這許多年來我娘苦心鑽研出八十多種毒藥與毒物，並規定我樣樣都得學得精透，就連教內的三大護法，個別也只許他們學懂一半。」龔緣鳶聞言打了個寒噤，不自覺退了一步，崔庭峰見狀失笑道：「緣鳶妹子，我既已交了妳這個朋友，妳自然就不必擔心我向妳用毒了。」龔緣鳶咬唇道：「可是你娘恨不得置我和我娘兩人於死地呢。」崔庭峰臉上笑意頓逝，長長地嘆了一聲，嘆息聲中溢滿了無奈。

向海璐忽然體會到了崔庭峰的心情，這男孩自小就不能認同親娘的所作所為，卻被逼學習一切違背自己心意的事物，也難怪他年紀小小，心境卻異常頹廢，思之不禁微感心酸。就在這時，道上傳來腳步聲，龔緣鳶扯了扯崔庭峰的衣袖，細聲說道：「是向姐姐回來了，我們且不出聲，看她是否能找到我們。」

向海璐細心聆聽，果然辨得四對腳步聲，待得來者走近向海璐藏身處時，卻聞一個孩子的聲音道：「奶奶，妳怎麼啦？是腿疲了嗎？」另有一名女子的聲音應道：「奶奶想坐下來歇息，你和你哥哥自個兒到前面玩去。」那小孩應了一聲，卻聞兩對腳步聲齊齊離去。

向海璐只覺這孩子的聲音頗熟，卻想不起在哪兒聽過。這時候但聞那女子柔聲說道：「可憐的瑩，妳想哭就放聲哭吧，別悶在心裡了。」話一說完，立刻有一名女子抽抽搭搭地哭了起來，開始時還勉強忍聲低泣，到得後來越哭越是傷心，竟是嚎啕痛哭。向海璐難耐好奇之心，伸手撥開枝葉偷窺，只見有兩名鬢插白花、身穿素色孝服的女子坐在數丈外，一個將頭埋在臂彎裡哭得撕心裂肺，瞧不見面貌。另一個約莫五十來歲，正柔言勸慰。

就在這時，向海璐耳聞身後響起輕微的折枝聲，回頭一瞥，卻見兩個孩子的身影在樹叢間慢慢逼近，顯是意圖回頭偷窺。前方那女子哭聲淒厲，正好掩蓋二人的腳步聲，容得他們欺到向海璐身後數丈處。向海璐定眼細瞧，竟認得兩個小孩分別為年景泰、年景豐兩兄弟，這一下才大大吃了一驚，頓然明白前面二女正是計瑩瑩與她的婆婆年老夫人。

計瑩瑩再哭得一會兒，漸漸平息下來，只聞她咬牙恨聲道：「這雕拓把子鴻，公公兩人逼上絕路，我一定不會放過他。」年老夫人溫言勸道：「瑩瑩，快別這麼說，若是讓孩子們聽到，只會在他們心靈裡投下陰影，撩起仇恨之念。」計瑩瑩恨聲道：「不錯，我正是要他們兩兄弟緊記，東江神刀門掌門人雕拓就是令他們家破人亡的罪魁禍首，是我們計家的仇人。」

向海璐越聽越是心驚，只聞年老夫人正色說道：「瑩瑩，妳真的認為雕拓是逼死妳我兩人丈夫的仇人嗎？」計瑩瑩反問道：「難道不是嗎？若不是他使詐，低價收購我們的酒廠，公公怎麼會氣得一病不起，撒手歸西呢？子鴻又怎會深深自責，懸梁上吊呢？我兩個可憐的孩子……」說到這裡又失聲痛哭起來。

年老夫人容得計瑩瑩哭了一陣，才開口勸道：「瑩瑩，高闊門的釀酒生意是由你公公一手創辦的，這幾十年來我瞧他全情投入，心繫業務，便難免有股隱憂，知道若是有人威脅到高闊門的釀酒生意，他就是拼了老命，也要維護這盤生意，也不想想，這麼做值得嗎？」

計瑩瑩漸漸收復心情，靜靜聆聽年老夫人續道：「其實許多男子外表堅強，內心卻十分脆弱，若是一生人之中無法在江湖上謀個地位、名頭，又或在武林中有一番作為，便覺得自身沒有什麼價值。就算今天爭得個武林第一，沾沾自喜，明天被人打敗了，立刻便心灰意懶，也不想想，戰前戰後還不是同樣一個人？掛上那麼一個名頭，你就是另外一個人了嗎？」

向海璐細細咀嚼年老婦人所說的話，似懂非懂，卻聽她又說道：「妳公公若懂得看開一些，失去了就算了，就值得賠上性命嗎？倒是子鴻這孩子卻讓我太失望了。」計瑩瑩打了個冷顫，顫聲問道：「婆婆，妳怎麼這麼說？」年老夫人正色道：「做錯了事，要自責那是無可厚非，可是懸梁上吊能解決問題嗎？拋下妻兒自我逃避，是大丈夫所為嗎？他這是懦弱的行為，與其教景泰、景豐兩兄弟憎恨雕拓，不如教兩個孩子莫要學他們爹爹的榜樣。」

計瑩瑩心中一酸，又是低聲哭泣。年老夫人輕撫她的秀髮道：「我也知道這些話此刻妳聽不進去，我們不如先商量如何安頓兩個孩子吧。」計瑩瑩一怔，抬頭問道：「婆婆，妳說什麼？」年老夫人嘆道：「如今東江神刀門收拾了高闊門與海天一派後，緊接著便要向妳爹爹的催青派施壓了。妳爹爹臥病在床，妳哥哥又不在他身邊，待我們到子鴻父子倆的墳地上種植了花木後，妳得趕緊回催青派，協助妳爹爹對抗雕拓呢。」

計瑩瑩咬唇道：「婆婆，我方寸已亂，還請妳替我出個主意。」年老夫人點頭道：「催青派的大客戶都被東江神刀門網羅了，妳得辛苦一些，跑遠路開發新市場，莫要和雕拓正面相爭。至於兩個孩子就隨我到準南投靠我弟弟，過得兩、三年，待催青派的生意有了起色，妳再來將孩子們接回家去。」

計瑩瑩喪夫之痛未癒，此刻又得和兩個孩子生離，思之但感無盡心酸，又是抽抽搭搭地哭了起來。年老夫人勸道：「瑩瑩，妳身為兩個孩子的娘，若就此倒下，兩個孩子也站不起來了。婆婆陪妳回山莊洗把臉，莫要讓孩子們瞧見妳這個樣子。」

向海璐目睹二女相互攙扶，緩步離去，心中無限感慨。年子鴻一家四口一個月前在石天樓何等歡樂，不料世事變幻無常，這會兒卻已家破人亡，親離子散，卻是任誰也意料不到的事。

這時候只聞崔庭峰嘆了一聲道：「這兩兄弟若是日後報得了仇，那位仇敵家裡又多了孤兒寡婦，如此一輪接一輪，還不知有多少人要遭殃呢。」龔緣鳶道：「殺父之仇不共戴天，豈能不報？」崔庭峰痴痴地說道：「若是這兩兄弟肯忍辱吃虧，不去尋仇，這一輪輪的厄運便可就此打住了。」龔緣鳶也怔怔地想了一想，這才喃喃說道：「我瞧那作弟弟的還肯忍辱吃虧，那作哥哥的心胸狹隘，是個記仇懷恨的人，必定不肯。」

向海璐正奇怪龔緣鳶何以會有這麼一說，卻聞年景泰在身後怒喝道：「你說什麼！」龔緣鳶與崔庭峰沒料到年景泰兩兄弟就藏身數丈外，徒然見二人現身，直是嚇了一跳。年景泰逼近龔緣鳶，指著她鼻子喝道：「你在金華峰頂發過什麼誓來？這會兒卻在我背後說我壞話！」龔緣鳶臉上一紅，咬唇駁道：「那件事……我可沒說。」年景泰咄咄逼道：「若不是我現身打住妳的話，妳敢擔保妳接著不會說出來？」龔緣鳶臉上更紅了，只是咬唇不語。

崔庭峰見年景泰態度囂張，忍不住蹙眉勸道：「小兄弟，我知道你心情不佳，但也不該拿別人出氣呀。」年景泰啐了一聲道：「那你躲在這裡說別人的風涼話就應該了嗎？」崔庭峰見對方額頭青筋暴現，顯然是心中十分忿怒，又想起對方剛經歷喪父之痛，便暗中決定退讓一步，躬身說道：「我方才口不擇言，是我不對，對不起了。」

年景泰沒料到崔庭峰會如此輕易道歉，反倒一怔，隨即向龔緣鳶瞪眼道：「那妳呢？」龔緣鳶紅著臉道：「我又沒說錯、做錯什麼，你憑什麼要我道歉？」年景泰立即又是怒火中燒，踏前一步出手便向龔緣鳶肩頭推去。崔庭峰見機甚快，托住年景泰右腰使出旋勁一推，便推得年景泰失了準頭。年景泰更是惱怒，反腿一踹，已和崔庭峰鬥在一塊。

向海璐見兩個小孩打了起來，正想出手制止，忽然間心中一動，想瞧瞧崔庭峰的武藝如何，便暫且不現身，仍舊躲在樹叢內偷窺，只見年景泰拳法颯颯，頗見手勁，但二十招下來，卻連崔庭峰的衣角也碰不上。原來崔庭峰習得一套詭異身法，進退閃避間有如漫空翱鬼蝠、幻洞舞妖影，在木槿園樹陰遮蔽下，更顯得詭譎莫測。

兩人鬥到此時，年景泰已知自己不是對方對手，當下住手道：「我今天打你不過，便記下這一筆帳，他日碰上了，待你被我打得趴在地上時，莫要忘了起因就在今日。」崔庭峰眉頭一皺，正色說道：「那我寧願此刻被你打一拳，什麼都一筆勾銷，兩不相欠。」

年景泰二話不說，握拳遞出，崔庭峰果真不避不閃，吃實了這一拳。龔緣鳶一聲驚呼，竄前相扶，年景豐也拉住年景泰力勸道：「哥哥，你再鬧事，只有惹得娘更傷心了，我們快回去吧。」年景泰見崔庭峰吃實了自己一拳，氣也消了許多，便由得年景豐拉了自己回山莊。龔緣鳶揉著崔庭峰的傷處道：「你這人怎麼這麼傻？卻任由他打。」崔庭峰苦笑道：「要是人人都爭做聰明人，不肯裝傻認輸，豈不天下大亂。」

向海璐聞言一愣，但覺這男孩年紀雖小，行事作風的考量卻與旁人大不相同，卻不知崔小黼自崔庭峰小時候就僱來最好的私塾先生，教他熟讀四書五經，可是崔庭峰在綠石教營地成長，每日所見皆是勾心鬥角，你虞我詐的惡勾當，與書中所提倡的大相逕庭，自不免心中混淆，漸漸地演變出一套頹廢、厭世的人生觀，對諸事不予爭取，性格裡全然不帶崔小豔的爭勝之心。

向海璐待龔緣鳶與崔庭峰離去後，才走出木槿園，另擇一條路回山莊，將所見所聞告訴向嶽凌。向嶽凌聞訊也是無限感慨，兄妹倆商量後，覺得不宜於此時去打擾計瑩瑩，便決定不去找她。向海璐正準備離開之際，房門突然由外開啟，兩個人一齊擠了進來，只見花老大手中捧著一碗枸杞瑞鱉湯，一臉不耐煩說道：「我得替向兄弟燉湯熬藥，哪有閒空陪你逛花田！」另一人卻是菊花夫人，但見她扯緊花老大的衣袖，嘟嘴說道：「你道向公子是七歲小孩嗎，得要你這般服侍？我還有許多花物事要向你討教呢。」

向嶽凌兄妹互瞄一眼，皆是暗覺好笑，原來他們早留意到菊花夫人生性浪蕩，對花老大頗具青睞，就是當著猴谷主面前也常向花老大猛拋媚眼。奇怪的是，猴谷主彷彿不甚在意，倒是花老大不領情，找盡藉口躲避她。

向海璐存心戲弄，刻意拍手笑道：「我哥哥在這房裡悶了這幾天，正該到花田裡走走，待他喝完這碗湯後，我們立刻出發。」花老大狠狠瞪了她一眼道：「妳也不懂得疼惜妳哥哥，他身子仍虛弱呢。」菊花夫人眼珠子一轉，在床沿坐了下來，一雙手卻鑽進被衾裡，含笑說道：「躺了這幾天，腿都麻了，向公子，我來替你舒舒筋骨。」哪知菊花夫人話剛說完，向嶽凌立刻縮腿跳下床來，訕訕說道：「這湯太燙了，遊完花田回來後我再喝吧。」菊花夫人瞄了向嶽凌一眼，吃吃笑道：「原來向公子也是不近女色的正人君子呢。」向嶽凌與花老大對望一眼，齊齊衝出房外，到了花田裡，兩人更是步伐飛快，將二女遠遠拋在後頭。待得來到西山盡頭處，花老大打了個手勢，二人一閃躲入花叢裡，靜候二女行經，只見菊花夫人嘮嘮叨叨，埋怨前面二人走得太快，向海璐緊隨在後，卻是抿嘴偷笑。

花老大拍了拍向嶽凌肩頭，要他隨自己往花叢深處鑽，向嶽凌忍住笑問道：「花老大，菊花夫人對你的深情美意，你怎麼都不肯接受？」花老大啐了一聲道：「什麼深情美意？這是浪情蕩意，我可無福消受。」向嶽凌追問道：「花老大，你今年也有三十五、六歲了吧，怎麼不娶個好女子回來，幫你打理萬花谷事務呢？」

花老大頓了一頓，卻忽然轉換話題道：「這賴皮猴也不知怎麼打理花田的，竟長了這許多荊棘。」原來二人不知怎地，竟鑽入了一排排的荊棘灌木裡。花老大挺直身子，瞧清楚數丈外的花叢，領了向嶽凌走回頭路，不料才轉得兩轉，竟離那花叢更遠了。花老大喃喃咒怨，再度尋路，不料這荊棘灌木便宛如迷宮一般，越走離那花叢越遠，始終走不出去。

向嶽凌心中一動，示意要花老大讓他帶路，足下隨臭皮教他的口訣計算步伐，果然便順利走出荊棘灌木，回到花叢裡來。花老大奇道：「咦，你怎麼知道這灌木園裡的古怪？」向嶽凌喃喃自言道：「這明明是仇丐所設計的迷園陣，難道臭皮一家人都搬到了猴頭谷裡來？」花老大不解道：「誰是仇丐？誰是臭皮？」

向嶽凌也不解說，只是領了花老大，按臭皮所教的口訣，穿過了荊棘灌木形成的迷園陣，來到了小小的一座山谷。肉眼所及只見山坡上種滿了單一品種的高瘦植物，其葉裂作掌狀，均帶鋸齒，花含黃綠雜色，果實則瘦皮堅脆。向嶽凌回頭問花老大道：「你可認得這是什麼植被？」

花老大走近細瞧，搖頭說道：「應該是大麻一類的植被，不過這品種我卻沒見過。」向嶽淩心中一動，追問道：「花老大，你記不記得猴谷主和菊花夫人是哪一年從六詔來到大唐的？」花老大算了一算，喃喃說道：「應該來了有十一、二年吧。你問這個幹什麼？」向嶽淩知道花老大一生人從未離開過萬花谷，對武林事蹟恐怕所知不多，於是便將十三年前群雄火燒極樂谷的事件敘了一遍。

花老大只聽得眉飛色舞，頻頻追問道：「你認為賴皮猴與他夫人都是從極樂谷逃出來的人？」向嶽淩點頭道：「如果我沒猜錯的話，這一片都是歡樂草，經猴谷主提煉後，供應給丐幫，以神仙菸之名賣出去。」花老大恍然大悟道：「難怪猴頭谷的花業生意儘管比萬花谷差，賴皮猴卻總是能弄到錢財，擴建裝修猴頭谷山莊，卻原來他另有一門賺錢的生意呢。」

向嶽淩眉頭深鎖，喃喃自言道：「可是仇丐、臭皮一家人和他們又有什麼關係呢？」花老大再度問道：「誰是仇丐？誰是臭皮？」向嶽淩於是將自己兄妹二人如何遇上臭皮一家人的際遇敘了一遍。

待得敘述完畢，二人已走到山谷的另一端，只見山頂一片竹林裡隱約可見一座山莊。二人好奇心起，穿過了谷口另一個荊棘灌木迷園陣，沿著羊腸小道往山頂攀爬。過了一盞茶時分，二人來到一座紅牆綠瓦的山莊前，只見門上一個鍍金匾額寫了「繁邢山莊」四個大字。向嶽淩只覺這山莊取名挺耳熟，卻一時想不起來。

花老大從未這般探險歷奇，心底大是興奮，拉著向嶽淩繞到西面牆角下，輕輕翻身越牆入院。只見院內正中一泓池水清澈如鏡，假山疊石疏密有致，水色山景相映得宜。沿池一道遊廊更是畫棟雕梁，壁上十來個花窗則巧妙地將院外的林蔭竹意引了進來。與猴頭谷山莊的堂皇富麗一比，這座繁邢山莊卻更具典雅閒逸之韻了。

二人藉助假山遮蔽，步步為營，一路摸索到正堂大廳，倒也沒被人發現。那大廳四壁皆掛了大型人物圖，向嶽凌走近北面那一幅細看，只見畫的是「十八學士圖」，花老大湊近向嶽凌耳旁細聲問道：「向兄弟，你懂畫嗎？」向嶽凌說道：「這是初唐畫作，唐太宗當政時知人善任，幕僚中不乏能人賢士，大家都能同心協力，助他治國，這才有留名青史的貞觀之治。」

花老大湊近一探，指著右下角問道：「作畫的人就叫邢分屍嗎？」向嶽凌一愣，隨花老大手指處望去，果然見畫裱上蓋了一個印章，正是「邢分屍」。向嶽凌搖了搖頭，卻不明所以然。

二人接著走到西面，只見牆上那幅畫畫的是「武后聽政圖」。花老大問道：「這麼說這一幅畫卻是表揚當今武后用人唯賢了？」向嶽凌微微一笑道：「武后雖然也召集了一批北門學士，參議朝政，處理百司章表，但傳說她同時任用酷吏，嚴厲鎮壓反對黨派，到頭來她的政績得失該如何評價，如今還言之過早呢。」

花老大瞧清楚了笑著說道：「這幅畫蓋的章卻是『邢脫骨』，莫非這座繁邢山莊裡卻是住了邢氏畫匠的後世族人？」向嶽凌心念一動，似乎想起了什麼來。花老大還待提問，向嶽凌忽然低聲驚呼，搶到南面那幅畫前。花老大緊隨而至，只見這一幅畫的是天尊星君，畫外的印章為「繁代筆」。向嶽凌顫聲說道：「我明白了！這山莊裡住的是假畫一族。」花老大奇道：「什麼是假畫一族？」

向嶽凌先竄到東面那幅畫前，瞧清楚右下角的印章後才解釋道：「這繁捉刀、繁代筆、邢分屍、邢脫骨四人來自極樂谷，擅長作假畫。山谷內那片歡樂草園地，卻是他們四人和猴谷主共同開發的……」話沒說完，卻聞走廊外傳來腳步聲。花老大指了指屋頂橫梁，搶近身托住向嶽凌後腰一躍而上。向嶽凌先是一怔，隨即明白花老大是擔心自己傷後無力，心中自是感激。

二人剛藏好身，便見四人踏進廳來，只是二人由上往下望，自是瞧不清來者面貌。四人當中一個身形魁梧，一個身材肥胖，另外兩個高高瘦瘦，走在前面領路，看怕是山莊主人了。只聞那肥胖者坐定後先開口說道：「邢大莊主、邢二莊主，我們這一次不請自來，卻是打擾了，小弟先在此賠個不是。」說完竟立起身抱拳一揖。

那邢大莊主連忙搶上前托住他手掌道：「狄兄何必客氣！江湖上哪個不知狄通仁乃主掌大運河霸百萬大業的第一推手，狄兄叱吒武林時我邢脫骨還窩在六詔，未踏足大唐呢。」那狄通仁笑著說道：「邢兄此言差也，大運河霸四人裡頭要數我最沒用了，論智比不上我三哥郜巖，論武又及不上我大哥魏霹、二哥魏靂兩人，說穿了也只靠一張嘴巴，勤談生意而已。」

邢脫骨還待客套一番，那身形魁梧者已是極不耐煩地說道：「四弟，你總愛羅囉嗦嗦地講一大堆廢話，難道就不能單刀直入，摘要點說嗎？」狄通仁也不見生氣，仍是笑盈盈地說道：「我大哥直腸兼急性，最看不慣我這一套了。」邢脫骨眨了眨眼睛，轉向那魏霹問道：「不知魏兄有何指教？」

魏霹果然單刀直入道：「我們收到訊息，說是丐幫這幾天將會派人造訪貴莊，想和你們私下商討業務，而且還似乎不利於我們大運河霸呢。」邢脫骨雙眉一揚道：「真有此事？」狄通仁見魏霹已開門見山道明來意，便說說道：「其中細節我們還不清楚，只是覺得應該預先向你們打聲招呼，免得你們受丐幫妖言所惑。」

一直沒開口的邢二莊主邢分屍此刻卻插嘴道：「當年我們商談合作事宜時已說得非常明白，我們假借猴頭谷遮掩，祕密栽種歡樂草，自是害怕綠石教尋上門。而這幾年來始終不敢擴展業務，只和大運河霸，丐幫兩派做生意，也是同個道理。我們又怎會憑丐幫給的一些小甜頭，放棄和大運河霸合作呢？」狄通仁笑著說道：「邢二莊主誤會了，我們自然信得過你們，卻是信不過丐幫，並且十分好奇，想知道丐幫葫蘆裡賣的到底是什麼藥？」

邢分屍尚未說，卻見另有一人闖進大廳來，瞧見狄、魏二人時彷彿一愣，隨即向二人打招呼道：「狄兄、魏兄，怎麼這麼巧？」邢脫骨問道：「四弟，有事嗎？」那人回道：「丐幫馮長老，闞長老，以及馮五袋也剛到，三哥正領他們走進來呢。」

狄、魏二人微微一驚，齊齊望向邢脫骨。邢脫骨打了個手勢，要邢分屍領二人躲到後廳去，另外也招繫四莊主走近，低聲吩咐他莫要透露狄、魏二人的行跡。

第七回　戎老三追述五局戰，邱胖子爭試蛤蟆戲

過得一會兒，果然見馮協浩、闞長老、馮勁三人隨繁三莊主步入大廳。邢脫骨立起身來，又是一輪客套話。待得眾人坐定後，馮勁手指南面那幅天尊星君畫像，笑著說道：「繁三莊主，這一幅天尊星君畫像我賣得勤快，你畫得更勤快，這已經是第五幅了吧？」那繁三莊主繁代筆笑道：「單靠這一點滴歡樂草生意能賺得幾個錢？只好勤勤作畫，從旁補貼罷了。」

馮勁眨了眨眼睛，帶笑說道：「我們今天準備給四位莊主引介的新生意，足夠你們建十座繁邢山莊呢！到時候四位莊主終日忙著數銀子，畫具只怕要束之高閣了。」繁氏兄弟睜大了眼睛，齊聲追問道：「那是什麼好生意？」

馮勁雖開了個頭，這時候卻退了一步，容得馮協浩說道：「這幾年來我們幫主不停地向你們催貨，希望能大力擴展歡樂草生意，四位莊主卻總是有所顧慮，擔心生意做得大了，會引起綠石教的注意，始終不肯配合，幾年下來也不知流失了多少白花花的銀子。」繁代筆嘆了一聲道：「錢誰不想賺，只是我們實在惹不起崔小豔和歡將二人。」馮協浩說道：「如果說我們介紹的是大唐以外的客戶

呢？」繁代筆奇道：「馮長老的意思是……」

馮協浩正色說道：「我們幫主人脈廣，結識了幾名大有作為的波斯僧，準備合力打通波斯市場，到時候對歡樂草的需求量少說也要增長十倍，所以幫主今天派我們來，正是要預先通知一聲，好讓四位莊主即時擴建歡樂草園地，免得到時候供不應求。」

繁氏兄弟只聽得眉飛色舞，拍腿狂笑。邢脫骨卻知道狄通仁、魏霹在後廳竊聽，不敢有所表態。馮勁眼尖，立刻留意到邢脫骨有所保留，當下細心問道：「不知邢大莊主可有什麼顧慮？」邢脫骨咳了一聲道：「今年恐怕來不及播種了，明年還真無法立刻提高供應量呢。」馮勁微微一笑道：「這正是我們要商量的第二件事。」說完又瞄了馮協浩一眼。

馮協浩正視邢脫骨道：「我們也知道大運河霸是你們的大主顧，每年向你們取的貨只怕要比丐幫多出三倍，這一次我們卻願意出高一倍的價錢，買斷繁邢山莊今年的收成。」邢脫骨臉色微變道：「這個安排，恐怕不太妥當吧。」闞長老插嘴道：「大運河霸那邊邢大莊主不用擔心，我們另有安排。」

邢脫骨難耐好奇之心，輕聲追問道：「怎麼說？」闞長老沒瞧見馮協浩向他打的眼色，直言道：「我們受人所託，要對付綠石教，可是又不想正面衝突，於是決定暗中設計，讓綠石教和大運河霸對上了。到時候邢大莊主便可以這為理由，名正言順地拒絕供應歡樂草給大運河霸了。」

橫梁上向嶽凌二人一聽，便知要糟糕了，果然聞得後廳傳來「砰」的一響，便似椅子跌翻在地，緊接著更見魏霹的人影從簾後搶出，口裡罵了一聲「操你娘的」，便飛身撲向闞長老。闞長老大吃一驚，眼見魏霹一拳來勢凶猛，不敢硬接，抓起身旁木椅迎了上去，借這一擋，已退到廳角去。

魏霹還待追趕，狄通仁已拉緊他道：「大哥，別衝動！」魏霹啐了一聲道：「人家已站在桌上朝我們頭頂灑尿了，你還跟他客氣！」說完甩開狄通仁的手，轉身一掌切向站得最近的馮協浩。馮協浩早有防備，只見他翻掌一拍，已和魏霹鬥在一塊。

邢脫骨眉頭一皺，朗聲說道：「大運河霸與丐幫皆是我們的客人，這會兒卻在我們莊裡打了起來，這豈不叫我們為難？」狄通仁明白邢脫骨把話說在前頭，打了個哈哈笑道：「邢大莊主不必擔心，這不過是丐幫和我們之間的小小誤會。」魏霹激鬥間卻不忘譏笑道：「的確是小小誤會，只要我砍下馮長老一條手臂，這誤會就冰釋了。」

向嶽凌曾在馮長老棒下吃過虧，知道他武功不弱，可是眼下見他與魏霹空手過招，卻始終落於下風。只見魏霹出掌有如大力雷神持斧開山劈石，聲勢驚人，馮長老閃避之際，魏霹的疾掌便往往將桌椅砸爛劈裂。每逢二人欺近掛畫時，四位莊主更是提心吊膽，深怕魏霹一拳擊出，自己的畫作可要白白毀了。二人鬥到此時，旁觀眾人已看得出馮協浩殊無勝算。馮勁向闞長老打了個眼色，正要躍前相助，狄通仁已擋在身前，笑盈盈地說道：「這位小兄弟是丐幫新秀嗎？我怎麼沒見過？」馮勁抱拳應道：「在下馮勁，馮長老乃晚輩家父。」狄通仁揚眉道：「原來如此！恕我倚老賣老，勸馮小兄弟莫要加入戰圈，以免加深誤會。」

馮勁眼珠子一轉，含笑說道：「狄前輩說的是，我們一人拉開一個，免得打傷人結成了梁子，那可就不妥了。想那大運河霸雖是武林一強，要同時對付丐幫與綠石教，終究是要吃虧的。」

狄通仁暗暗一驚，沒想到這名五袋弟子言鋒銳利，一句話裡頭既是求和，又是恫嚇，於雙方皆留有餘地，正暗忖該如何回應之際，忽聞身後魏霹喝了一聲「著」，馮協浩痛哼一聲，已吃實一掌。狄通仁轉身一攔，阻得魏霹乘勝追擊，並示意要馮勁將馮協浩扶開一旁道：「這小小的誤會又何必牽涉到綠石教呢？改日我們自會和丐幫約個時間，坐下來談一談，看看有什麼辦法解決雙方的誤會。」

馮勁見父親傷得不輕，不敢再有逗留，當下向四位莊主告辭後，與闞長老攙扶著馮協浩匆匆離去。狄通仁眼角一掃滿廳的破桌爛椅，一臉歉意道：「四位莊主，我大哥毀損的家具你們儘管開張單子，我們全數照付，千萬別為此事傷了和氣。」邢脫骨連忙擺手道：「小事一樁，何足掛齒。四弟，快吩咐下人進來打掃打掃。」魏霹冷冷說道：「也順便將橫梁上的鼠輩掃下來吧。」

向嶽凌二人聞言大吃一驚，原來魏霹方才激鬥間縱高伏低，早已瞥見二人身影，此刻但見他抓起一支斷木條，向二人藏身處急射而來。花老大拉著向嶽凌下躍，搶先攔在他身前接了魏霹一掌。向嶽凌自然明白花老大是擔心自己傷勢未能痊癒，心中暗暗感激，同時心念急轉，暗忖應對之策。

邢脫骨手一揮，繁氏兄弟已守在兩扇廳門前，邢分屍更是飛身出廳，搶上屋頂偵查是否還有他人。狄通仁擔心魏霹誤傷了人，連忙開口問道：「邢大莊主，這兩人是敵是友？」邢脫骨皺著眉頭，直視向嶽凌問道：「你們到底是誰？何故密闖繁邢山莊？」

向嶽凌心中已有了主意，當下哈哈笑道：「我們是來談生意的，談成了自然就成了朋友，談不成也不必反目成仇，且請這位魏爺先停手止鬥吧。」魏霹心中還在氣惱丐幫挑撥離間的毒計，此刻與花老大打得興起，卻哪肯停手，只是冷聲說道：「你有話就說，有屁就放，我聽著呢。」

向嶽凌擔心花老大受創，搶著說道：「丐幫不錯是搭上了波斯僧，可是萬俟慕西與莊爾勝兩位大德所開出的條件，丐幫至今仍沒能完成，這一大筆歡樂草生意可說是八字沒一撇，馮長老方才不過是在吹牛罷了。」

狄通仁一聽說有生意做，眼睛亮了起來，連忙說問道：「莫非閣下有門路，能打通直達波斯的大道？」向嶽凌但笑不言，雙目卻瞄了相鬥二人一眼。狄通仁自是明白，當下躍入戰圈，替花老大解圍。花老大退到向嶽凌身邊，低聲說道：「待會兒若說不通，先跑，由我斷後。」向嶽凌眼見對方五人分立四面，如何能逃？眼下只有瞎說一番，但盼能混過這一關，於是朗聲報上自己二人姓名，繼續說道：「萬俟大德在波斯的總教遺失了一批珍貴的聖典經文祕卷，如今卻落在一名神祕女子手上，無論誰只要能替他奪回經文祕卷，皆可重重獲賞。萬俟大德雖將重任託交丐幫，卻仍是不放心，因此差遣我二人跟隨，偵查丐幫的一舉一動。」狄通仁眼珠子一轉，含笑問道：「這麼說來若是大運河霸能擒得這女子，奪回經文祕卷，也一樣有機會通由這兩位波斯僧，開拓波斯市場了？」向嶽凌點了點頭，含笑轉望邢脫骨道：「這一局棋裡四位莊主可說是穩操勝券，是大運河霸擒得人也好，丐幫奪得經文祕卷也好，你們的歡樂草生意卻是有增無減。」邢脫骨心中一動，腦子裡立即便策劃如何能擴展園地，增植歡樂草了。

魏霹冷冷一笑道：「向少俠，你們兩人舉止詭祕，來歷不明，憑什麼要我們相信你所說的話？」向嶽凌微微一笑道：「我們兩個不過是替萬俟大德跑腿的無名小卒，自然是名不見傳。至於聖典經文祕卷嘛……如今那女子正依水路沿長江、大運河運往東都洛陽，丐幫只怕已傾巢而出，沿河布署了。大運河霸若是快馬加鞭，應該還來得及，若是優柔寡斷，躊躇不前，只怕就要錯失良機了。」魏、狄二人對望一眼，均是目帶欣喜。原來大運河霸正是留意到丐幫弟子沿長江一帶異常活躍，這才起了疑心，一路追查下來，如今見向嶽凌分析得絲絲入扣，節節合拍，更是信了九成。狄通仁陪笑問道：「向少俠，不知這女子樣貌有什麼特徵？若是僥倖奪得經文祕卷，又如何聯繫萬俟大德呢？」

向嶽凌喜見對方逐步上當，臉上卻正色說道：「那女子約莫二十三、四歲，是波斯與漢族的混血兒，長有一對綠眼珠。狄爺得手後只要找上哪個城鎮裡的波斯寺，向寺裡大德詢問一聲，說是要借閱三藏法師的譯本經文，寺裡大德自會替你傳話。」

狄通仁大喜道：「只要那女子走的是水路，還怕我們大運河霸找她不著！」說完又轉對邢脫骨道：「邢大莊主，我們好不好共設一席，宴請向少俠、花大俠二人，預先慶祝我們來年合作新高峰？」邢脫骨自是欣然應諾，當下吩咐廚房開爐，立即煮上七、八道珍饈，與魏、狄、向、花四人同桌暢飲豪食，宴畢由四大莊主親自送下山。向、花二人乘搭魏、狄的馬車，在鄰近的市鎮分手後才悄悄僱馬回返猴頭谷。

向嶽凌與花老大回到房裡後，招來向海璐，將繁邢山莊的祕密告知，三人一番密商後，均覺得猴頭谷非久留之地。花老大提議道：「我們先將崔庭峰護送回綠石教，免得崔小豔積怨日深，之後再送龔緣鳶回揚州。」向海璐奇道：「花老大，你竟放得下萬花谷的事務嗎？」花老大乾笑兩聲道：「我聽向姑娘說，外面的花花世界如此精采，不免動了遊興，想隨你們到處走走呢。」

向嶽凌喜道：「如此甚好，我們明日即刻動身，先到昌江造訪仇丐，再動身到綠石教營地。」向海璐奇道：「那為什麼？」向嶽凌正色道：「仇丐既懂得布署迷園陣，必和極樂谷有莫大的關係，這個疑團我非解開不可。」向海璐知道向嶽凌向來有追根究柢的習性，若是對事物引動了好奇之心，就非得偵查出結果不可，當下也不違拗他的意思。

當天晚上花老大向猴谷主清算帳目，追討欠款，以作盤纏，又寫了一封信，託猴谷主轉交毛慢郎，要他夫妻倆全權打理萬花谷。第二天一早，五人告別猴谷主，朝北往昌江出發，當天晚上亥時抵達。向嶽凌見天色向晚，便決定入鎮投宿，待明早再登門造訪。

花老大入鎮後向路人詢問清楚，帶領四人來到鎮裡最大的一間酒樓，又要了間廂房，點了七、八樣大魚大肉，還叫了一樽洞庭春。向嶽凌兄妹面面相覷，笑著說道：「我們攀附上了大財主，這一路上可要逍遙快活了！」花老大微紅著臉道：「我長得這麼大，還是第一次出遠門，不好好慶祝慶祝怎行？」說完敬了二人一杯。餘人齊聲一笑，便也老實不客氣，舉杯動筷，飽食一頓。

不久，隔壁廂房也來了客人，笑鬧聲不絕於耳，五人初時也不以為意，可是後來對方酒酣興昂，更是大哄大嚷，向海璐忍無可忍，招來店小二投訴道：「客人鬧過頭了，你也不過去勸一勸！」那店小二伸了伸舌頭道：「隔壁廂房裡可是坐了丐幫人物，小的膽子再大，也不敢在太歲頭上動土。」

向嶽凌兄妹心中一動，差開了那店小二，湊眼到窗縫上偷窺，果然見到七、八名丐幫弟子鬧成一團，桌上更是杯盤狼藉。待得二人定眼細看，便認出曾有過一面之緣的戎老三，以及在向嶽凌手下吃過虧的胖瘦二丐。

此刻但聞戎老三說道：「你們真有把握將那小乞丐找到才好，馮長老吃了大運河霸魏霹一掌後心情不佳，若是這事搞砸了，恐怕會給你們臉色瞧呢。」那胖丐拍著胸口道：「那小乞丐我們熟得很，就不知他住哪兒，還好這家酒樓的牛角黃認識那臭小子，我已塞了些銀兩，吩咐牛角黃派人去將他騙到這裡來。」

向嶽淩兄妹只聽得又驚又奇，暗忖對方口中的小乞丐八成是臭皮了，卻聞那瘦丐開口問道：「戎老三，卻不知馮長老為何要找那小乞丐呢？」戎老三揚眉笑道：「這事是個祕密，我若不說，你們就算猜破了腦袋，也猜不出來。」群丐見戎老三這般說，自是七嘴八舌地催他解謎。

戎老三帶著五分醉意，揚眉說道：「這事要說得清楚，就要追述十三年前，在五元山上的那五局賽事了，丐幫前任梁長老就是在當天的比試中壞了一條手臂的，這事你們應該聽說過吧？」群丐點了點頭，那瘦丐則說道：「據說當年極樂谷人物帶了丐幫、東江神刀門、大運河霸、綠石教四派高手，直搗五元山，挑戰聯盟五派，以五局賽事定勝負。」

戎老三點頭道：「不錯，聯盟五派自知賽事關係到五派存亡，皆都全力以赴。四場比試下來，五元派掌門車潮元一張臉被歡將砸得不成人形，苟延殘喘地拖了一年之後才一命嗚呼。高闊門掌門年樂山身受重創，在床上躺了一十三年，聽說剛剛才歸西。此外催青派掌門計聖堂，六合門掌門郭大路雖然連勝兩場，各別卻也受了重傷，無一能倖免。」

那胖丐不禁變容道：「如此說來當年那五局賽事可是悲壯慘烈之極了！」那瘦丐則說道：「前四局雙方各勝二局，以第五局定勝負，比鬥二人壓力之巨可想而知。」戎老三搖了搖頭道：「不是二人，是四人。」那瘦丐奇道：「喔，是哪四人？」戎老三回道：「海天一派由掌門范毅辛及他的姪兒范疇城出賽，極樂谷這一邊則由綠石教龍護法及巧三娘應戰。」

向嶽凌兄妹一愣，齊齊回望龔緣鳶與崔庭峰，只見前者臉色蒼白，後者卻是一臉茫然，顯然不曉得綠石教內曾有龍護法及巧三娘這二人。龔緣鳶先是猶豫不決，終於還是挨近向海璐身旁偷窺。向海璐把手放在她肩上，立刻察覺到她身子顫抖，顯然是思潮起伏，心神不定。

但聞那瘦丐奇道：「我們都知道最終是聯盟五派敗北，極樂谷獲勝，照理說綠石教這二人應該一戰成名，可是江湖上為何從沒聽過他們的名頭呢？」戎老三解釋道：「這二人是結義兄妹，據說巧三娘隱居揚州鬧市中，鮮少在江湖上走動。那位龍護法則是個吃裡扒外的傢伙，身屬綠石教，卻暗地裡和聯盟五派勾結，回到六詔後裡應外合，一把火燒了極樂谷。」向嶽凌兄妹聽到這裡，已是心中有數，明白這位龍護法八成就是龔緣鳶的親生父親，眼見龔緣鳶雙眼布滿紅絲，想必心中難耐她父親失蹤了這許多年後，仍是遺下臭名，遭人非議，思之不禁替她感到難過。

群丐也同樣聽得瞠目結舌，那胖丐更是怪叫道：「這姓龍的膽子可大了，竟敢背叛綠石教，也不怕崔小豔秋後算帳！」戎老三說道：「群雄火燒極樂谷後，龍護法就從此銷聲匿跡，再也沒有人見過他了。後來從綠石教內傳出訊息，說是極樂谷人物擒到了他，挑斷他四肢筋脈，容得他自生自滅。」

戎老三說到這裡，向嶽凌兄妹心念一動，差一點兒沒叫出聲來。二人斜眼偷瞥龔緣鳶時，卻見她毫無驚訝之意，這才明白原來上一回在臭皮家裡，這女孩兒就已猜到仇丐是她親生父親了。

那胖丐拍腿叫道：「我聽說那小乞丐屋裡藏了一名殘丐，莫怪就是那位龍護法？」戎老三嘴角含笑道：「馮長老也是這麼想，這才下令要將那小乞丐抓來，盤問清楚。」那瘦丐卻不解道：「就算那殘丐是龍護法吧，卻又抓他來做什麼?莫非他身上有寶?」戎老三微微一笑，故作神祕狀般點了點頭，群丐齊聲低呼，連聲追問。

戎老三頓得一頓才繼續說道：「我方才不是說過這祕密與五元山上的那五局賽事有關嘛。原來當年傳出訊息說，催青派掌門計聖堂認出了龍護法及巧三娘震撼群雄的那套武功，正是昔年黑道魔頭凶神惡煞的不傳絕藝，卻不知何以讓他二人學上手。」

群丐面面相覷，顯然都沒聽過凶神惡煞的名頭，那胖丐更是搔了搔頭問道：「這位凶神惡煞又是什麼人物?」戎老三嘆了一聲道：「凶神惡煞不是一個人，是一對夫妻檔，早在三、四十年前橫行江湖，人人聞名喪膽，據說夫妻倆所向無敵，一生人之中就只栽過那麼一次，被綠石教前任胡教主收服，後來聽說他們脫離綠石教，恢復游俠身分，年邁後退隱江湖，卻不知躲到哪兒去，這會兒應該早已入土為安了。」

那瘦丐緩緩點頭道：「我明白了。馮長老是懷疑凶神惡煞的武學祕笈落在龍護法手上，而那殘丐若真是龍護法的話，馮長老自是要向他問借那套武學祕笈了。」那胖丐只聽得眉飛色舞，樂極笑道：「這麼說來我們只要先誘得小乞丐，後擒得那殘丐，再取得武學祕笈，豈不就立了大功!」

戎老三剛要說，廂房外卻有人叩門道：「眾位爺們，我已將臭皮帶到。」胖瘦二丐互相打了個眼色，雙雙躲到房門兩旁，待得牛角黃將臭皮推入廂房時，齊齊出手將他按下。臭皮出其不意，被按倒後卻是連聲咒罵。

戎老三先吩咐一名丐幫弟子去將馮勁喚來，再低頭打量臭皮，沉聲問道：「你就叫臭皮？」臭皮抬頭回瞪他道：「你娘年輕時接的客人多了，也難怪你長大後不認得老子。你不信的話打老子一巴掌試一試。」戎老三聞言大怒，果然出手打了臭皮一巴掌，臭皮忍痛失笑道：「我們父子連心，乖兒子，手掌心疼嗎？不疼的話就再打多兩巴掌吧。」

群丐中早有人忍俊不禁，笑出聲來。戎老三打又不是，不打又不是，只窘得滿臉通紅。那胖丐手上施壓，只痛得臭皮呱呱大叫。那瘦丐則開口勸道：

「待會兒有位馮五袋到來，問話時你最好莫要貧嘴，否則吃的苦頭只有更多。」

過得一會兒，果見馮勁步入廂房，坐定後向臭皮一陣打量。那胖丐搶著陪笑道：「馮五袋，這小乞丐叫臭皮，正是馮長老要找的人。」馮勁開口也是問道：「你叫臭皮？」群丐心裡暗笑，耳中果聞臭皮應道：「你娘年輕時接的客人多了，也難怪你長大後不認得老子。你不信的話打老子一巴掌試一試。」

馮勁聞言也不見生氣，只是微微一笑道：「天下哪有兒子打老子的道理，只有老子訓龜兒子罷了。」說完輕輕在臭皮臉上拍得兩拍，臭皮先是一怔，隨即刻意大聲笑道：「我娘說我那短命折壽的老爹是個烏龜王八，卻沒想到這個烏龜王八長得倒挺俊。」馮勁又覆在臭皮臉上輕輕拍得兩拍，笑著說道：「瞧你長得這副醜模樣，又不像我龜兒子，莫非是你娘年輕時接的客人多了，累得你長大後錯認老子。你到底姓馮呢，又或姓龍？」

臭皮臉色微微一變，閉上嘴不再回應。馮勁目中閃過一絲暗喜，回頭吩咐戎老三道：「上樓去通知漆、闞兩位長老，就說人找到了，馬上便要動身。」戎老三問道：「那馮長老呢？」馮勁說道：「馮長老身上帶傷，不去了。」戎老三應了一聲，離房而去。向嶽凌兄妹向花老大打了個眼色，三人取齊包袱，與兩個小孩越窗而出，沿小巷奔離酒樓。出了城門後，向嶽凌帶路朝北疾行，同時簡略地向花老大分析情況。五人到達迷園陣後，在荊棘灌木內尋得藏身處，坐下來耐心等候。

過得一會兒，果見馮勁與漆、闞兩位長老率領了十來名丐幫弟子，手持燈籠押著臭皮到來。群丐正要步入迷園陣之際，馮勁卻突然蹙眉說道：「且慢！」闞長老奇問道：「怎麼啦？」馮勁細瞧臭皮臉上的表情，緩緩搖頭說道：「這小子竟心甘情願地領我們到來，一點也不加以抗拒，其中必有古怪。」

胖瘦二丐一心想邀功，齊齊搶著說道：「馮五袋，不如先由我們二人押他進去，你們大隊跟在我們身後十步處，就不怕對方使詐。」馮勁搖了搖頭道：「與其我們涉險，不如邀對方出來的好。」說完運起丹田之氣，朗聲說道：「丐幫馮五袋，拜候前綠石教龍護法。」

馮勁連說了兩回，園裡卻是毫無動靜。闞長老不耐煩了，朗聲喚道：「龍護法，我們抓到了個偷東西的小乞丐，要砍下他一隻臂膀，他卻苦苦求情，說是你的乾兒子，所偷的武學祕笈在你手上呢。你倒回應一聲，免得我們下了手，你才來懊悔。」這一次卻聞迷園陣深處傳來一把聲音道：「臭皮，是你嗎？」群丐聞得這把聲音雄渾厚實，知道說話這人內力深湛，八成是那位龍護法，皆是心中大喜。

臭皮急道：「乾爹，你別聽他們的，我沒事。」可惜臭皮聲量再大，也傳不入園深處。那胖丐抓牢他的手掌一緊，立刻痛得臭皮呱呱大叫，破口大罵道：「操你娘的！」那胖丐正待一巴掌摑下，黑暗中卻見一個疾速旋轉的人影從荊棘灌木內衝了出來，直撞向群丐。馮勁辨得這是向嶽凌兄妹的陰陽雙面觀音大法，立刻喝退餘丐，與漆、闞兩位長老搶上圍攻。

向嶽凌兄妹這套身法極其古怪，丐幫三強一時也奈何不了他們，但向嶽凌兄妹眼見對方將自己二人團團圍住，卻也暗暗心焦。馮勁邊鬥邊提點道：「戎老三，看好那小乞丐。」話剛說完，卻聞戎老三怪叫道：「咦，那小子呢？」原來黑暗中花老大早已趁亂將臭皮搶回迷園陣內。

向嶽凌知道花老大得手了，當下哈哈大笑道：「戎老三，你真是成事不足，敗事有餘，上一回粗心大意，向池府池倫凱透露了神仙菸貨源地點不說，這一回又看不好那小乞丐，將你引入丐幫的那人真該打五十大板才行。」戎老三一怔道：「你說什麼？」向嶽凌續道：「你上一回在我們面前透露神仙菸貨源地點近醴陵一帶，事後池倫凱多方追查，果然找到猴頭谷後面的繁邢山莊，如今他正在招兵買馬，準備剷平繁邢山莊園地呢。」馮勁與漆、闞兩位長老大驚，心想向嶽凌竟連繁邢山莊的地點也知道，這事恐怕不假了。

這時候向海璐一刀砍向馮勁，並笑著說道：「姓王的，待得池倫凱率領群雄一把火燒了繁邢山莊園地後，看你還拿什麼賣給波斯人，哈哈！」戎老三知道自己闖了大禍，嚇得面青唇白之餘還不忘駁道：「我們馮五袋姓馮，不姓王，你別亂叫！」向海璐大笑道：「哎喲，怕是他娘年輕時接的客人多了，也難怪長大後不知該姓王還是姓馮呢！」

馮勁腦筋轉得快，立刻聯想到繁邢山莊園地一旦毀了，不僅是丐幫斷了貨源，大運河霸也遭魚池之殃，只怕會遷怒於丐幫，找上門挑釁。一念及此，心中頓煩，手下出招也慢了下來。向嶽凌見時機已達，開口喝了一聲，與向海璐飛身旋轉，攻向馮勁。到了此時，馮勁已無心戀戰，只見他側身一讓，容得向嶽凌二人衝入迷園陣內。

花老大喜見向嶽凌兄妹安然歸來，急忙催促臭皮領眾人入內，六人走不多遠，便見前方有人持火把迎面而來，卻原來是仇丐躺在輪床上，由獨臂少婦何耐苦推了出來。仇丐乍然見到這許多人，卻是一怔，臭皮連忙說道：「乾爹，丐幫那班人在外叫戰，我們快通由後園離開吧。」

仇丐從懷裡掏出一本冊子，連同火把交給臭皮道：「你將冊子拿出去給他們看個清楚，再當著他們面前燒了，好讓他們死了這條心。」臭皮一愣道：「真要燒了？」仇丐也不說話，只是雙眼一瞪，臭皮便低下了頭，剛要轉身離去，卻忽聞仇丐喝道：「且慢！」眾人還道仇丐改變了主意，卻見他怔怔地呆望崔庭峰，口裡卻吩咐臭皮道：「把火把移過去。」

眾人正感奇怪，卻聞得何耐苦一聲低呼，仇丐更是顫聲問道：「孩子，你……你姓不姓龍？」向嶽凌兄妹一時倒糊塗了，耳中卻聞何耐苦喃喃說道：「大哥，這孩子的眉目多像你年輕時候呀！」崔庭峰睜大了眼睛，想不通自己和眼前這一臉憔悴的殘丐有何相似之處，只好搖了搖頭。仇丐頗見失望，卻仍是追問道：「那你叫什麼名？」

花老大見仇丐頻頻追問，心裡大是不安，暗想自己已答應崔小豔看好她愛子，這一路上崔庭峰若是叫綠石教的仇人給傷了，崔小豔哪肯放過自己，更會殃及萬花谷，禍及毛慢郎兩夫妻，當下搶著說道：「在下萬花谷花老大，這是犬子，叫花庭峰，卻不知這位兄臺有何指教？」仇丐一聽，頓然顯得心灰意懶，轉頭吩咐臭皮道：「還不快去。」

臭皮剛離開不久，眾人即嗅到一股焦味。向海璐奇道：「怎麼小小一本冊子，焦味卻這般濃烈？」話一說完，只見臭皮疾疾奔返，氣急敗壞地說道：「不好了，丐幫那批人放火燒園了。」眾人聞言大驚，向嶽凌從何耐苦手中接過輪床，急催她帶路。一行人回到屋裡後，何耐苦收拾了些軟細，向嶽凌則將豬妞抱到推車上，一行九人由屋後另一個迷園陣離去。

臭皮領眾逃回鎮內，在暗巷中左轉右拐，來到一個院子後門停了下來，轉身對向嶽淩說道：「向大哥，這家人出了遠門，你越牆入院，將這後門開啟。」向嶽凌雖覺不妥，但自己一行九人若是入住客棧，卻躲不過丐幫的眼線，當下只好依言破門而入。眾人來到廳內，點亮了桌上油燈，臭皮又說道：「這屋裡有四間臥房，足夠我們九人睡了。」向海璐奇道：「臭皮，這屋裡的一切，你怎會這般清楚？」臭皮咧嘴笑道：「這屋子主人家一年裡頭倒有九個月不在昌江鎮，我和一班兄弟就常在這屋裡設賭局，賺點錢。」

花老大失笑道：「如此說來，你可是大財主一名了，方才逃亡之際，沒時間將你埋在地底的金磚銀條帶出來，這會兒可心疼嗎？」臭皮從懷裡掏出了那本冊子，揚了一揚說道：「金磚銀條算什麼？這才是無價之寶呢！」說完將冊子呈交仇丐道：「乾爹，總算把祕笈給保了下來。」

向海璐站得最近，此時伸長脖子一看，只見冊子上寫了「血桃劍法」四個字，耳中卻聞仇丐嘆了一聲道：「你既然將這本祕笈看得這麼重，連自家屋子燒了也不可惜，還是由你收著吧。」向海璐先是一愣，隨即突然明白了仇丐的意思，原來臭皮捨不得將這本武學祕笈燒了，竟點火燃燒迷園陣，寧願毀了房子，也要保得冊子。花老大與向嶽凌也是呆望臭皮，難以想像這孩子能在電光石火一瞬間做出如此果斷的決定。

臭皮微紅著臉道：「乾爹，你不是說過在黔中道施州清江縣鄰近有一道山谷，是個桃花源地，總想回那兒一遊嗎？反正我們的房子都燒了，不如就啟程到那兒住一陣，也好讓娘養病呀。」向嶽凌兄妹早已留意到何耐苦始終猛咳不止，臉色比上一回更差了，這時只聞仇丐嘆道：「傻孩子，你可知道血桃谷離這裡多遠嗎？」

向嶽凌說說道：「仇大叔，我們正趕往忠州，倒可順路護送你們一程。」向海璐也說道：「對呀，這一回再度碰上，證實我們有緣呢！」說完目含深意地望向龔緣鳶。龔緣鳶自然明白向嶽凌兄妹已猜到仇丐與自己二人的關係，此刻正鼓勵自己出言相認，可是龔緣鳶心裡亂成一團，始終拿不定主意，一陣躊躇後還是咬緊下唇，輕輕搖了搖頭。

向海璐極端好奇，推說自己累了，拉了龔緣鳶入房，門上門後細聲問道：「緣鳶，仇丐明明是妳爹，妳怎麼不趁機相認？」龔緣鳶臉色蒼白問道：「相認了又如何？」向海璐說道：「妳爹和妳娘別離了這一十三年，這會兒若能重續前緣，妳娘不知該有多高興呢！」龔緣鳶幽幽點頭道：「不錯，我娘自會欣喜異常，可是這種歡樂日子能過多久呢？待得崔小豔與歡將，又或哪一位前極樂谷人物尋上門來，妳說我娘會棄了我爹，自個兒逃命莫？」

向海璐一怔，暗想龔緣鳶的顧慮也不是全無道理，仇丐曾經背叛綠石教，搞垮極樂谷，這一班人物若知道他還活著，豈有不趕盡殺絕？到時候巧三娘母女只怕也要賠上性命。向海璐想到這裡，只有暗嘆一聲，安慰龔緣鳶道：「妳既已決定了，姐姐也不勉強妳，我和向大哥自會幫妳保守祕密。妳快睡了。」龔緣鳶點了點頭，雖是閉上眼睛，卻哪裡睡得著。

到得寅時一夥人摸黑起床，先到鎮外向一戶農家僱用了一輛牛車，直奔下一個鎮口才換了輛馬車上路。向嶽凌與花老大各乘一騎，在馬車前後遠遠護衛，每當瞧見了可疑的人物，便朝向海璐打手勢，容她將馬車趕入道旁叢林裡避一避。該夜行近湘陰，卻不敢入鎮投宿，只在野外搭營過夜。何耐苦受了風寒，咳得更是厲害。向嶽凌兄妹與花老大商量後，決定明日一早入鎮抓藥，容何耐苦將養一、二日再上路。

第二日一早，三人結伴入鎮，尋至早市市集處，卻見一大團人圍在東南角，似乎在看什麼表演，不時還傳出嘻笑鼓掌聲。花老大大是好奇，二話不說就鑽進人群裡，向嶽凌兄妹只好也擠了進去。三人墊高腳一看，只見場中有兩隻刺蝟，頭抵頭相互頂撞，鬥得起興時甚至雙雙人立，四隻前足相抵，便似貼身而舞，煞是有趣。東西兩面有男女二人，一持搖鈴，一握皮鼓，齊齊弄音助興。南面卻有一名約莫九、十歲的女孩，正蹲在地上作莊收賭注，原來卻是一場鬥蝟戲。

向海璐見花老大看得眉飛色舞，笑著說道：「花老大，下場搏一搏運氣吧。」花老大蠢蠢欲動，開口問那女孩道：「小姑娘，怎個賭法？」那女孩抬頭瞄了花老大一眼，朗聲說道：「那黑臉的叫張飛，紅臉的叫關公，哪一隻被推得肚皮朝天，就算輸了。」花老大果真掏出了幾個銅錢，押張飛獲勝。向海璐眉頭一皺，低聲問道：「花老大，你沒瞧見張飛吃緊嗎，怎還押他？」花老大咧嘴一笑，低聲回道：「這許多人都押關公勝，作莊家的不可能做虧本生意嘛。」

花老大話剛說完，那女孩回頭向那擊鼓男子說道：「計師傅，停莊止押了吧！」那位計師傅喝了聲「好」，鼓聲愈急，眾人只見那紅臉刺蝟突然往後一縮，被那黑臉刺蝟推翻在地，動彈不得。群眾一陣鼓譟，更有一名胖子指著那名搖鈴女子咒道：「臭婊子，妳這隻紅臉關公害我連輸三場，還是宰了燉湯吃了吧。」

那女孩聞言頓怒，抓起一個銅錢往那胖子臉上擲去，狠狠罵道：「臭胖子，你那張嘴給我洗乾淨些，願賭就服輸，莫要出口傷人。」那胖子臉色一變，方要發作，那名搖鈴女子連忙搶上擋在女孩面前，陪笑說道：「這位大爺，女孩兒不懂規矩，我計大娘代為賠罪，您大人有大量，就算了吧。」說完趨前塞了幾個銅錢給那胖子。計師傅也朝那女孩打了個眼色道：「玲瓏，換戲。」

那女孩計玲瓏狠狠瞪了那胖子一眼，先賠了贏注群眾，再收了餘剩賭注。這時候計師傅已將兩隻刺蝟趕回籠裡，另放了七隻蛤蟆出來。只見計玲瓏取來一支竹條，將七隻蛤蟆趕到場中央，把最大的一隻放在木凳上，其餘六隻小的則分左右兩排而立，這才朗聲說道：「各位客官有所不知，每個人一生中的賭運有七上七落，其中七年走的是宏運，另外七年走的是霉運，而我這七隻蛤蟆有神通，能幫各位客官測知這七上七落的運程。」

花老大第一個開口駁道：「小姑娘，口說無憑，妳怎個印證呀？」計玲瓏說說道：「的確是口說無憑，要試過了才知，這位大爺就依天支地乾六十甲子，挑一組唸出聲來，若是秩序正確，右邊這三隻小蛤蟆就會連應三聲，若是錯了，左邊這三隻小蛤蟆也會指證出來。」

花老大覺得有趣，笑著開口唸道：「甲子、乙丑、丙寅、丁卯。」計玲瓏手中竹條往木凳上那隻大蛤蟆連抽三下，口裡說道：「聽清楚了，再唸一遍！」那隻大蛤蟆果然呱呱叫了三聲，說也奇怪，右邊那三隻小蛤蟆緊接著竟也叫了三聲。群眾嘻笑鼓掌間，花老大又念道：「庚子、辛卯、壬午、癸酉。」這一次卻刻意將秩序搞亂了。那隻大蛤蟆叫了三聲後，右邊那三隻小蛤蟆一動不動，左邊那三隻小蛤蟆卻開口應了三聲。眾人這一樂，更是大聲鼓起掌來。計玲瓏眼望花老大道：「這位大爺，你若還是不信的話，就依你的歲數，從六歲唸到六十，哪一年行宏運，右邊這三隻小蛤蟆就會連應三聲，霉運呢則由左邊這三隻點出。除了這七上七落一十四年之外，小蛤蟆絕對不會開口亂叫，否則不但不收你的錢，還賠錢給你呢！」花老大見計玲瓏胸有成竹，便應她所邀，唸了起來。說也奇怪，兩排小蛤蟆果然各別叫了七次，不多也不少。花老大心服口服，掏錢交了給計玲瓏，旁觀眾人見這七隻蛤蟆如此神通，都是爭相要試。計大娘站在一旁收錢，由計師傅安排次序，一一向七隻蛤蟆詢問運程。

這時候只聞遠處有人大聲喚道：「邱胖子，你在哪裡？」方才出口罵人的那名胖子高聲回應道：「烏師兄，快過來，這裡有好戲瞧呢！」過得一會兒，果然有五、六名漢子擠進人群裡，其中一名蹙眉說道：「邱胖子，我們還得趕路呢，你怎麼賴在這裡看雜耍？」那邱胖子興致勃勃地說道：「烏師兄，這戲有趣呢！」緊接著將那七隻蛤蟆的神通誇大其詞地描了一遍。那烏姓漢子頗見不耐煩，只是催道：「你要嘛就快試，回去晚了雕掌門又要給我們臉色看了。」

邱胖子應了一聲，踏前兩步把排在前頭的一名老翁推開，大刺刺地向計玲瓏說道：「先由我來。」群眾鼓譟聲中，計大娘陪笑說道：「這位大爺，好不好照秩序稍等，很快就輪到您了。」邱胖子回頭向群眾一瞪道：「東江神刀門有要緊事要辦，你們哪個不服嗎？」幾名同門師兄弟更是拍了拍腰上的鋼刀，發出「鈴郎」之聲，群眾見這一班人霸氣十足，卻哪還敢做聲。向嶽凌兄妹面面相覷，這才知道這班人都是雕拓的手下，眼見再無人敢開口抗議，邱胖子便揮手向計玲瓏示意，自己則開口唸了起來，不料左邊那三隻小蛤蟆竟連續應了七回，只惹得群眾低聲竊笑，邱胖子更是臉色鐵青。待得那三隻小蛤蟆第八次回應時，群眾更是爆笑起來。邱胖子勃然大怒，抬頭瞪視計玲瓏道：「這是怎麼一回事？」

計玲瓏臉上毫無怯色，不慌不忙地說道：「這位大爺有所不知，每一萬人當中就會有一個逢賭必輸，由六歲開始連走七七四十九年霉運，要到五十五歲才能脫霉呢，我看大爺只怕就是這麼一個，不過要解霉運也是有辦法的，只要大爺向這隻大蛤蟆連磕三個響頭，大叫三聲『乾爹』，這隻大蛤蟆便會呈祥，將他乾兒子的霉氣盡除。」

眾人自知計玲瓏刻意戲弄邱胖子，皆是大笑起來。邱胖子惱羞成怒，起腳一粒石子踢向木凳上的大蛤蟆，將它射翻在地。計玲瓏臉色一變，雙手叉腰罵道：「臭胖子，你自己爹娘把你生得爛命一條，卻拿我大蛤蟆出氣幹什麼，我這隻大蛤蟆身懷神通，弄傷了你還真賠不起呢。」

邱胖子啐了一聲道：「我就偏將你這七隻臭蛤蟆踩扁！」說完大步踏前，起腳踩下，眼見左首第一隻小蛤蟆就要遭殃，倏然人影一閃，邱胖子但覺後背被人拍了一掌，已是向旁橫跌。邱胖子一個翻身立起，只見計師傅豎立身前，正冷冷吩咐計玲瓏道：「收攤。」

邱胖子在眾人面前出了醜，哪肯罷休，但見他右臂延伸，五指向計師傅肩頭抓去。計師傅向左一滑，反掌切敵腋下，待得邱胖子後躍，計師傅縱身搶前，出指點向對方雙膝，邱胖子著地時但感雙膝一軟，已是跪跌在地。

向嶽淩兄妹與花老大面面相覷，均沒想到這位計師傅武藝不弱，此刻但見計大娘慌忙將邱胖子攙扶起來，嘴裡卻譴責計師傅道：「東昇，你的老脾氣怎不肯改，這位大爺說到底也是我們的客人……唉呀！」原來邱胖子一立正，隨即反手將計大娘推跌在地，跟著雙手一拍，幾名東江神刀門弟子立刻將計家三口團團圍了起來。

那名烏姓漢子向計師傅上下一番打量，語含訝異道：「計東昇？你真是計東昇？」計師傅也不回應，扶起計大娘後逕自收拾東西。左首一名東江神刀門的青年弟子奇問道：「烏師兄，他是誰？」那烏姓漢子回道：「他是催青派掌門計聖堂的兒子，多年前只因染上歡樂草毒癮，無法自拔，被計聖堂趕了出來。」

那位計師傅果然便是計東昇，只聞他深深一嘆道：「烏棟原，此事已過了這許多年，你又何必當眾損我呢？」烏棟原聞言臉上一紅，原來他這人心直口快，倒不是有意藐視計東昇。邱胖子卻趁機譏諷道：「你老子的那盤生意都快撐不下去了，待我們收購了催青派酒廠後，你就連這個『前少掌門』的名堂也丟了，這會兒還神氣什麼？」

計東昇猛然抬頭問道：「你說什麼？」邱胖子得意洋洋道：「你還沒聽說吧？我們東江神刀門已成功收購高闊門與海天一派的酒廠，就差催青派。不過你老子計聖堂病倒在床，看怕也支持不了多久，遲早要步上年樂山的後塵。」計東昇顫聲問道：「年樂山又怎麼了？」邱胖子說道：「年樂山氣得一命嗚呼，他兒子年子鴻羞慚難擋，懸梁自盡，你妹子早成了俏寡婦了，哈哈！」

計東昇聞得邱胖子語調中頗有調侃計瑩瑩之意，不禁臉色一沉，計大娘連忙扯了扯丈夫的衣袖，示意要他容忍。邱胖子見狀，更是怪笑道：「想當年我們前任掌門東江狐替兒子提親，你老子瞧不起我們雕掌門，一口拒絕了。當日他恐怕萬萬沒料到今天卻得看我們雕掌門臉色作人吧？不過你那妹子倒有幾分姿色，只要過得我們掌門夫人那一關，倒也可爬入門做個小的……」

第八回　護舊愛仇丐斷情緣，袒義父臭皮掘墳腳

計東昇哪容得對方如此羞辱自己妹子，欺近身一拳擊向邱胖子小腹。邱胖子早有防備，足下一溜便往同門師兄弟身後鑽，計東昇武藝雖比邱胖子高出許多，但對方的幾位師兄弟有意相護，一時卻也抓他不到。邱胖子足下滑溜，嘴上更是譏嘲道：「到時候你們一家三口還能上門攀親，在我們的酒廠裡討得份打雜閒差……唉呀！」

原來計玲瓏趁亂放了一黑一黃雙犬出籠，朝邱胖子一指，下令雙犬咬人。邱胖子出其不意，不但左腿遭黃犬一口咬中，小腹更吃了計東昇一拳，「哇」的一聲跌翻在地。計大娘怕事情鬧大了，連忙喝退雙犬，搶上相扶，不料邱胖子卻不領情，更是一腳將計大娘踹得向後飛踢。計東昇忍無可忍，揮拳欲揍，卻立刻引得群東江神刀門弟子圍毆。

向海璐見邱胖子還待往計大娘身上踹上幾腳，連忙飛身下場相護。邱胖子見來者不過是個妙齡女子，卻哪放在心上，只是揮臂橫掃，想將她推開一旁，不料臉上一熱，已遭向海璐連摑了兩巴掌，耳中卻聞花老大笑讚道：「向姑娘好俊的手法！」向海璐喜見絕戀公子武學錄裡頭的武功一出手

即告捷，不禁沾沾自喜道：「這是我在萬花谷內鑽研出來的一套『國色天香』，還請花老大指教。」

原來唐代有個說法，將洛陽牡丹，揚州芍藥，六詔茶花合稱天下三大名花，其中尤以牡丹為花中之王，每逢暮春展露妍華之際，總叫京城愛花人為之瘋狂。國色天香指的正是牡丹，但見向海璐出招遞掌迅翻速按，變招既快且紛，宛若盛豔牡丹紅紫紛披，芳菲爛漫，叫人目不暇給。再瞧她身形變幻之際更帶驕蠻之姿，妖嬈中不失雍容，甚具氣派。

花老大與向嶽淩也一同下場替計東昇解圍，群東江神刀門弟子當中除烏棟原外並無好手，花老大自是遊刃有餘，激鬥間不忘觀察向海璐出招，頻頻喝采稱妙，衷心讚道：「向姑娘，妳這套花藝入武真叫我嘆為觀止，我自問對花藝頗有心得，原也創了幾套獨門武功路套，可是和妳這一套國色天香一比，卻是小巫見大巫了。」

向海璐被花老大一讚，頓感飄飄然，跟著不忘取笑道：「我見識過你柔軟的身段，你的那些花拳繡腿舞開來想必也是挺好看的。」花老大臉上微微一紅，口裡卻說道：「那我就獻醜了。俗稱牡丹為花王，芍藥為花相，這是在下自創的一套『揚花殿春』。」

原來揚州芍藥名冠天下，因此也稱揚花，而芍藥晚於牡丹開放，因此又稱殿春花。只見花老大出招婉轉嬌柔，身形豐姿綽約，「俏綻紅綃」、「繁絲金蕊」、「煙輕風雅」，一招招使下來嫵媚多姿，便似花光濃豔。只是由花老大這麼一個滿面鬍鬚的漢子使開來，卻頗為怪異。

向海璐方要讚好，邱胖子已搶著說道：「妖裡妖氣的花拳繡腿，你倒不如穿上裙子跳支綠腰的好！」向海璐惱他譏諷，兩手出招一虛一實，一記「殘紅吐芳」又摑了他一巴掌，口裡更是譏嘲道：

「就是花拳繡腿，也抵得過你們東江神刀門這些不中用的招式。」邱胖子固然又羞又怒，卻是無法反駁，場中除了烏棟原與計東昇勢均力敵外，其餘東江神刀門弟子皆非花老大三人對手，全是一面倒的局勢。

這時候忽聞人群中有人冷冷說道：「莫非在姑娘眼裡，東江神刀門的武功真是這麼不足輕重嗎？」另一人卻笑著說道：「雕掌門不必著惱，這女子曾經是我丐幫的手下敗將，待我替妳將她收拾下來。」

向海璐方覺得這第二把聲音極為耳熟，眼角已瞥得一片棒影襲到，一驚之下抽刀架擋，但聞刀棒相交處「錚」的一聲，卻震得虎口隱隱生疼。對方緊接著連環三棒，一棒快似一棒，只攻得向海璐手忙腳亂，頓落下風，耳聞對方大喝一聲，第四棒更是使足勁力，猶如巨浪般排山倒海迎面掃來，若不是向嶽凌及時由旁接下敵招，向海璐只怕已吃了虧。

向嶽凌兄妹定眼一看，只見這人虎眼橫眉，目光如炬，卻是丐幫幫主荊度。向嶽凌兄妹暗叫不妙，卻不明白此人何以會和雕拓走在一塊，但見他一支竹棒使開來極盡奇巧之能，直扎刺擼則快得叫人眼花撩亂，橫拿挾剪又詭得叫人捉摸不定，若不是二人聯手，只怕在他棒下走不過六十招。

邱胖子方才被向海璐逼得左支右絀，幸得荊度解圍，口裡自是不忘奉承道：「荊幫主的打狗棒法果然非同凡響，一出手便叫這兩人知道厲害！」向海璐立刻反諷道：「你現在總算明白你們東江神刀門的武功不屑一顧吧。」邱胖子臉上一紅，偷眼瞧見雕拓臉色鐵青，心中害怕，便搶先誣賴道：「雕掌門，這三個不知從哪裡鑽出來的瘟神，竟連同計東昇，平白無故向我們挑釁，也不知會不會是和我們意圖收購催青派酒廠的事有關？」

雕拓心中一動，細察之下果然辨認得計東昇的面貌，當即飛身下場，代烏棟原接下計東昇的招數，並含笑說道：「計兄弟，我們有十多年沒見面了吧？這陣子我正和令尊談項交易，卻始終談不妥，說不得得勞煩你代為勸說了。」計東昇方才和烏棟原勉強只能打成平手，雕拓一接戰，更是頓落下風。花老大雖見計東昇吃緊，但自己被烏棟原及一班東江神刀門弟子纏上了，也實在無暇顧及。

這邊向嶽凌兄妹激鬥間觀顏察色，見荊度似乎不曉得自己二人壞了馮勁與漆、闞兩大長老奪取祕笈的事，暗地裡放下了心，當下也不想激怒他，出手守多攻少，但求自保。荊度自然不將二人放在眼裡，邊鬥邊高聲笑道：「雕掌門，據說當年你們東江神刀門被驅逐出聯盟六派，催青派的計聖堂還大聲指責過你爹呢。老子的仇由兒子報，乃是天公道地，哈哈！」

計東昇明白自己父親當年得志時心高氣傲，也不知得罪過多少人，只怕荊度也曾經受過氣，又想到自己離家多年，如今父親年邁，臥病在床，妹子更經歷喪夫之痛，自己卻幫不上，思之不禁心緒紛亂，一個不留神，已吃了雕拓一掌。計玲瓏見計東昇吃緊，心念一動，從籠裡抱了一隻小白猴出來，將一支短棒交了給牠，向雕拓指了一指，口裡喃喃指揮了幾句。那白猴甚是機靈，一躍到了計東昇肩上，待雕拓一掌攻到時，瞧準了握棒向他後頸揮了兩下。雕拓但感微微麻辣，後頸隨即癢了起來，初時還耐得了，可是那奇癢逐漸透入肌膚，竟癢到骨頭裡去，耳中但聞計玲瓏朗聲說道：「這位大爺，我勸你還是趕回家裡用黃姜浸蜜糖鋪上厚厚的一層，免得抓爛了皮膚。」

觀鬥眾人見雕拓邊鬥邊抓癢的怪模樣，皆是笑出聲來。雕拓又羞又怒，一躍退出戰圈，後頸卻是越抓越癢，無可奈何之下只有舉手一揮，招集眾東江神刀門弟子隨他回客棧，臨行前狠狠地向計東昇父女倆瞪了一眼。荊度見狀，打了聲哈哈也退出戰圈，隨雕拓離去。

計東昇先謝過了花老大三人仗義出手相助，互通姓名，這才轉而向計大娘說道：「雕拓如今惱了我們，他門下弟子多半會回頭來找麻煩，我們還是趕緊上路的好。」計大娘愁眉苦臉道：「少了羅伯一家四口，我們這許多器材、戲獸又怎搬得動呢？」

向海璐奇問道：「計大娘，你們是碰上了什麼難題？」計大娘訕訕說道：「我們原有兩家人合搞戲獸雜耍，只是前幾天鬧了一些意見，另一家人拂袖而去，如今我們僅剩三人，卻搬不動這許多器材與戲獸。」說完不經意瞄了計玲瓏一眼。計玲瓏雙眼一瞪，扁嘴說道：「羅伯貪得無厭，一味蠻索分紅，我再不將他們趕走，可要給他們吃窮了。」

花老大三人一聽，便知八成是這女孩刁鑽過頭，將夥伴氣走。向海璐曾與計瑩瑩同甘共苦，對計東昇一家三口自有一股親切之意，當下便提議道：「我們正趕往忠州，倒不如一同上路，途中也好有個照應。」計東昇夫妻兩人自是欣然應諾，並約定中午在鎮口集合。向嶽凌兄妹擔心荊度和馮勁一班人會面後，同樣會回頭找自己麻煩，當下也不抓藥，只是買了些早點回去給龔緣鳶幾人填肚充飢。

到了中午，向嶽凌一行九人來到鎮口，卻被計家三大輛車所載的器材與戲獸驚得呆了。但見車上除了一般雜耍所用的繩布桿架外，還裝有一籠籠的犬、熊、猴、羊、鼠、龜、蛙、螟、蜎等不下於三十來隻戲獸，也難怪計家三口無法搬動。

龔緣鳶與崔庭峰先是大喜，搶近籠子欲瞧個清楚，隨即立刻被群戲獸的臭味薰著，掩著鼻子退了下來。臭皮與豬妞卻不以為意，蹲在籠子旁用手逗著群戲獸。計玲瓏見狀臉色一沉，語氣不善道：「喂，我這群戲獸每天都要開工賺錢的，若是沾上你身上的病菌，開不了工，這損失你賠得起嗎？」臭皮瞟了計玲瓏一眼，又復轉逗那小白猴道：「猴兒呀猴兒，看你瘦骨薄皮的，你娘沒奶餵你吃嗎？」計玲瓏哪聽不出他言中嘲弄之意，當下狠狠提高聲量道：「計師傅，怎地車上戲獸多了兩隻？你買了隻猴子還說會翻觔斗，卻買隻豬來幹什麼？」臭皮見計玲瓏取笑豬妞，立刻作狀安慰豬妞道：「妳頭上幾時長了個毒瘡來了？是哪隻瘋猴逃離籠子咬傷妳嗎？」

計玲瓏還待回罵，計大娘早已將她拉開一旁。向嶽凌兄妹面面相覷，心想臭皮與計玲瓏一個古靈精怪，一個刁蠻潑辣，這一路上同行只怕不得安寧，相比之下龔緣鳶與崔庭峰卻是乖巧多了。又回想自己當日離開瀛州南下遊玩時何等輕鬆自在，怎料得今日卻是攜了病殘痴傷老少一團人，連同三大車的熊猴羊鼠同行，思之倒覺得好笑。

眾人雖是擔心東江神刀門和丐幫人物追上來，可是計家三大車的器材與戲獸既雜且重，路上車行甚慢。何耐苦不耐路途顛簸，病情愈是沉重。計大娘本性仁善，見臭皮一個人照顧不來仇丐、何耐苦、豬妞三人，便自告奮勇，接手照料豬妞。可是每逢餵飯時，臭皮卻堅持要計大娘餵豬妞吃完三大碗白飯，就算豬妞已漲飽了肚，臭皮也要她苦苦嚥下。

計玲瓏瞧不過眼，譏諷道：「大夥吃小耳朵飯，挾多兩塊肉就叫貪小便宜，可是這般三頓當一頓吃，就是餵豬也沒這般餵法。」臭皮也不頂撞她，只是目帶憐憫地勸計大娘道：「大娘，做女兒的尖酸刻薄、斤斤計較，做娘的就要懂得偷偷儲些防身錢，免得老來同桌吃飯，就挾多兩塊肉也要看女兒臉色呢。」

計玲瓏哪耐得臭皮如此奚落，當下拉開計大娘，不許她幫忙餵食。臭皮冷冷一笑，接過碗筷繼續餵豬妞吃飯。龔緣鳶見臭皮實在忙不過來，二話不說端起碗筷便來替仇丐餵食。仇丐彷彿一怔，隨即目露欣意，龔緣鳶卻不敢對視，只是盯著碗中飯菜，一口一口耐心地遞上。向嶽凌兄妹瞧在眼裡，也是暗感欣慰。

這一日抵達石門，向嶽凌兄妹見何耐苦咳得厲害，便在鎮外紮營，與花老大一同入鎮抓藥，計東昇一家三口則將戲獸分批牽到河邊洗滌。到了此時，龔緣鳶與崔庭峰已不再嫌群戲獸燻臭，還主動伸手幫忙，可是卻遭計玲瓏婉拒。臭皮雙眼一亮，神祕兮兮地向二人說道：「他們是要躲開來訓獸，不想讓我們瞧見呢！」

向海璐曾向三個小孩描述當日所見，此刻三人更是難耐好奇心，躡手躡腳來到河邊偷窺，但見計東昇兩夫妻在河裡洗滌黑、黃雙犬及一隻黑狗熊，計玲瓏則在草坡上訓蝟，只見她左手搖鈴，右手拿著一支削尖木條，正不停往四足遭縛的黑臉刺蝟肚皮上戳，鈴聲越響，則戳得越猛。那隻黑臉刺蝟吃痛得緊，卻是無從掙扎。三個小孩看到這裡，便已明瞭鬥蝟戲的詭詐，原來計玲瓏將兩隻刺蝟訓練得一怕搖鈴，一懼鼓擊，如此一來，計家三口便可隨意操縱勝負，贏取賭注了。

過得一會兒，計東昇將洗淨的狗熊牽上岸來，用鐵鍊牽牢在樹底下。計大娘則收了兩隻刺蝟，將小白猴抱了過來。計玲瓏替小白猴穿上一件紅外套，在衣袋裡抹了一團綠油油的藥膏，又在空心短棒內灌滿了黃碳粉末，這才交給了小白猴。

三個小孩屏息凝視，只見小白猴一躍上了熊背，抓牢頸環一扯，作狀揮了揮手中短棒，卻趁機將黃碳粉末灑在牠後頸。那狗熊難耐奇癢，立刻人立急舞，口中狂吼。此時黑黃雙犬也是張口露出森白利牙，繞著狗熊迅縱猛吠，立刻便是一場如假包換的熊犬鬥。待得計玲瓏滿意了，低聲呼哨，那小白猴馬上從衣袋裡抓把綠膏，鋪在狗熊後頸。那狗熊麻癢一消，便逐漸安靜下來。

三個小孩咄咄稱奇，只差沒撫掌叫好，可是藏身樹叢雖密，又怎躲得過計東昇耳目。此刻但聞他朗聲說道：「樹叢裡蚊蟻多，你們還是出來看吧。」三個小孩見露了行跡，只好訕訕然走了出來。計玲瓏鐵青著臉，沉聲道：「你們三個要臉不要臉？我日後還敢在河裡洗澡嗎？」龔緣鳶與崔庭峰紅著臉低下了頭，臭皮卻嘻皮笑臉道：「我原是想偷看妳洗澡，不料卻看到更精采的表演，改日妳若是下來洗澡，先通知我一聲，免得我白跑一趟。」

計玲瓏將手伸了出來，索問道：「看表演是要付錢的，何況你們看到的是掀了底牌的表演，更要付上十倍錢。」臭皮不屑道：「妳這些表演一眼就能看穿奧祕，有什麼了不起？就值得幾個錢？」

計東昇不想見兩個小孩吵架，趁機插嘴說道：「我叫玲瓏表演一段，你若真能瞧穿奧祕，我就服了你，也不跟你收錢。」計玲瓏眼珠子一轉，加插道：「若是猜不著，則將你綁在樹上，後頸塗上我的熊舞粉，讓你癢足一柱香時間。」臭皮揚眉道：「好！若是我猜著了，妳也同樣受罰！」

計玲瓏目露狂喜，要計大娘將七隻蛤蟆帶來，表演了一段神通蛤蟆測運戲。龔緣鳶與崔庭峰只瞧得瞠目結舌，不明白七隻蛤蟆何以懷此神通，暗地裡更替臭皮感到憂心。臭皮卻細心觀察了一輪，待得表演完畢，嘴角含笑地從計玲瓏手上接過竹條，轉而對龔緣鳶與崔庭峰說道：「我也來表演一段，你們各喚一個數字，由得我加減，答得對右邊這三隻小蛤蟆自會讚個三兩句，若是答錯了，就由左邊這三隻小蛤蟆罵個三兩句也是我活該！」

龔緣鳶與崔庭峰面面相覷，心裡大是好奇，各別喚了「三」、「五」兩個數字。臭皮裝模作樣地對那隻大蛤蟆說道：「大哥呀大哥，聽清楚了，莫要叫我白白受罪。三加五等於八，對不對？」說完抽了那隻大蛤蟆三下。說也奇怪，右邊那三隻小蛤蟆竟真應了三聲。龔緣鳶與崔庭峰萬分驚訝之際，臭皮又開口說道：「大哥呀大哥，再來考你一考，五減三等於八，對不對？」說完又抽了那隻大蛤蟆三下，這一次右邊那三隻小蛤蟆一動不動，卻聞左邊那三隻小蛤蟆連應三聲。

計東昇與計大娘二人笑著拍手叫好，計玲瓏卻是一臉鐵青。龔緣鳶與崔庭峰訝然呆望臭皮，怎也不敢相信自己的眼睛。臭皮笑嘻嘻地解釋道：「這蛤蟆戲簡單得很，你抽的若是大蛤蟆的右腿，回應的必是右邊那三隻小蛤蟆，若抽的是左腿，左邊那三隻小蛤蟆則會回應，抽牠背則雙方皆不回應。」說完持竹條朝那大蛤蟆背部又抽了三下，六隻小蛤蟆果然默不出聲。

臭皮轉望那小白猴，咧嘴笑道：「猴兒呀猴兒，你娘沒餵你吃奶，我們就將她綁在樹上，讓她癢足一柱香時間，你說好不好？」計玲瓏眼珠子一轉，冷冷笑道：「我看準備抓破皮的應該是你吧。」臭皮揚眉道：「怎說？」

計玲瓏反問道：「你倒說說，怎地抽左右腿，會有不同的反應？」臭皮蹙眉道：「大概是大蛤蟆叫聲有所不同吧。」計玲瓏又是冷笑道：「大概就是不清楚，不清楚就是不知道，不知道就應該由你受罰，明白了吧？」

臭皮見計玲瓏想耍賴，笑著轉向小白猴說道：「你娘說過的話不算數，我也無所謂，就當她放屁好了，對不對？」話剛說完，那小白猴真放了一聲響屁，這一下龔緣鳶與崔庭峰再也忍耐不住，笑得在地上打滾，就連計東昇與計大娘也開懷大笑。計玲瓏又羞又怒，踏前一步便是一掌向臭皮臉上摑下。

臭皮正當狂笑，卻哪裡避得開，只聞「啪」的一響，左頰已留下一個熱辣辣的紅掌印。臭皮這下可火了，反手一掌切下，計玲瓏扭腰左閃，起腿踢向臭皮膝蓋。原來計東昇自小便讓計玲瓏習武，她這一閃一踢，倒也有模有式，絕非胡揍亂打。計東昇見兩個小孩打了起來，只好出手制止，計大娘更將計玲瓏拖回營地去。計東昇示意要龔緣鳶與崔庭峰勸慰臭皮，自己則將群戲獸牽回籠裡。

三個小孩一路走回營地，臭皮便不停地詛咒計玲瓏，龔緣鳶與崔庭峰從沒聽過這許多罵話，倒也大開眼界。待得抵達營地，卻見豬妞迎面而來道：「臭皮，娘叫你推乾爹去河邊晒太陽呢。」崔庭峰知道臭皮仍感忿忿不平，便拍了拍他肩頭道：「你去休息一會兒，由我和緣鳶妹子代勞行了。」

仇丐見崔庭峰與龔緣鳶願意陪自己到河邊晒太陽，顯得很是高興，待崔庭峰將他的輪床停放在草坡上後，仇丐更是轉頭凝視兩個小孩，目中有股難以言喻的溫馨。崔庭峰見龔緣鳶低下了頭，只道她靦腆，當下轉問仇丐道：「仇大叔，我聽何大娘說，我長得極像你年輕的時候，是真的嗎？」仇丐點了點頭，微微一笑說道：「說也奇怪，不單是你長得像我，連龔小姑娘也長得像我那位結義妹子。我瞧見你們，便憶起了許多往事。」

崔庭峰見仇丐說話時深含柔情蜜意，便含笑猜道：「仇大叔，你這位結義妹子必定是令你夢魂縈繞的初戀情人吧？」仇丐頓了一頓，幽幽然說道：「她是我一生的鍾愛，卻非我的初戀情人。」龔緣鳶聞言一愣，當即豎耳聆聽，只見仇丐遙望天上雲朵，深深地嘆了一口氣道：「我對她的愛意雖是刻骨銘心，卻只能帶給她傷心與不幸。」崔庭峰察覺仇丐語含傷憂，開口勸道：「若是傷心往事，那就別提了。」龔緣鳶連忙說道：「不！我……仇大叔，我想聽，你就由頭說起吧。」

仇丐又呆呆地想了一會兒，才幽然說道：「我那妹子從小便對我暗懷情意，我卻懵然不知。在我二十歲那年，我那妹子花了半年的時間，親手做了一個極為神奇的象牙笛，送了給我當禮物，我卻當著她的面前，以另一名我心儀的女子名字為這象牙笛命名，全然不知此舉大大傷了她的心。」龔緣鳶臉色蒼白，偷偷隔衫摸了摸懷裡的那支象牙笛，其餘二人一個緬懷往事，一個專注聆聽，皆沒留意她的舉動。

崔庭峰插嘴問道：「仇大叔，另外那名你心儀的女子可有回報你的情意？」仇丐點了點頭，又說道：「我倆後來私定情緣，也得到她爹爹的允許，可惜終究有緣無份，一年之後卻解除了婚約。」崔庭峰與龔緣鳶齊聲問道：「那為什麼？」

仇丐深深嘆了一聲道：「當年我為了報得家仇，與綠石教崔小豔聯手，擒得我世仇一家三口，待得我後來發現捉錯了人，已累得一名無辜的女子枉死。我身負血債，不想拖累我未婚妻子，因此便和她解除了婚約。」

崔庭峰失聲叫道：「原來你竟真是龍護法！而你的結義妹子就叫巧三娘什麼的，對不對？」仇丐一驚道：「你怎知道？」崔庭峰說道：「前幾日有幾名丐幫弟子談起你和你妹子在五元山上大敗海天一派二強的壯舉，我原還不太相信呢。」仇丐知道崔庭峰見自己四肢殘廢，難以想像自己往日也曾有過輝煌的日子，思之只有默然苦笑。

龔緣鳶由始至終從沒向崔庭峰透露過自己的身世，因此崔庭峰雖知有巧三娘這人，卻萬萬沒料到龔緣鳶就是她的女兒。龔緣鳶雖然早已猜到仇丐就是她父親，但此刻親耳聽他談起往日舊事，仍是感觸良深，咬著唇不敢直視仇丐。

仇丐見兩個小孩願意聆聽，便繼續說道：「後來我假借綠石教護法的身分，混入一個叫極樂谷的地方，意圖破壞谷內魔教一件為害武林的陰謀，其間歷盡種種危難，我那妹子卻始終守在我身旁，不棄不離，無怨無悔，我這才省悟，她愛我最深，是我最佳的良伴。可惜我不敢和她長相廝守，以免仇家追上門時，反累她為我丟了性命。」

龔緣鳶聽到這裡，再也忍耐不住，掩面低聲哭了起來。仇丐只道是小女孩憂愁善感，語含歉意道：「唉喲，倒把妳給弄哭了！」龔緣鳶猛然搖頭，卻什麼話也說不出來。

崔庭峰心念忽然一動，顫聲問道：「仇大叔，你這四肢筋脈莫非是……是崔小豔叫人給挑斷的？」仇丐默然不言，只是輕輕點了點頭。崔庭峰霍然動容，一想到自己母親對仇丐下此重手，累他餘生殘廢，不禁對他感到一股深切的歉意，同時也明白了花老大何以特意隱瞞自己的身分。兩個小孩正值心緒紛亂，耳中卻聞得仇丐細聲說道：「你們聽我說，千萬別抬頭看，東南面樹叢裡躲了兩個人，我猜不是丐幫就是東江神刀門的人。花小兄弟，你如常走回營地，向計師傅討救，千萬不可奔跑。龔小姑娘，妳假裝聽我敘事，卻也不必驚慌。」原來仇丐雖是四肢殘廢，內力卻毫無損缺，這才聽到有人躲在樹叢裡。

崔庭峰心中狂跳，咬著牙立起身朝上坡走，待得行近樹叢，眼角仍是不由自主地朝東南面瞄了一眼，只見一胖一瘦兩個人影倏然從樹叢裡躍了出來，自己還來不及出聲呼救，已遭二人點倒。

這二人正是丐幫胖瘦二丐，原來他們隨馮勁到湘陰與幫主會合後，聽荊度談起鎮上的事，便猜到向嶽凌一夥人必是朝西北方而行。胖瘦二丐急欲立功，於半夜搶先出發，盼能親手奪得武學祕笈，獻給幫主邀功。這幾日追蹤下來，竟給他們找到向嶽凌一夥人的落腳處，此刻見崔庭峰神色不定，立刻猜到他是暗中去求救，這才出手將他擒住。

胖瘦二丐扛了崔庭峰，飛身來到輪床旁，又出手將驚慌萬狀的龔緣鳶點倒，這才轉問仇丐道：「你就是昔日綠石教龍護法？」仇丐面帶憂色道：「我知道你們要的是什麼，我可以給你們，但求你們不要傷了兩個小孩。」那瘦丐怪笑道：「我方才還在頭痛，不曉得該用什麼方法才能逼你交出祕笈，這會兒你倒教懂我了，哈哈！」說完從懷裡掏出一把小刀，在龔緣鳶面前晃了一晃。

仇丐擔心兩個小孩受創，當下開口長嘯，要呼喚臭皮將那本血桃劍法祕笈拿來，不料胖丐見他忽然長聲呼嘯，還道他要向營地討取救兵，驚怒之下竟一掌擊向他胸膛。仇丐無以為抵，直痛得五臟六腑都翻了過來，兩個小孩見狀，更是嚇得臉青唇白，顫顫而抖。胖丐將仇丐衣襟撕裂，一陣搜尋後仍是毫無收穫，不禁氣得高聲咒罵。

這時候計家三口與臭皮已奔到草坡上，遙遙望見仇丐與兩個小孩受制於胖瘦二丐，皆是驚得呆了。計東昇隨即回過神來，朗聲問道：「你們到底想要幹什麼？」瘦丐見對方只來了兩個大人，向嶽凌兄妹卻不見蹤影，當即放下了心，冷冷說道：「你們只要將祕笈交出來，我自會放他們三人一條生路。」計東昇蹙眉道：「什麼祕笈？」

瘦丐誤以為計東昇在拖延時間，等候強援，轉頭向胖丐打了個眼色。胖丐二話不說，又是一掌擊向仇丐胸膛，仇丐哪耐得這般折磨，「哇」的一聲竟是一口鮮血嘔了出來。龔緣鳶雖是咬牙強忍，眼淚仍是沿雙頰流了下來。

臭皮見仇丐勢危，沿草坡踏出兩步，從懷裡掏出一本冊子，朗聲說道：「這就是你們要的東西，過來拿吧！」瘦丐雙眼一亮，向他招了招手道：「拿過來。」臭皮眼珠子一轉，斜裡向西踏出二十來步，走到河水邊沿，揚了揚手中冊子道：「就在這裡交貨。」原來臭皮擔心胖瘦二丐拿了冊子後，會隨即向仇丐下毒手，因此希望將他們引開。瘦丐卻不吃他這一套，只見他向胖丐打了個眼色，胖丐又是一掌擊下，眾人只見仇丐身子彈得一彈，卻沒聽他發出聲響。臭皮雙眼一紅，將冊子擲在草地上，飛身奔向二丐道：「我和你們拼了！」

胖瘦二丐大喜，雙雙飛身迎面奔去。瘦丐縱身躍過臭皮頭頂，撿起草地上那本冊子，看清楚封面上寫了「血桃劍法」四個字，心中狂喜。胖丐則對臭皮上一回在昌江鎮外羞辱他的事耿耿於懷，這會兒哪能不趁機報仇，只見他曲指成爪，向臭皮頭頂抓下，使的竟是重手。臭皮縱身左閃，從懷裡掏出一支短棒，反手向胖丐後頸急戳。胖丐雖是矮身避過，後頸突地一麻，卻是癢了起來。

原來臭皮心惱計玲瓏，將那支裝有熊舞粉的空心短棒偷到手，想要出其不意叫她吃點苦頭，不料隨即便派上用場。胖丐難耐奇癢，呱呱大叫，還想回頭宰了臭皮，何奈計東昇早已奔到輪床前攔守，絕不容他回襲。瘦丐見祕笈已到手，便拉扯著胖丐疾速離去。計東昇回頭一看，只見仇丐臉色灰白，雙眼緊閉，雖然仍有鼻息，卻是斷斷續續，待得探他手腕脈搏，心中更是暗暗嘆惜。臭皮紅著眼問道：「計師傅，你能救我乾爹嗎？」計東昇輕輕搖了搖頭。臭皮強忍淚水，輕聲說道：「那你能不能夠將他救醒，我有話要跟他說。」

計東昇微微點頭，先是解了龔緣鳶與崔庭峰的穴道，再吩咐計大娘扶正仇丐，雙手抵住他後背心俞穴，將一股真氣打了進去，但見仇丐眼皮微顫，緩緩醒了過來。臭皮握緊他手掌道：「乾爹，你放心去吧。我答應你一定找到乾娘，領她到你墳前拜祭你。」仇丐微微搖頭，蚊聲說道：「不要告訴她……千萬不要……」

臭皮一怔，隨即點頭道：「你不想說，我就幫你保守祕密。那兩個臭丐以為祕笈真到手了，高興得什麼似的，卻不知我早已調了包，只有封皮是真的，拿到手又有什麼用！乾爹，我一定苦心鑽研冊子裡的武學，然後找上丐幫，將一夥臭丐全殺個精光！」

仇丐微微一笑，掙扎著顫聲說道：「血桃谷是個好地方，你依我畫給你的那張圖，將我遺體運到那兒埋了。」臭皮點了點頭，眼淚已沿雙頰流了下來。到了此時，仇丐目光已漸渙散，只聞他喃喃說道：「我聽到有人奏樂，那是……那是我爹爹作曲填詞的『龍鯨戀曲』，是我爹爹在迎接我呢！」

臭皮也知道「龍鯨戀曲」是仇丐常哼的一首曲子，當下便細聲哼了起來，只是還哼不到兩句，便已泣不成聲。餘人正感悲切，卻突然聞得一縷笛音響起，幽幽揚揚，層層疊疊，甚是傷感。眾人斜眼一看，卻見是龔緣鳶流著眼淚，吹著一支象牙笛。

仇丐突然雙眼一亮，彷彿有迴光返照的跡象，只見他怔怔凝視龔緣鳶，細聲問道：「妳怎麼懂得這首曲子？」龔緣鳶再也無法自持，飛身撲到仇丐懷裡，放聲哭道：「爹！我和娘時時刻刻想念你，連作夢都夢見你回來和我們相聚呢！」

餘人皆是極度驚震，萬萬沒想到龔緣鳶竟是仇丐的女兒。仇丐本身卻彷彿有所預知，只見他輕輕撫著龔緣鳶秀髮，細聲說道：「爹臨死前能見到妳，已是死而無憾，妳要好好照顧妳娘，卻不必告訴她說你見過我，知道嗎？」

龔緣鳶抽搭著泣聲問道：「那為什麼？」說完等了一陣，卻不見仇丐回答。龔緣鳶抬頭一看，只見仇丐臉上掛著微笑，卻已是全無氣息。龔緣鳶心中一酸，更是放聲嚎啕大哭。計大娘讓仇丐平臥，流著眼淚安撫龔緣鳶，餘人也皆是悲切不已。

計東昇抱起仇丐的屍身，與計大娘領了四個小孩回營地，卻見花老大三人已從鎮裡歸來。向嶽凌兄妹驚見仇丐身亡，皆是震撼得說不出話來，何耐苦更是哭得暈了過去。向海璐拿出一顆謝停封，栽在何耐苦嘴裡，心裡卻暗自忖量，仇丐雖不是臭皮與豬妞的親生父親，但何耐苦多年來肯細心照料他，想必對他也暗懷情意，這會兒心傷他橫死，恐怕只有加劇了自身的病情。

計東昇將花老大與向嶽凌兄妹拉到一旁，低聲商量道：「那兩名賊丐一旦發現手上拿的是假祕笈，只怕會率眾捲土重來。我們已離那血桃谷不遠，我看還是立刻啟程，到谷內避一避再說。」花老大三人覺得有理，當即收拾起心情，將器物與獸籠都搬回車上，立刻便動身起程。

眾人擔心後有追兵，一路上不敢停下來歇息，晝夜不停行車。到了第三天，眾人來到施州，依仇丐所畫的地圖，一路尋到血桃谷，只見眼及處一片幽密桃林，耳中更聞嚦嚦溪流聲，確是一塊隱蔽的好地方。車子沿溪再行不遠，便來到一間小木屋，眾人當下攙扶何耐苦入屋歇息，並將仇丐的屍身停放屋角。花老大見屋內塵垢甚厚，吩咐四個小孩分頭打掃，才一刻，即聞崔庭峰奇道：「咦，牆上刻得有字，是……『我的腳好癢』五個字。」龔緣鳶馬上驚呼道：「我這裡也有。」計玲瓏在另一角也瞧見牆上刻字，正皺著眉頭細辨，原來她從沒上過學堂，只是由計東昇粗略教過一兩年，識字不多。

臭皮一眼瞧穿她的難處，走到她背後假裝一看，作狀怪叫道：「唉喲，這裡寫著『良獸遭人欺、頸後灑癢粉、死後魂不寧、尋主使受罪、癢粉灑滿地、主足踩癢粉、癢到心坎裡、連癢三十日、魂魄終歸西』，原來妳一生命運，都刻在這裡了。」計玲瓏自然知道是臭皮胡言亂扯，啐了一聲道：「我這人命大運大，你孫子娶媳婦我還準備來喝喜酒呢，到時候一定順便繞到後堂，在你靈牌前點支香。」

另一廂崔庭峰與龔緣鳶已陸續找到十來處牆上刻字，正細聲商討鑽研。向海璐走近一看，笑著說道：「不過是屋主的小孩閒著無聊，胡亂刻字，有什麼好奇怪？」龔緣鳶說道：「不是的，每個『癢』字的最後那一撇都勾向一個不同的方向，互相之間彷彿有所勾聯，庭峰兄弟正設法將每一撇聯貫起來。」原來眾人經花老大提點，已不再稱呼崔庭峰的姓氏，以免引起旁人猜想。

這時候忽聞崔庭峰歡呼一聲道：「我找到源頭了！」臭皮與計玲瓏一聽，連忙跑過來審查，四個小孩分工合作，將四面牆上的刻字一一連貫起來，果然發現最後一撇勾向窗外南面一棵桃樹。四個小孩高聲歡呼，齊齊奔出屋外，才一刻，卻聞得他們齊聲尖叫，語聲中充滿了驚恐之意。向海璐幾人連忙衝出屋外，只見四個小孩在桃樹下駭然呆立，臉上皆是驚恐萬狀，睃睜著眼盯牢一座巨大墳前的一根木條。向海璐走近一看，臉色也是頓白，原來木條上刻有「我的腳好癢，好心往下掘，替我抓一抓」十五個字。餘人面面相覷，皆是心中發毛。向嶽淩眉頭一皺，走到墳頭審查，但見墓碑上只刻了「今生無憾」四個字，也沒註明埋的是什麼人。臭皮最初的驚嚇一消，立刻聯想到墳中這人比仇丐葬得早，卻是血桃谷的地頭魂魄，而這墳墓造得這麼大，可見此人霸氣十足，只怕仇丐到了陰府遭他欺負，當下鼓起勇氣，手指墳頭墓碑道：「老前輩，我也不知你姓什麼叫什麼，不過我今天依從我乾爹的心願，將他葬在這谷裡，希望你能一盡地主之誼，多加關照。但若是我乾爹託夢，告訴我說你欺負他，我一定重返血桃谷，將你的屍骨挖出來，曝曬烈陽下，讓你不得好死！」

眾人沒料到臭皮會嚴言挑戰墳主，只嚇得目瞪口呆，緊接著卻見他奔入屋內，將眾人攜入谷的一把鋤頭取來，大聲向墳主宣布道：「老前輩，你足癢，我就替你扒，只要你善待我乾爹，我就是每年一次重返，掘土替你扒癢也行。」說完真將木條下的土壤掘開。

崔庭峰、龔緣鳶、計玲瓏三個小孩又是害怕，又是好奇，心裡皆服了臭皮的膽氣。花老大幾人均覺得這其中必有古怪，計東昇更是拿多一把鋤頭來，動手幫臭皮掘土。二人掘了約莫三丈，已瞧見土壤中埋了個油布包。計東昇將油布包提起，解開一看，見是一本薄冊子，首頁以大楷寫了「血桃掌法」四個字。臭皮怪叫一聲，從懷裡掏出另一本薄冊，開啟來對比，只見兩本冊子裡的字跡一個模樣，顯然是同一個人所書寫。臭皮心情激動，重重往地上一跪，含淚說道：「原來老前輩和我乾爹是故交好友，難怪我乾爹指定要在這谷裡入土安葬，這一下我就放心了。」說完連連磕頭。

眾人皆是咄咄稱奇，只覺得冥冥中彷彿有所安排，兩本武學祕笈注定要交到臭皮手上。向嶽凌心中一動，轉頭問向海璐道：「你說這會不會是凶神惡煞的墳墓？」向海璐尚未說，卻聞計東昇顫聲問道：「向兄弟，你說什麼？」

向嶽凌解釋道：「我們聽丐幫人物說過，仇丐身上懷的是昔日黑道魔頭凶神惡煞的武學祕笈，這墳腳既然埋有其中一部，墳主說不定就是凶神惡煞了。」花老大心細，早已留意到計東昇神色不定，當下開口試探道：「計師傅，你認得凶神惡煞？」計東昇欲言又止，最後卻說道：「時辰不早了，我們還是趕緊替仇丐掘墳的好。」眾人回屋將幾把鋤頭取來，輪流動手，很快地就將墳坑掘好。臭皮將一個玻璃瓶子交給龔緣鳶道：「緣鳶姐姐，這是乾爹生前最珍貴的隨身物，你是要收下來作個紀念呢，或是用作陪葬物？」龔緣鳶接過一看，見瓶內繪了一幅圖，由一系列紙鳶燈籠勾勒出「龍忘仇」三個字。龔緣鳶心中一酸，微微哽咽道：「我娘跟我說過，我爹十七歲那年，他們二人聯手製作了百來個紙鳶燈籠，在黑夜中升空，藉以慶祝我爹的生辰，而我娘更是以『緣鳶』二字替我命名。這既是我娘送給我爹的，就陪他永埋地底吧。」說完另將懷裡的象牙笛取出，也一同埋入土中。

向嶽凌準備削木作碑，開口問龔緣鳶道：「緣鳶，妳可知你爹的全名嗎？」龔緣鳶回道：「我爹就叫龍仇。」計東昇聞言一怔，脫口而出道：「你爹真叫龍仇？」花老大見計東昇神色不定，連忙跨前一步，擋在龔緣鳶身前，嚴聲問道：「計師傅，莫非你認得緣鳶她爹？」計東昇神情古怪，輕輕嘆了一聲道：「我雖然不認識他，可是他卻曾經救過我的性命。」眾人只覺得計東昇這句話甚是奇怪，向海璐忍不住追問道：「計師傅，此話怎說？」計東昇說道：「此事說來話長，我們還是回屋裡再談吧。」

眾人回到屋裡，見計大娘已備了晚膳，便坐下來用餐。計大娘見大夥匆匆忙忙地挾菜扒飯，不禁奇問道：「你們怎麼一個個都餓成這個樣子？」計玲瓏揮了揮筷子道：「大家急著要聽計師傅的故事呢。」計大娘皺著眉頭道：「他有什麼故事好講？要不是我從河裡將他拉出來，他早被魚兒咬個稀爛了！」計東昇失笑道：「說得也是，看來我真是命不該絕，連續兩次都能夠死裡逃生。」

向海璐不耐煩了，催促道：「計師傅，你就邊吃邊說嘛！」計東昇微微一笑道：「我以前年紀輕時脾氣很壞，妳若是用這種口氣跟我說話，我早就跟你翻臉了。」向海璐揚眉道：「那也不奇怪，我聽說令尊計聖堂是個心高氣傲的人，正所謂有其父必有其子嘛。」

向嶽凌見向海璐一貫的口無遮攔，卻實在拿她沒辦法，只聞計東昇深深地嘆了一口氣道：「我怎能跟我爹爹比呢？我二十歲那年染上歡樂草毒癮，二十二歲那年被我爹爹趕出家門時還執迷不悟，暗地裡頻頻向我娘要錢，就連我親妹子也看不起我……」計東昇說到這裡已是稍微哽咽，餘人也均是尷尬，計大娘卻是將木凳挪到他身邊，握緊他手掌替他打氣。

計東昇頓了一頓，才繼續說道：「後來我聽說我妹子和高闊門的年子鴻定了親，轉而向我未來妹夫要錢。年子鴻不想我去騷擾我妹子，開始時也盡量順應我，只是我實在要得太厲害了，年子鴻終於跟我翻臉。我一氣之下，就刻意散播謠言，讓我妹子誤以為年子鴻移情別戀，務必要他們兩口子鬧得不愉快。」旁聽眾人見計東昇對往日的惡行毫不隱瞞，便知他如今已洗心革面，但聞他繼續說道：「就在我妹子大喜之日那一晚，我還打算上門搗亂，可是人還未到喜慶大樓，就被一個蒙面人給擒拿住，帶到河邊來。開始時我還以為是年子鴻有預知之明，派人阻我搗亂，對那蒙面人放聲大罵，可是那蒙面人二話不說，拿起一把菜刀，將我左手的大拇指割了下來。」說著舉起左手四指，讓眾人瞧個清楚。

向嶽凌插嘴問道：「那蒙面人拿的真是菜刀？」計東昇點了點頭，花老大見向嶽凌若有所悟，耳中卻聞計東昇繼續說道：「我見那人下手毫不留情，直是嚇破了膽，跪在地上猛磕頭。那蒙面人開口說道：『我今天若不殺你，計姑娘必無安寧之日，一生的幸福終要毀在你手裡。』我聽那蒙面人的語氣，似乎對我妹子關懷深切，便順應著求情，說該夜是我妹子的大喜之日，他若是因我妹子而殺了我，恐怕大大的不吉利。那蒙面人啐了一聲道：『你妹子三番兩次到鬼門關走了一趟，都是因你而起，留下你這條命才是大大的不吉利。』」

向海璐奇道：「這話怎說？」計東昇說道：「我當時也大嚷冤枉，那蒙面人回道：『你先前散播謠言，你妹子倒聽信了，來到我館子喝悶酒，還帶醉割腕求個了斷，若不是我及時發現，她早已魂消香墜了。』」向海璐又問道：「什麼館子？喔！我明白了……」向嶽凌打斷她話語，向她使眼色道：「別打岔，讓計師傅說下去。」

計東昇繼續說道：「我當時強行辯說就那麼一次，又怎能說是三番兩次呢？那蒙面人說道：『你又記不記得，你有一次約了大運河霸的魏霹見面，又同時安排你妹子幫你帶東西。結果魏霹欺你妹子落了單，歸途中強加擄拐，若不是我和兩個朋友出手相救，後果卻是不堪設想。』」

向嶽凌兄妹原已猜到那蒙面人多半是石天恩，此刻聽計東昇談起計瑩瑩遭擄拐的事，更是毫無疑惑了。兩兄妹對望一眼，均想計瑩瑩當時已許配給年子鴻，石天恩卻仍是處處為她著想設計，可見這人十足痴情，而石天恩至今仍是未娶，只怕也是因為心中放不下計瑩瑩，思之不盡深深婉嘆。

計東昇接著述道：「我當時對那件事毫無印象，自是抵賴到底。那蒙面人提點我道：『當年你受大運河霸所託，追查凶神惡煞的下落，那天我還聽你說，惡煞雨姑受了重創，問魏霹是不是要趁機下手，這事你不可能不記得。』」花老大聽到這裡，才明白計東昇方才何以一聽到凶神惡煞的名頭，臉上會顯出古怪的神情，只聞計東昇又述道：「那蒙面人這一說，我才想起當日確是有三個年輕人躲入同一間破屋避雨，還親眼目睹魏霹將一小包金葉子交給我作為酬勞。」

計玲瓏雙眼一亮，忍不住插嘴問道：「那包金葉子你是找個地方埋了起來嗎？」計東昇面有愧色，苦笑道：「我若能這麼想就好了。我當年為歡樂草所誤，又急著要發財，在短短的一年內，就把所得的金葉子全在賭場輸光了。」計玲瓏一聽，臉上現出失望的神情。計大娘見狀取笑道：「他當年身上若還帶著那包金葉子，早就沉入河底了，我豈救得了他？」

向海璐催促道：「計師傅，後來又怎樣了？」計東昇說道：「那蒙面人接著又說：『你知不知道，魏霹當天原有殺你之意，若不是我們三人剛好同在破屋裡，你早就沒命了。』他見我顯然不信，於是問我還記不記得魏霹臨走前突然間又向我要回了一片金葉子，問我明不明白這其中的含義。」

眾人各自低頭思索間，臭皮已是怪叫道：「原來那人準備殺了你後取回那包金葉子，身上根本沒多帶錢。」計玲瓏也剛巧想通這一點，無奈臭皮已開口點破，當下賭氣道：「我看這姓魏的本性吝嗇，臨到頭又想撿回一小片也說不定。」花老大取笑道：「那一片金葉子應屬計師傅，那姓魏的借了這許多年，利上滾利，你倒可代計師傅向他追討呢！」

第九回 池倫凱情痴寧捨身，向嶽凌意迷願護航

計東昇見向海璐不耐煩了，開口續道：「我當時害怕那蒙面人真會殺了我，便裝作感激的樣子，頻頻追問他們三位恩人的名字。那蒙面人說道：『我也不希罕你感恩，至於另外兩人，一個叫龍仇的如今已不在人世，另一個叫巧兒的如今化名做巧三娘，住揚州。』」眾人聽到這裡，才明白計東昇何以說龍仇曾對他有過救命之恩，向嶽凌更是微微一笑道：「計師傅，龔緣鳶她娘正是巧三娘。」計東昇一驚道：「世事竟有這般巧？」

向海璐追問道：「那你後來又怎麼從石天恩手上逃過一命？」計東昇眉頭一皺，反問道：「誰是石天恩？」向海璐一怔，這才明白計東昇始終不知道那蒙面人的身分。向嶽凌說道：「我們正在猜，那蒙面人會不會是你妹子的結義兄弟石天恩。」計東昇微顯訝異道：「是嗎？我當時為了逃得性命，不停慫恿那蒙面人讓我瞧一瞧他的真面目，然後就趁他掀開面罩那一刻，縱身躍入急流，那蒙面人發現自己中計後，一怒之下飛掌襲擊。我落水前早已不省人事，要不是我娘子在下流將我救起，我恐怕已溺斃了。」

眾人聽到這裡，才明白事情的前因後果。計大娘緊扣計東昇的手掌道：「世事就是這麼奇怪，我若是早一些日子碰上他，瞧見他那副無賴的模樣，理都不會理他，又怎會和他結為夫妻呢。」計東昇苦苦一笑道：「我娘子他爹收留了我，容我在他領導的雜技團內打雜，我經過這次死裡逃生，重省我過去的所作所為，這才大徹大悟，決定痛改前非。」

這時候屋角木床上傳來何耐苦的咳嗽聲，臭皮連忙趕過去扶她坐起身，讓她清了喉中痰。計大娘輕輕點頭道：「這孩子表面調皮，內心卻十足孝順乖巧。」向嶽凌心中一動，開口說道：「計師傅，計大娘，你們的雜耍團人手不足，何不考慮收留臭皮呢？」計東昇說道：「這孩子的乾爹於我有恩，只要他願意，我們自會收留他，連同照顧他娘和他妹子呢。」向嶽凌大喜，將臭皮招了過來，問他是否願意。臭皮也明白何耐苦的病情日益沉重，自己一個人實在照顧不來，當下轉對計東昇夫妻說道：「計師傅，計大娘，你們肯收留我一家三口，我自當盡力回報，只是萬萬容不得有人欺負我姐姐。」計玲瓏白了他一眼道：「你出的力氣值一碗白飯，我們就將飯添得滿滿一碗遞到你面前，絕對不會虧待你。但你若是做得少吃得多，我卻也萬萬容不得。」

計大娘擔心兩個小孩頂嘴，搶著說道：「就這麼說定。我們先在這谷裡住上一段日子，待何大娘養好病後才上路。」向嶽凌喜道：「那再好不過，我和我妹子及花老大則須於明早出發，將這兩個孩子送回家。」

當天晚上眾人勉強在小木屋內擠著過了一夜，第二天一早花老大三人才帶了龔緣鳶與崔庭峰離去。兩個小孩向臭皮與計玲瓏揮手道別之際，突然想到人海茫茫，日後也不知可有重逢之期，心中竟湧起一股茫然之意。

花老大五人西行數日，已近忠州，崔庭峰雖然急欲與父母相聚，可是一想到這一別離，自己只怕再見不著龔緣鳶四人了，心中也暗自感傷。向嶽凌將手搭在他肩頭，一本正經道：「崔小兄弟，我兄妹這一次南下遊玩，交了不少朋友，卻沒一個比你更重要了。」崔庭峰受寵若驚，耳中更聞向海璐說道：

「若是此刻有猛獸出現，我們寧可將花老大拋過去餵飽牠，也要救你性命。」

花老大呱呱大叫道：「你們兩兄妹也太不講義氣了吧！」向海璐笑著說道：「那當然，堂堂天下第一大毒教來日的教主就站在我們面前，我們不奉承他，難道還奉承你？」崔庭峰這才明白他二人在取笑自己，咧嘴一笑後，卻又幽幽嘆了一聲道：「我這一次出來，也交了不少朋友，恐怕這一回去，便再也沒機會交朋友了。」

向嶽凌見這孩子性情始終灰沉悲觀，正想勸慰幾句，卻突然聞得前方林中傳來打鬥聲。向嶽凌示意要向海璐留下來守護孩子，自己則與花老大飛身入林。二人奔得百來丈，便遠遠瞧見林深處有三名男子惡鬥。向嶽凌與花老大藉助林木掩護，放輕腳步逼近，待得二人在三十丈外停步時，向嶽凌卻大吃一驚，原來此刻瞧得清楚，認得林中卻是綠石教的程雷與角不從雙雙圍鬥池倫凱！

花老大輕拍向嶽凌肩頭，向西南面指了一指，向嶽凌朝他手指處望去，又是吃了一驚，原來綠石教的賈意從佇立樹蔭下，正看守著一名美貌少婦，另有一名六、七歲的小女孩，則驚恐萬狀地伏在少婦懷裡。向嶽凌看得清楚，這兩人正是慕容心如與南宮荃母女。

這時候忽聞池倫凱一聲痛呼，卻是後背遭角不從手上的五毒金絲套抓了一把，熱辣辣的刺痛難耐。在他前方與他纏鬥不休的程雷怪聲笑道：「你這人也真奇怪，明知不敵我們三人，卻苦苦追蹤了兩日兩夜，這下子讓角護法抓中，還不是白白丟了性命？」池倫凱咬緊牙關，雖是痛得冒冷汗，雙手出招卻是絲毫沒緩慢下來。

花老大見向嶽凌面露憂色，湊近他耳旁輕聲問道：「這人是你的朋友？」向嶽凌剛點了點頭，眼角卻瞥得人影一晃，花老大已飛身下場，揮掌襲向程雷。向嶽凌見狀，也只好抽出鐵尺，加入戰圈。

角不從認得向嶽凌，啐了一聲道：「你這小夥子膽子可真大，接連三番兩次和綠石教作對！」向嶽凌見自己已是騎虎難下，也只好大聲指責道：「你們綠石教仗勢欺人，三番兩次擄拐小孩，叫我怎能不插手呢？池兄，你先退下運功抵毒要緊。」

池倫凱不敢託大，退到一角盤膝運氣，先以一股真氣護緊心脈要害，暫堵毒素流通，再睜開眼看時，只見與向嶽凌同行的漢子已將角不從逼得左支右絀，而向嶽凌竟也和程雷打成平手，不禁微微訝異。

程雷和向嶽凌對得五十來招，更是暗暗心驚，自己曾經在岳陽城外獨鬥向嶽凌兄妹，當時只覺得對方不過是三流角色，沒想到事隔兩個餘月，這小夥子武藝竟是突飛猛進，已能和自己分庭抗禮，只見他出招剛柔並重，勢勢連貫，動則緊勁遒健，好比奔獺越溪，靜則張弛有致，宛如潛魚守潭，甚具蟠龍踞虎之勢。

其實向嶽凌自己也是暗自歡喜，原來絕戀公子武學錄所記載的武功本難速成，但自己之前經一代高手范毅辛指點，習得一套獨特的陰陽雙刀內息心法，能於瞬息間將體內真氣由至陰轉翻為至陽，有了這套心法打底，再究習武學錄裡靈變奇巧、意幻形實的武功則事半功倍了。

在一旁觀戰的賈意從原見池倫凱殊無勝算，不料緊要關頭卻來了兩名不速之客橫加插手，而己方二人反落下風，不禁焦躁著惱，眼見角不從吃緊，當下飛身下場，發掌向花老大後背拍去。花老大卻也不懼，使開一套綠天迎夏迎戰二敵，若不是猜想對方的五毒金絲套上有毒，不敢急進，早已將對方拿下。

程雷衡量局勢，靈機一動，開口喚道：「角兄，先過來幫幫我吧。」角不從也是聰明人，一點就透，立刻移步換位，欲先合力將向嶽凌打敗。賈意從卻沒想到這一點，只道自己下場助戰，角不從反而拋下自己不管，思之不禁暗惱。

向嶽凌自也明白對方戰術，當下轉攻為守，全面防范護衛三盤，激鬥間忽聞慕容心如一聲驚呼，眼角更瞥見池倫凱不支倒地，知他毒素攻心，性命垂危，一慌之下避不開程雷橫腿一掃，已撲跌在地。角不從更不遲疑，發掌朝向嶽凌後腦拍下。

花老大見向嶽凌情勢危急，反身出掌猛然擊向角不從。賈意從見花老大背部賣空，十指急抓，竟是輕易得手。角不從被逼自衛，固然讓向嶽凌逃得致命一擊，但程雷由旁矮身一抓，卻又在向嶽凌腿上抓實。花、向二人同時中招，局勢頓變。

花老大但感背部麻痺，腦中更是一陣暈眩，暗叫不妙。向嶽凌腿上則感奇癢難耐，激鬥間卻無暇扒癢，口裡急聲問道：「花老大，你還行嗎？」角不從冷冷一笑道：「這人肯為你送命，倒是難得。

你們死後我將你們比鄰而葬，讓你們在陰府繼續作好兄弟吧。」

綠石教三大護法悠然遊鬥，只待對方毒發倒地。這時候卻聞後方傳來一把聲音道：「三大護法聽令，立時止鬥，賜藥。」程雷抬頭一看，喜道：「是崔公子！」原來向海璐已將兩個小孩帶到，只見崔庭峰臉色一沉，從懷裡掏出一支綠石令牌，冷聲說道：「三位護法莫非要聞得令牌響地雷？」

程、角、賈三大護法突然閃身迅退，單膝下跪，臉上均顯懼色。原來綠石教內有一道規矩，持令牌者若是三聲呼令後對方不受命，便可擲牌於地，賜下死罪，教內稱之為令牌響地雷。向海璐與崔庭峰相處多日，從沒見過他這般聲色俱厲的模樣，直是嚇了一跳。

崔庭峰瞄了慕容心如一眼，見她全身乏力，便知她中了香妃賴床，當下開口吩咐道：「全都賜藥！」三大護法不敢怠慢，依令而行。程雷見池倫凱已是不省人事，只好與角不從合力將真氣輸入，救醒他治毒。

花老大原不知對方為綠石教三大護法，這才魯莽出手，此刻卻擔心對方記恨，日後找上萬花谷攪事，當下打圓場道：「我們是專程護送崔公子回府的，方才魯莽出手，多有得罪，請三大護法轉告崔教主，萬花谷願意派遣十名花童，以兩個月的時間免費替綠石教布置園地，以示友好。」

三大護法卻不回應，只是轉望崔庭峰，但見崔庭峰抱拳一笑道：「花谷主客氣了，我們綠石教營地建於地底，力求隱蔽，怎能植花建園呢？我這一次到訪萬花谷來去匆匆，沒能暢遊，明年必定再訪，多謝花谷主這一路上護衛，我們就此別過。」說完朝龔緣鳶幽幽瞄了一眼，才跟向嶽凌兄妹道別，與三大護法揚長離去。

花老大幾人見崔庭峰在三大護法面前的作風行事全然另一個模樣，均是暗暗稱奇，殊不知崔小豔從小精心調教愛子，在教內又賜以特權，務必要栽培他為下一代教主。崔庭峰遭花老大幾人擄拐的這段日子，實則是他最輕鬆自在的經歷，如今重返綠石教，自然而然地又恢復原貌，嚴肅行事了。

池倫凱方解了體內毒素，一臉虛弱，可是抬頭望見慕容心如關懷的目光，精神立刻又振作起來。慕容心如輕輕嘆了一聲，惋憐道：「池大哥，你這又何苦呢？」池倫凱臉上一紅，轉而向龔緣鳶招手道：「緣鳶，妳沒事就好，妳娘擔心得很呢。」

另一廂向海璐也神情古怪地凝視花老大，開口問道：「花老大，你對每個朋友都是這般奮不顧身的嗎？」花老大臉上飛紅，朗聲笑道：「為好朋友兩肋插刀有什麼不對？妳還沒介紹妳的朋友給我認識呢！」

向嶽凌當下代為引介，又問池倫凱道：「池兄，你們怎麼會和綠石教三大護法再度對上？」池倫凱解釋道：「南宮夫人母女二人回娘家探病，一路由我護送，不料歸途碰上綠石教三大護法時，對方竟強行擄拐，幸好碰上向兄弟你們，否則後果真是不堪設想。表嫂，你可知道其中的原因嗎？」

慕容心如蹙眉道：「這兩天他們不停盤問我有關於天賜一筆代號為『西方月景』的生意。我推說一無所知，反向他們套問詳情。根據賈意從透露，這是一筆喜士與天賜之間的交易，可是據我所知，『西方月景』不過是香信紙坊一批再普通不過的印刷物，卻不明白其中有什麼詭異。」池倫凱奇道：「喜士難道不是和歡將他們一路的嗎？」慕容心如搖頭道：「原來他們早幾年已經鬧翻了，如今各自為政，看樣子還彷彿有敵對的跡象呢。」

向嶽凌插嘴道：「池兄，我記得你曾經說過，當年極樂王手下有三大強將，這喜士莫非也是其中一位？」池倫凱點了點頭，慕容心如則說道：「另一位叫欣妃，我原以為她也加入了綠石教，但根據賈意從透露，這女子於十三年前在極樂谷內已和極樂王同時斃命了。」池倫凱一聲驚呼，竟也是方知此事。慕容心如想了一想，轉頭問池倫凱道：「池大哥，我想到香信紙坊探一探，你能不能陪我走一趟？」池倫凱想也不想就回道：「這個自然。」

向海璐瞪大了眼睛，奇問道：「池兄，府上水稻生意做得那麼大，你怎會如此空閒呢？」池倫凱飛紅了一張臉，訕訕說道：「生意多由我爹爹親手打理，我只是從旁幫手。」向海璐還待再問，向嶽凌猛咳一聲，惡狠狠地瞪了她一眼。

南宮荃受了莫大驚嚇，此刻更是泣聲抗議道：「娘，我要回家，我要見爹。」慕容心如安撫道：「荃兒乖，娘有些要緊事得查個清楚，何況一路上有緣鳶姐姐陪著玩呢。」南宮荃不依道：「有什麼事回家問爹不就清楚了嗎？」慕容心如不悅道：「妳爹什麼要緊事都不告訴娘，問他來做什麼？」

慕容心如在向嶽凌兄妹面前一向來溫文典雅，此刻忽然透露對自己丈夫不滿之情，倒令二人微感訝異。池倫凱連忙打圓場道：「向兄弟，多謝你們三人一路護送緣鳶，我自會寫信給巧三娘，向她報平安。我們就此別過，還盼你們日後到衡州池府一聚。」

向嶽凌兄妹和龔緣鳶歷盡艱險，此刻能安然將她交回親人手裡，自是大大地寬了心，但也難免依依之情。向嶽凌望著四人遠去的背影，輕聲嘆道：「池倫凱這人性情忠厚，可惜於情事卻拿捏不準，只怕到頭來傷人害己呢。」原來向嶽凌也瞧得出池倫凱深深迷戀慕容心如。向海璐啐了一聲道：

「我說他這是趁人之危，趁他表哥南宮天賜忙於生意，向他表嫂大獻殷勤，盼獲芳心呢。你說他性情忠厚？我卻說他是黃鼠狼向雞拜年，心存歹意。」

向嶽凌雖不認同向海璐的看法，卻也不想和她爭執，當下轉問花老大道：「我們總算安然將兩個孩子託交各別的親人，接下來倒可全心全意陪你遊玩了。花老大，你想先到哪兒玩？」花老大方才還暗自苦惱，擔心向嶽凌兄妹會就此向他告辭，此刻聞言卻是喜形於色，咧嘴暢然笑道：「我們已近忠州，不如就在那兒僱船，暢遊長江吧？」

向海璐細察花老大臉上的神情，彷彿心有所思，待得三人來到鎮口客棧，又等到花老大離座上茅廁後，才扯了扯向嶽凌衣袖問道：「哥哥，你會不會覺得花老大對你好得過火，比我待你還好呢！」向嶽凌揚眉道：「你終於都承認虧待我了吧？」向海璐認真說道：「就說今天吧，我親眼瞧見他奮不顧身，要護得你周全。你不覺得奇怪嗎？」

向嶽凌蹙眉道：「你也未免太多疑了！花老大一生人困在萬花谷，除了毛慢郎夫妻外，也沒能交上幾個朋友，這陣子發現和我談得來，對我難免有不捨之情，知交之義，這又有什麼好奇怪的？你莫要疑神疑鬼，害得我們兩人連朋友也沒得做呢！」向海璐還待辯駁，花老大卻已返回桌上來，只好不了了之。

三人用過晚膳後，慢步踱到河邊，找到了五、六個坐在岸邊賭牌九的船伕，詢問僱船遊江的價錢。眾船伕賭得起興，於花老大的討價還價顯得極不耐煩，向海璐見他們態度惡劣，便遙指前方不遠處道：「花老大，那兒還有另一艘船，我們前去問一問。」其中一名船伕插嘴道：「那是郭老爹的破船，開的是不二價，比我們還貴兩成呢。」

向海璐卻不理他，逕自走向泊在遠處的那艘船，只見船伕是一名臉上帶疤的男子，正坐在船頭垂釣，那船船身漆色斑駁陳舊，甚不起眼。向海璐皺了皺眉頭，仍是開口說道：「郭老爹，我們想僱船遊江，你開個價錢。」那位郭老爹也不抬頭，只是懶洋洋地說道：「姑娘想要問得好價錢，就找別的船吧，我這艘船貴得很呢。」向海璐奇道：「你這艘破船憑什麼叫得高價？」郭老爹手指船頭一支旗幟，嘆了一聲道：「為盛名所累呀。」

向海璐三人順他手指處望去，只見那旗幟泛黃破舊，倒是上面所繡的「英雄號」三個字龍飛鳳舞，甚具氣派。花老大笑著說道：「郭老爹，莫非你這艘船曾經載過什麼英雄人物嗎？」郭老爹又嘆了一口氣道：「就是載過那麼一次，結果累我走了十來年霉運呢。」

三人聽那船伕這麼說，不禁十分好奇，花老大更是開口說道：「郭老爹，我們遊江圖個興頭，你若能將此舟立號的故事說得精采，我倒也樂意花多幾個錢僱你這艘船。」郭老爹見有望做成生意，精神一振，連忙招呼三人上船，替他們烹了一壺茶，這才開口說道：「我見三位客官這身打扮，八成是武林人物，應該有聽過大運河霸的名頭吧？」

三人聞言一怔，向嶽凌更是訝然道：「原來你所謂的英雄，指的就是大運河霸？」郭老爹連連擺手道：「那四個魔頭幾十年來將我們這些河上討生活的苦命人害得還不夠嗎？我臉上這道疤痕就是魏靂所賜的，又怎會稱他們為英雄呢？不過這件事倒是因他們而起。」三人更是好奇，連聲催促道：「快說。」

郭老爹敘道：「客官想必知道沿長江、黃河有幾道險灘，江流湍急，非得靠縴夫挽舟不能逆水行船，大運河霸則逼使眾縴夫以高價租用他們的挽舟霸繩，不肯租用霸繩的縴夫，挽舟時則遭他們搗亂，隨時有撲落河水之險。當年沿江一帶村落裡的姑娘們都不願意嫁給做縴夫的，怕躲不過做寡婦的厄運。」

向海璐聽到這裡，忍不住取笑花老大道：「這幾天我們叫郭老爹帶我們造訪沿江一帶的村落，看看是否有哪位姑娘願意嫁到萬花谷去？」花老大不甘示弱，也應道：「我一聲呼喝，喚眾縴夫在岸上一字排開，由得向姑娘挑選夫婿，豈不甚好？」向嶽凌白了二人一眼，目帶責怪之意，只嚇得二人伸了伸舌頭，不敢再開玩笑。

郭老爹續道：「有一回，大運河霸裡的魏靂又來到江上搗亂，還將兩名縴夫逼落水中。當日我船上坐了四男一女五人，皆是武林人物，其中三人合力將落水的兩名縴夫救起，最後一名男子先是單挑魏靂，到後來才與那名女子合力將魏靂拿下，逼迫他開出有利於眾縴夫的租繩條件。事後眾縴夫掌聲撼天，遠傳數裡，那一幕我到今天還記得清清楚楚。我於是將這艘船立號英雄舟，以紀念他們五人仗義懲惡，為我們謀福利。只是五位英雄謙虛，卻不肯留下真姓名。」向嶽凌瞄了郭老爹臉上疤痕一眼，猜測道：「那魏靂一定心有不甘，事後找你麻煩了。」郭老爹點頭道：「可不是，他事後找上門來威言恫嚇，說要燒我房子，沉我木船。結果眾縴夫知道了，派人和大運河霸的狄通仁談判，說大運河霸要是敢動我一根寒毛，眾縴夫必定和大運河霸周旋到底，暗中破壞他們沿河的眾多業務。狄通仁也不願將事情鬧大，便答應不再騷擾我。」

花老大笑道：「這麼一來，郭老爹你也成了名副其實的英雄了！」郭老爹苦苦一笑道：「頭一年我的確風風光光，客人們經眾縴夫推薦，都爭著乘我的船，要親耳聽我講故事，就是我將船價開貴了一倍，客人們還是絡繹不絕，叫我應接不暇。」花老大揚眉道：「原來『英雄』這兩個字是可以用來賺錢的呀！這一招我非得好好學一學。」

郭老爹嘆道：「可惜花無百日紅，人無千日好，眾縴夫見我生意火紅，垂涎我所賺的銀子，便派人和我談判，要我把一部分的盈利捐出來，照顧罹難縴夫的孤兒寡婦。」向海璐說道：「這也是英雄所為，美事一宗嘛。」郭老爹說道：「我當時也是這麼想，於是便答應了。可是日子一久，人們漸漸把當年的英雄事蹟遺忘了，英雄舟的生意每況愈下，我也只好降低船價，同時跟眾縴夫打聲招呼，說我無法再捐出銀兩了。不料他們竟不肯罷休，來到我家威言恫嚇，說要燒我房子，沉我木船。」

花老大三人聞言一愣，全然沒料到眾縴夫會這般霸道，只聽郭老爹續道：「他們逼我簽下十年的合約，不許我降價，又規定我每回接客一定要捐出部份盈利，還派人沿河監督英雄舟的運作。這十年來我賺得比江上每一個船伕都少，卻被逼供養眾縴夫的孤兒寡婦，早已成了江上最大的笑柄了。」

郭老爹說到這裡，已是眼眶紅潤，微微哽咽。花老大不禁激起了同情之心，伸手拍了拍他肩頭道：「郭老爹，你當年生意最盛時船價多少錢，我就付多少錢，僱用你的英雄舟遊江。」郭老爹轉悲為喜，伸袖擦了擦眼淚道：「再過得幾天，我這十年的霉運便要過去了，我將這旗幟拆下來前的最後一趟能載到花大爺您這位善翁，也總算對英雄號有所交待了。」向海璐笑著搖頭道：「郭老爹，你能碰上這位錢袋飽滿的善翁是你的福氣，像我這般空有同情心，口袋裡卻沒錢，那同情心是不值錢的了。」

郭老爹訕訕一笑，先到內艙替三人備了床鋪，讓三人歇息，第二天一早到鎮裡買齊蔬果糕餅，便啟程航行。英雄舟沿長江順水東行，航途中郭老爹點出沿岸的名勝古蹟，到了奉節，更是領三人暢遊白帝城，講解了三國劉備託孤的故事，只聽得三人津津有味。花老大初次遠遊，大大地為奇雄壯觀的瞿塘峽，以及秀麗多姿的巫山十二峰所折服，到得晚上更慫恿向嶽凌陪他在船頭露天而臥，仰望星空入眠。向嶽凌見他興致高昂，自也順應了他的意思。

這一日英雄舟過了枝江，郭老爹將船駛入沮水旁支，朝北行了半個時辰有餘，這才開口招三人到船頭道：「你們仔細聽聽，可聽到了些什麼？」三人留心一聽，果然便聞前方隱隱約約傳來一陣嘻笑聲，可是極目遙望，卻見沿河兩旁皆是參天峭壁，絕無人跡，花老大騷了搔頭道：「莫非是什麼怪鳥奇獸的叫聲？」郭老爹搖了搖頭，含笑指向西面峭壁的一個小巖洞，三人立刻察覺那笑聲是從洞裡滲透出來，頓覺毛骨悚然。

郭老爹說道：「這巖洞內頂端有個孔洞，直通崖頂，那崖風沿洞急墜百丈，便形成了這笑聲，因此人們把這巖洞叫做歡笑洞，也有叫來世洞的。」花老大奇問道：「那又是為什麼？」郭老爹說道：「巖洞內有道通往來世的天梯，我這就帶你們瞧去。」

眾人所乘的英雄舟一划入巖洞，那笑聲立刻從四方八面壓了過來，叫人心裡發毛。三人順郭老爹手指處望去，果見兩條青藤並排沿壁往上攀，像一道梯子般朝頂端孔洞延伸去。青藤兩旁各有一棵長相怪異的老樹，像鐘乳石般從水中冒了出來。郭老爹先指著右邊那棵老樹，含笑問道：「你們瞧清楚了，這樹像不像一位持鏡自顧的姑娘？」

三人定眼一看，只見老樹的其中一支枝幹斜裡伸向水面一塊平扁岩石，而岩石表面沾水亮滢，乍看之下的確像一面鏡子。郭老爹說道：「傳說這塊岩石叫做駐顏鏡，你只須秉著耐心，勤擦鏡面，鏡中人便會越來越年輕，也越來越漂亮。待得你滿意了，便可攜帶鏡中的樣貌，沿天梯通向來世。」

花老大撫掌笑道：「我明白了，這位姑娘一定是擦得越勤，就越捨不得停手，直到今天，還依舊是望著鏡中人笑個不停呢。」郭老爹含笑點頭道：「所以這棵怪老樹就叫做傻姑娘。」向海璐見花老大目含促狹之意凝視自己，便狠狠回瞪他道：「愛扮漂亮的姑娘傻，專愛漂亮姑娘的小夥子就更傻了。」花老大哈哈笑道：「還好我從來不愛漂亮的姑娘。」說完臉上突然一紅，立刻手指左邊那棵老樹問道：「那一棵又叫什麼？」

郭老爹將英雄舟盪到第二棵老樹的另一邊，才開口說道：「從這個角度望過去，你們說這棵怪老樹像什麼？」三人看了一會兒，花老大才皺著眉頭說道：「那兩支粗大的枝幹延伸向巖壁上那一大塊凸出來的岩石，倒像是個人抬掮著什麼似的。」郭老爹提點道：「前兩天我們經過風箱峽時，在懸崖絕壁上看見了什麼，這棵怪老樹就抬掮著什麼。」三人一經提點，齊聲呼道：「棺材！」

原來瞿塘峽北岸一處懸崖絕壁上有一排洞穴，插有戰國時代的懸棺，遠望像風箱，之所以稱為風箱峽。三人此時再看，那棵怪老樹便像極一個抬著棺木的漢子，正奮力將它塞入巖壁上的一個洞孔似的。向海璐問道：「這棵老樹也該有個說法吧？」

郭老爹含笑道：「傳說這口棺材叫做名利箱，水裡的石頭就叫名利石，你爬天梯前能將名利箱裝滿名利石，再塞入壁上洞孔的話，就能運載到來世去。最妙的是，這口名利箱能不停膨脹，名利石裝得再多也裝不滿它。」向嶽凌點頭道：「人心不足蛇吞象，到頭來也必定是棺材太大洞太小了。」花老大笑著說道：「名和利那就不必了，不過我要上天的那一晚，衣袋裡一定裝滿我苦心研究的花種、花譜才行。」

向海璐正待開口取笑，忽聞得巖洞外傳來一陣喝罵聲，先是一名男子粗聲喝道：「姓范的，我們要的不過是你船上那名妖女，你又何苦和我們作對，白白送上性命呢？」另一名男子卻尖聲笑道：「十年前的海天一派在江湖上聲望鼎盛，我們動手前或許還有所顧慮，可惜今日的海天一派已臨窮途末路了，我們就算殺了你，只怕肯到靈堂探喪的也沒幾個呢，哈哈！」

向嶽凌兄妹駭然相顧，心裡都在猜想對方追逐的莫非是范掌門？花老大見郭老爹臉色蒼白，奇問道：「你認得這兩把聲音？」郭老爹點了點頭，顫聲說道：「這兩人各別是大運河霸中的魏靂與邰巖，我看……我們還是留在巖洞裡避一避吧。」

郭老爹話剛說完，忽見一艘河船如箭一般飛射進巖洞裡，船尾扳槳的是一名全身浴血的清瘦漢子，只見他將船停擋在洞口，回轉身子嚴陣以待。向嶽凌兄妹看得清楚，這名漢子約莫三十來歲，比海天一派掌門范毅辛年輕許多。這時候船艙裡卻傳出一名女子的聲音道：「范大哥，你傷得重嗎？」那范姓漢子低聲回道：「不礙事。」語畢抬頭瞧見英雄舟上四人，臉上微微變色。

向嶽凌剛要開口打聲招呼，外頭又傳來那把尖銳的嗓子道：「姓范的，你打算在洞裡躲多久？你乖乖的將那妖女交出來，我們倒可放你一條生路。」那范姓漢子冷冷一笑道：「邰巖，你將我那把劍砸落河底，我還沒跟你算帳呢，怎能就走。」那邰巖尖聲笑道：「我手上有兩把斧頭，借你一把也行。」

眾人但聞破風聲響，一把板斧向那范姓漢子頭頂抹了過來。那范姓漢子矮身避過，卻見那把板斧臨空一折，斜剁他後背。原來板斧柄端繫上鐵鍊，容得郜巖由洞外以鍊子揮舞驅動。那范姓漢子方才縱身閃避，第二把板斧便緊飛入洞，攔腰而摟。船艙裡那名女子驚呼聲中，那范姓漢子已挫腰橫踢，將板斧踢得如箭離弦般回飛洞外。

眾人再瞧得一陣，已看得出那范姓漢子武藝造詣頗高，絕不遜於花老大，只是身上負傷，手中又無利器，這才被雙斧逼落下風。兩人隔著洞口鬥得正緊，忽聞破風聲再度響起，卻是一支帶火利箭射向船尾。那范姓漢子大吃一驚，急忙抓起木槳打落火箭，就這麼一分神，左肩已遭飛斧割傷，忍不住痛哼一聲。洞外郜巖卻急喚道：「二哥，不能燒船，波斯經教的經文祕卷說不定就在船上。」

向嶽凌兄妹聞言大驚，這才知道躲在船艙內的正是兩名波斯僧託丐幫尋找的那名色目女子。花老大曾聽向嶽凌講解過內情，當下低聲問道：「向兄弟，是否要出手相救？」向嶽凌明白大運河霸之所以追捕這女子，只因聽信了自己當日在繁邢山莊的那番話，心中自是羞愧交集，更打定主意，無論如何不能讓她落入對方手中，此刻見花老大問到，便毅然點了點頭，同時吩咐郭老爹將英雄舟蕩過去。

船艙裡那女子忽然驚呼道：「范大哥小心！」眾人抬頭一看，只見一名彪形大漢飛身竄上船尾，一把大鋼刀向那范姓漢子下盤剁去。向嶽凌三人聞得鋼刀劈風聲，均是臉上變色，花老大更是動容道：「我和魏霹堪堪打成平手，這魏霳的武藝似乎和他兄弟不相上下，恐怕不好鬥。」果見那范姓漢子五招不到，已被逼退到艙口，但聞他大喝一聲，行險搶步上前，施展擒拿手奪刀。那魏霳冷哼一聲，揮刀斜剁敵腕，左掌更急取敵頸，叫對方顧此失彼，眼見即將得手，忽然瞥見一名漢子躍上船來，由旁偷襲，卻是花老大救急。

向嶽凌正待緊隨跟上，卻見一把板斧由洞外向上斜飛，牽牽嵌入巖壁，跟著一個瘦小的人影更拉著鐵鍊蕩向船頂。向嶽凌縱身一躍，手中鐵尺已點向敵膝。那郃巖揮斧下鏟，皺眉怪叫道：「你們到底是什麼人？卻來多管閒事！」向嶽凌手中鐵尺遞招，嘴裡笑著說道：「郃爺，在下向嶽凌，令兄魏霹一定有提過我的名字吧？」郃巖心中一動，開口問道：「我們正要生擒這妖女，獻給那波斯僧，你們卻何以阻攔？」

向嶽凌心想說不得得騙他一騙，當下開口說道：「正是萬俟大德要我傳話，說丐幫已奪得波斯經教的經文祕卷，呈了上去，如今這妖女是死是活，萬俟大德已不放在心上，因此叫大運河霸不必白費力氣了。」郃巖一驚道：「真有此事？」向嶽凌一翻身躍出戰圈，背負雙手含笑說道：「萬俟大德已和丐幫簽訂歡樂草合約，大運河霸終究還是慢了一步。」

郃巖越聽越驚，一時拿不定主意，在船尾與花、范二人激鬥中的魏靂啐了一聲道：「三弟，你別信他的，那經文祕卷若不在船上，這姓范的何以要苦苦相護？」那范姓漢子冷冷說道：「我要護衛的是武姑娘，那經文祕卷確實不在船上，你要不信，大可一搜。」說完停手止鬥，轉向艙口說道：「武姑娘，妳先出來，好讓他們搜船。」

簾掀處一名白衣女子裊裊婷婷地走了出來，但見她一頭青絲有如水簾掛瀑，流暢似綢，一對綠眼珠子宛若深山潭水，藏盡山間林色，雖是脂容姣白勝雪，粉唇嫩比紅梅，但這白雪紅梅，卻仍為女子目中的那潭綠意掩蓋過去。眾人乍見這等花容月貌，皆是驚得呆了，就連向海璐身為女子，花老大自誇不為美色所動，也都瞧得目瞪口呆，向嶽凌更是心搖神蕩，難以相信人間竟有此絕色。

邰巖向魏靂打了個手勢，領先竄入船艙，魏靂行經那武姓姑娘時，禁不住多瞄了一眼，目含淫猥之意。這一瞄讓向嶽凌瞧見了，立刻激起他一股無名火氣，只覺魏靂這一瞄無形中冒犯了這天仙般的女子，實是罪不容赦。那武姓姑娘彷彿沒瞧見，只是撕下一片裙布，動手包紮那范姓漢子左肩的斧傷。那范姓漢子雖是渾身浴血，一雙虎目卻仍是精光炯炯，但見他向花老大三人抱拳說道：「在下范疇城，先謝過三位英雄拔刀相助，待會兒還得乘搭三位的順風船呢。」語畢撿起一支木槳，又從懷裡取出火絨，點火燃燒木槳的一端。花老大與向嶽凌兄妹面面相覷，皆不明白他的用意。

不一會兒，大運河霸二人從船艙裡冒了出來，魏靂劈頭就手指范疇城道：「船是你的，我怎知你沒將經文祕卷藏入暗箱祕櫃內。」范疇城二話不說，手一揮將火把拋入船艙內，眾人驚呼聲中，已見船板著火。邰巖見范疇城料事精準，決策果斷，倒也暗懷敬佩，定眼凝視他道：「早已聞海天一派范疇城智勇雙全，文武雙修，佩服呀佩服，可惜呀可惜。」說完與魏靂飛身出洞返船。

范疇城耳聞邰巖賜言，目中閃過一絲羞愧痛楚之意，瞬間卻回過神來，向花老大幾人做了個請式，齊齊躍過英雄舟。花老大取來一套乾淨的衣服，讓范疇城換過了，五人這才入船艙坐下。

花老大與向嶽凌兄妹報上了姓名後，齊齊望向那武姓姑娘，只見她婉約一笑道：「在下武凝秋，這一次落難遇險，能於絕處逢生，除了要謝主恩惠外，自然也要感謝三位英雄出手相救。」向海璐聞言一怔，心想出手救她的是自己三人，這姑娘卻先向自身教派的主神謝恩，可謂迂腐之極，正想與向嶽凌打眼色，卻見他痴痴地凝視武凝秋，不禁心中有氣。

范疇城輕輕咳了一聲，眼望向嶽凌問道：「向少俠，你剛才提到萬俟大德，卻不曉得你和波斯經教有什麼關係？」向嶽凌回過神來，頓了一頓才說道：「我兩個月前無意中聽到這位萬俟大德和丐幫商討追捕武姑娘，尋找經文祕卷的事，卻和波斯經教全無關係。這一回出手相助，也是純屬巧合。」

武凝秋輕輕搖了搖頭，含笑說道：「向公子，你並非無意中聽到，遇上我們也不是純屬巧合，這一切都是天主的精心安排，只因為我的使命艱鉅，需要你的幫忙。」向嶽凌雖然不明白武凝秋口中的使命為何物，卻不自覺地點頭說道：「姑娘有什麼需要幫忙的儘管開口。」武凝秋柔聲說道：「我和范大哥必須趕到和州一帶，與一位教友會合，可是途中多有阻撓，如今范大哥又受了傷……」

向嶽凌不待她說完，已搶先開口說道：「武姑娘不必擔心，在下一定護得你周全。」向海璐與花老大面面相覷，實在不敢相信向嶽凌竟輕易向這女子做出承諾，耳中但聞武凝秋喃喃念道：「感謝主恩惠！派遣向少俠助我一臂之力。」向海璐與向嶽凌兄妹情深，此刻瞧見哥哥神魂顛倒的模樣，突然對這女子起了厭惡之心，不但對她的美貌視而不見，反覺得她面目可憎。

花老大開口問道：「武姑娘，妳是屬於什麼教派，竟和波斯經教對上了？」武凝秋又輕輕搖了搖頭道：「我們大秦基督教和波斯經教同出一爐，只是教義見解出了差別，這才鬧出分歧。」花老大轉問范疇城道：「范大俠，你也屬同個教派？」范疇城頓了一頓，幽幽然苦笑道：「我和向少俠一樣，同是天主派遣下來守護武姑娘的。」

向嶽凌聞言臉上一紅，明白范疇城不但瞧出了自己仰慕武凝秋，還坦言承認他也同懷愛慕之心。花老大原以為范疇城這話必引得武凝秋或是沾沾自喜，或是含羞答答，可是瞧清楚了卻見她一副安閒自得的神態，既不自持恩寵，也不嬌羞作態，不禁深感奇怪。

向海璐心中暗惱，忍不住嘲諷道：「難得武姑娘品貌不凡，引來這許多護花使者，天主必是對妳寵愛有加了。」武凝秋彷彿聽不出向海璐話中嘲諷之意，只是微微一笑道：「向姑娘，我們每個人的生命與軀體皆是天主所賜，無論是美是醜，天主一樣寵愛，何況最終歸返天國時，也同樣要交還給天主的，豈能憑貌自傲？」向海璐刻意打了個哈哈道：「我這一副是向佛主借的，另當別論。」花老大也打趣道：「我們這一趟航行有東西方兩大天神守護，那是再安全不過了。郭老爹，就勞煩你這艘英雄舟將我們載送到和州去吧。」

郭老爹難得碰上花老大這等豪客，自是大喜，當下依范疇城指示，先將英雄舟航至江陵渡口，容他與武凝秋回客棧取齊軟細，這才一路朝東航行。到了晚上，花老大更是動手弄了幾碟拿手好菜，與餘人齊坐船頭，賞月品酒享佳餚。

向嶽凌自見了武凝秋後，便魂不守舍，一心想和她說話，又擔心她誤以為自己是輕薄之徒，此刻借酒裝膽，才敢開口問道：「武姑娘，妳貌似色目人，卻取了個漢名，莫非妳身上帶有漢族血統？」武凝秋尚未回應，眾人已瞧見范疇城向她打眼色。武凝秋微微一笑，向范疇城說道：「范大哥，天主說你以誠待人，人必以誠待你，我們也不好多懷介心。」語畢才回向嶽凌道：「我爹爹叫武託鼎，是個漢人，我姑母則是當今武后了。」

花老大三人只聽得瞠目結舌，一時皆難以相信這名色目女子竟和當今武后有血緣上的關係。向嶽淩兄妹對望一眼，隱隱約約彷彿記得那位波斯僧曾有這麼一說。范疇城見三人目露迷茫，輕輕嘆了一聲道：「武姑娘，你若要說，最好還是從頭說起吧。」武凝秋點了點頭，開口問道：「你們可知道波斯教的由來？」花老大三人搖了搖頭，耳聞武凝秋解釋道：「大約在二百多年前，大秦國基督教出現了一位極富爭議性的教父，名叫聶斯脫略。他不但不承認耶穌之母馬利亞為神，還主張基督具有神和人的雙重屬性，結果引起公忿，被主教斥為異端，革除教籍，流放而死。他的眾多信徒只好逃到波斯，在異地另升旗幟，再於近百年傳入大唐，也就是今天的波斯經教。」

范疇城見花老大三人不甚理解，便補充道：「大秦國基督教深信基督耶穌是天主的兒子，派到人間來接受苦難之歷練，以挽救世人的靈魂，所以他們相信基督耶穌是人神合一的，而這位聶斯脫略教父膽敢挑戰這道信義，自是大逆不道。幾百年來因持異論而遭禍害的修道士不計其數，是大秦國基督教所解不開的一個死結。」

武凝秋繼續說道：「直到六十多年前，有一位極具聰慧的教父畢生苦心鑽研聖典經文，終於讓他以辨證法證實聶斯脫略的基督雙重屬性論是錯誤的。」花老大聽到這裡，頻頻點頭道：「這就好辦了，那位教父大可召集雙方主教，澄清史實，大夥一致認同，就不會再有人遭受逼害了。」

武凝秋說道：「那位教父當時也是這麼想，於是便發出請帖，邀請駐紮波斯的波斯經教主教與大秦國基督教主教齊赴聖城耶路撒冷，召開雙邊印證會。可惜請帖才剛發出，便發生了波斯軍大舉入侵聖城耶路撒冷的戰事，那位教父不但於戰亂中失了蹤，他手上的聖典經文祕卷也從此遺失了。」

向嶽淩突然怪叫一聲道：「我想起來了，萬俟大德當日曾經說過，波斯大軍入侵聖城耶路撒冷時不但大肆殺劫掠，還將大秦國主教視為聖物的十字架，以及一份聖典經文祕卷盜走，莫非就是這一份？」向海璐見武凝秋點了點頭，更是搶著說道：

「我明白了，這份經文祕卷若是重見天日，波斯經教就大勢不妙了，也難怪兩名波斯僧硬要奪取這份經文祕卷。」

花老大先是點了點頭，後又搔了搔頭道：「這一段我總算弄明白了，可是這份經文祕卷遺失了這六十來年，武姑娘妳又是怎麼弄到手的呢？」武凝秋說道：「其實這六十多年來，這份經文祕卷一直都好好地祕藏在波斯首都泰西封內，只是知道這個祕密的人不多，我也是於五年前才剛從我娘那兒獲悉這個祕密。」花老大三人齊聲問道：「你娘是波斯人？」

武凝秋點頭說道：「此事得從我外公說起。當年波斯大軍入侵聖城耶路撒冷時，我外公年方十七，也從軍參戰，戰後凱旋歸來時，舉凡有戰功的都獲分配一名戰俘為奴隸，我外公將他分配到的那名奴隸命名為十字奴，容許他留在院裡打雜。沒想到這名十字奴既柔順又聰慧，很快的便習得一口流利的波斯語，並贏得我外公一家人的歡心及信任，後來我娘出世了，我外公更容許十字奴幫忙看顧我娘。」

向海璐忍不住猜測道：「莫非這名十字奴便是參透聖典經文奧祕的那位教父？」武凝秋點了點頭，繼續說道：「到了我娘十歲那年，我外公無意中發現十字奴竟然暗地裡教懂我娘希伯來文，並傳授了她許多基督教義。要知道我外公一家人都信奉波斯瑣羅亞斯德教，十字奴此舉可說是大逆不道，我外公大怒之下便要將十字奴處死。」范疇城補充道：「瑣羅亞斯德教是波斯薩珊王朝的國教，傳入大唐國土後改稱為襖教，也稱拜火教。」

武凝秋續道：「當時我娘苦苦央求我外公放過十字奴，而十字奴見我外公動了心，便懇求我外公給他十天的時間，若是十天內他無法說服我外公改信基督教，便心甘情願領死。」向嶽凌大驚道：「難道十字奴竟真說服了你外公？」武凝秋閉上眼睛，舉起右手在胸前比了個十字形道：「謝主恩惠，終叫我外公沒有鑄成大錯，並受主恩洗禮，永世受惠。」

花老大問道：「莫非那份聖典經文祕卷也被十字奴帶到波斯來？」武凝秋回道：「十字奴沿途將祕卷埋藏了起來，可是當時兵荒馬亂，十字奴也記不清楚。他和我外公足足花了四年的時間，才尋得埋卷處，將祕卷帶回首都泰西封。我外公依十字奴建議，寫了一封密函準備通知大秦國基督教主教，要他派人來護送十字奴及祕卷回聖城，不料那封密函還未及寄出，卻又發生了令人意想不到的戰事。」花老大追問道：「什麼戰事？」

范疇城見武凝秋臉上露出遲疑之色，含笑說說道：「當年有一個新興的宗教教派，稱做伊斯蘭教，起緣於大食國，憑著一支強悍勇猛的伊斯蘭軍橫掃八方，就連頗有軍力的波斯帝國也被征服。伊斯蘭軍占據泰西封後，強徵信徒，凡有違抗者格殺勿論，更大肆毀壞異教廟堂、焚燒異教文物。」原來武凝秋身為虔誠的基督教徒，不想說些有損異教的話語，范疇城明白她的難處，這才代她敘了這一段。

第十回 披荊斬棘喜士取經，截河攔船魏霹逼酒

武凝秋點了點頭，繼續說道：「十字奴擔心聖典經文祕卷也被焚燒，於是便想了一條妙計，先宰了一頭駱駝，將祕卷縫進駱駝肚子裡，再將駱駝埋入後院地底。過了幾日，伊斯蘭軍果然闖入我外公家，不但翻箱倒櫃，還逼我外公家裡人將後院土壤翻掘一片，幸好他們沒懷疑駱駝屍內有乾坤，那祕卷才逃過被焚毀的厄運。」花老大三人撫掌齊笑，皆稱妙計。武凝秋卻嘆了一聲道：「這條妙計雖是保住了經文祕卷，卻保不住我外公和十字奴兩人的性命，他們不肯皈依伊斯蘭教，當場便被屠殺了。」花老大三人心境頓沉，向海璐更是憂心忡忡地問道：「那妳娘呢？」武凝秋黯然神傷道：「我外公一家人被販為奴，我娘更是輾轉被販賣到大唐來，與親人再也無相見之日了。」向海璐一想到武凝秋她娘當年才十四、五歲，被販為奴的那段日子所經受的恥辱與磨難必非常人所能體會，思之不禁深感心酸。

武凝秋又道：「再過得兩年，我娘被賣到我爺爺家裡當奴婢，便遇上了我爹爹。當年我爹爹也才十七、八歲，和我娘朝夕相處，竟是日久生情，於是便央求我爺爺讓他娶我娘過門，可惜我娘身為

奴婢，此事終究不妥，到得後來我爹爹被逼先娶了個正室，才納我娘為妾。我爹爹與我大娘是相敬如賓，真正疼愛的卻是我娘。」

向海璐見這苦命女子終於有好日子過，暗地裡也大為慶幸。她原對武凝秋不存好感，但聽她講述她娘的際遇時卻感同身受，連帶的愛屋及烏，此刻再瞧武凝秋，便不覺得她那麼面目可憎了。

眾人只聞武凝秋續道：「我娘嫁給我爹後，始終沒有透露自己是基督教徒，就是生下我後，也容許我隨我大娘上香拜佛，若不是五年前三名波斯經教的教友上門傳教，恐怕到了今天，我們一家人還被矇在鼓裡呢。」向嶽凌微驚道：「這三人當中可有萬俟慕西與莊爾勝兩位大德？」話一出口，便知自己白問了。萬俟慕西既連武凝秋的身分也不知曉，自然不會是當日到訪的三人之一。果見武凝秋搖了搖頭道：

「那三人當中有兩位是洛陽一帶的色目波斯僧，另一位教友卻是來自六詔的漢人，名叫喜士。」

花老大眉頭一皺，方覺得這名字耳熟得很，已聞得身旁向嶽凌兄妹齊聲驚呼，向海璐更是追問道：「你說的是來自極樂谷的喜士？」武凝秋與范疇城訝然對視，反問道：「向姑娘，你們也識得喜士？」向海璐說道：「我們從一位朋友那兒聽說過喜士的一些事蹟，知道他和綠石教以及歡樂草均有深切的關係，卻不知他竟已皈依了波斯經教。」

范疇城點了點頭道：「喜士當年的確曾經為非作歹，逼害聯盟五派，他率領的極樂軍在五元山上大敗五派掌門後，還意圖擄拐眾掌門家屬回極樂谷作人質，我和我叔叔范毅辛力抗拒從，更遭喜士打成重傷，要不是石天樓的石天恩出手相救，我嬸嬸及堂妹難逃厄運。」武凝秋幽幽然說道：「范大哥，天主既已寬恕了喜士過往的罪惡，我們又何必重提舊事呢？」范疇城嘆了一聲道：「武姑娘，江湖上的恩怨情仇絕非妳想像的那麼簡單，這一點喜士自己最清楚。」

向嶽凌兄妹雖然對喜士這個人物大是好奇，卻怕武凝秋扯得遠了，連聲催促她繼續敘事，只聞她說道：「我爹爹雖然信佛，但也不想得罪兩名波斯僧，於是便招待他們短住，每日拔出一點時間聽他們傳教。那兩名波斯僧也還罷了，喜士卻是博覽群書，學貫古今，傳起教來字字句句皆如珠玉，一開口便令我爹爹震撼不已，到得後來，我爹爹竟接受了天主的洗禮，並要我們一家人都聽喜士傳教。」

向海璐插嘴問道：「妳娘經十字奴傳授的是正統大秦基督教教義，喜士講演的卻是波斯經教教義，兩者之間豈不大有衝突？」武凝秋點頭道：「我娘就是頻頻提出疑問，令兩位波斯僧深感不耐煩，可是喜士卻耐心聆聽，勤加分析，到得後來，十字奴的辨證論反而令喜士對自身波斯經教的教義起了疑惑之心。我和我爹爹還道我娘的一番見解竟難倒了喜士，自是覺得又驚訝，又有趣。後來兩名波斯僧告辭歸寺，喜士卻留了下來，和我娘一同研究教義。」

向嶽凌說道：「難得這位喜士肯虛心檢討自身的信仰教義，這倒是一般傳道士所無法做到的。」武凝秋含笑點頭道：「喜士確是百年難得一見的人才，他皈依天主之前就因為做盡了惡事，接受主恩洗禮後更是大大的懺悔，也明白基督耶穌以死洗脫了他以往的罪惡，容他重生，因此他下定決心供奉自己，以宣揚主恩為己任。」

范疇城臉上頗有不以為然之意，卻忍住不說，容得武凝秋繼續敘道：「後來我娘終於將十字奴與聖典經文祕卷的淵源全盤托出，喜士大吃一驚，明白這份祕卷事關重大，於是要求我爹容許他攜帶我娘遠赴波斯首都泰西封，尋覓祕卷。我娘和我爹商量後，決定容許我娘攜我同行，好讓我走一趟波斯尋根之旅。」

向嶽淩蹙眉說道：「此事對波斯經教大大不利，那兩名波斯僧想必強加阻撓吧？」武凝秋臉上現出感傷之色，幽幽然嘆了一聲道：「他們兩人當時不說，只是堅決要同行，待得我們到了泰西封，掘出駱駝屍後，他們才突然發難，不但搶奪祕卷，還殺了我娘。」

武凝秋說到這裡，觸及了思母之情，竟自輕聲低泣，旁聽眾人見狀，也是心中黯然。范疇城見武凝秋說不下去，便說說道：「喜士被逼殺了那兩名波斯僧，卻也驚動了當地的波斯經教大法王，引來群波斯僧追殺。喜士和武姑娘人生地不熟，只好找了個偏僻的地方躲了起來。兩人也知道這份祕卷事關重大，於是便找來一個精通語法的當地人，向他學習希伯來文。兩人躲了足足一年，只道風聲已鬆，便啟程歸唐，不料方入得隴右道，便已被群波斯僧盯上。喜士武藝雖是高強，但雙手終究難敵眾拳，在蔥嶺一帶受了重創，若不是碰上了我，兩人只怕難逃一死。」花老大三人均知范疇城與喜士昔日有仇，他之所以肯出手相救，只怕也是因武凝秋的原故。向嶽淩更是感同身受，全然理解范疇城的舉止，自問武凝秋若是遇難，自己只怕也會同樣奮不顧身，以護得她周全，此刻眼望范疇城，突然有一股同病相憐，相知相遇的感覺。

花老大開口說道：「幸好武姑娘二人到底回到了大唐國土，怎麼說也不會比身在波斯境內凶險。」不料范疇城卻搖頭說道：「喜士皈依波斯經教之前曾經任職綠石教，在武林中也不知樹立了多少仇敵。他身受重創的訊息一傳開，立刻有許多昔日仇敵沿途埋伏，伺機報仇。我們一路上也不知受到了多少次襲擊，打了多少場硬戰，我更被逼與海天一派的友好幫派對敵，還……還錯手殺了一位朋友……」

范疇城說到這裡，已是微微哽咽，眼眶更隱隱含淚。向海璐怔怔地凝視范疇城，突地心中一動，只覺眼前這男子肯為了自己戀慕的女子，違背心意護衛自己的仇人，這份情操實屬難得一見。向海璐原待柔言勸慰，卻不知如何開口，只有長長地嘆了一聲。

范疇城咬牙續道：「我們三人好不容易來到渭州，卻遇上了我叔叔范毅辛。原來我誅友護敵的行止令武林人士大為不恥，招來我叔叔與我對質。我……我被逼當場做出抉擇，公然叛出海天一派，與我叔叔斷絕關係，還被逼出手與他一戰。」范疇城說到這裡再也忍耐不住，眼淚沿雙頰流了下來。

眾人這才明白邰巖方才何以會有「可惜」二字的感嘆，暗想這人為情所付出的代價也未免太重了。向海璐掏出手帕遞給范疇城，自己眼角卻也是淚光瑩瑩。范疇城擦乾了眼淚後繼續敘道：「我叔叔心念舊情，終於還是放了我一條生路。我見自己和喜士雙雙受了傷，前路又阻撓重重，於是便攜了武姑娘潛入吐蕃，在聿齎城內躲了一段日子，待兩人養好傷後，才沿長江東行，不料沿途再度遭丐幫及大運河霸襲擊，看來泰西封的波斯經教大法王已發出號令，要萬俟慕西與莊爾勝兩位大德派人沿途攔劫，奪取聖典經文祕卷了。」

眾人聽到這裡，才明白整件事的前因後果，心想范疇城本身並非基督教徒，卻肯冒險護航，也難怪他自嘲是天主派遣下來守護武凝秋的。向嶽淩一想到這裡，胸中忽然湧起一股豪氣，只覺自己也絕不能容許武凝秋受到傷害，當下毅然開口說道：「武姑娘，大運河霸是從我口中得悉你的行蹤，此事我也得擔負責任，這一路航程自會護得妳周全，卻不知你們到了和州後有什麼打算？」

武凝秋說道：「我早些時候已寄了一封密函給我爹爹，要他在洛陽附近先建造一座隱密的石室，準備將經文祕卷先藏好，再聯繫大秦國基督教主教來領取。另外，我們在吐蕃隱居的那段日子，喜士和我二人已動手將經文內容譯成漢字，以便留得一分漢文版本，作為大唐學者日後研究之用。譯文每完成幾個篇章，便託喜士的一位朋友替我們印刷，這一回我和范大哥正是到山南道那兒審查譯文印刷的進度，才會遭受大運……」

花老大三人不待武凝秋說完，已是齊聲驚呼道：「香信紙坊！」武凝秋與范疇城只嚇得瞠目結舌，半晌說不出話來。向嶽凌於是將三人如何從慕容心如口中得知香信紙坊那批印刷物的經過敘了一遍，當時三人只知道那是喜士與南宮天賜的一項交易，此刻才知道竟卻是聖典經文的譯本。

武凝秋雙眼發亮，轉頭問范疇城道：「范大哥，到了此刻你難道還不肯相信天主的存在？向兄弟三人難道不是天主精心安排，來協助我們完成任務的嗎？」花老大三人雖覺得武凝秋此言太過牽強，但整件事的巧合卻又叫人咄咄稱奇，眼見范疇城顯然不信，卻默然不語，想必是不願傷了武凝秋的心。

向嶽凌又問道：「武姑娘，妳先前說要到和州會合一位教友，指的就是喜士吧？」武凝秋點頭道：「我們離開和州的時候，聖典經文已譯剩最後幾個篇章，喜士於是便留下來完成譯文。我們回去後還必須將譯文交給南宮天賜，待得香信紙坊將全套譯文印刷成後，便可以直赴洛陽了。」

花老大三人雖見武凝秋說得簡單，心裡卻知道這一路上危機重重，除了大運河霸與丐幫外，還得擔心綠石教插手，但向嶽凌既已開口應承護航，向海璐與花老大卻又不能打退堂鼓。花老大想了一想，開口說道：「待得到了下一個鎮口，我會和郭老爹上岸採購一箱箱的乾糧，將這艘英雄舟裝扮成貨船，而我和向兄弟則作船伕打扮，你們只要躲在船艙裡不露面，想必也能躲過沿岸丐幫的耳目。」

眾人均覺得這方法不錯，於是便依計行事。接下來幾日，向海璐陪同范、武二人躲在船艙裡，留下花老大與向嶽凌在船頭守望。二人陸續發現沿岸有丐幫弟子的蹤跡，對方卻對這艘貨船不加留意，便知此計奏效。

花老大難得有機會和向嶽凌獨處，心情特別開朗，總是拖了他在船舷處坐下，遙賞沿岸風光，可是幾日下來，卻發現向嶽凌常常心不在焉，攀談時十句話總接不上兩三句，還不時回望艙口。花老大明白他心中掛念武凝秋，暗地裡竟有股酸溜溜的感覺。

這一日午後，向海璐突然跑到船頭，嚷著要和向嶽凌對換任務，由她改扮船伕，駐守船頭。原來這幾日航程中，武凝秋在船艙裡不停與向海璐講演基督教義，向海璐初時還客客氣氣的聽著，到得後來卻實在再也無法忍受，這才要求與向嶽凌對調。向嶽凌自是求之不得，當下與妹子對換了衣物，興高采烈地躲到船艙裡去。花老大臉上雖是掛笑，心裡卻全然不是味道。

接下來兩日，向海璐雖是興致勃勃地陪同花老大觀賞沿岸風光，花老大卻總是提不起勁，腦海中一想到向嶽凌專注聆聽武凝秋講演基督教義的樣子，便覺意興闌珊。向海璐見花老大無精打采，喃喃怨道：「要是范大哥能出來陪我談話，那該多好！」說完臉上立刻一紅，眼角瞥見花老大沒留意自己的說話，這才放下心來。

英雄舟航經江州，這一日已近馬當山，花老大卻發現下游有二十來艘河船打橫相連，擋住河道，只在中段留下一個關口，逼使上下游的船隻沿關口兩邊排成長長的兩條船龍。郭老爹將英雄舟駛到船龍尾端，開口詢問詳情。前面一艘船的船伕面露厭惡說道：「大運河霸說是要找個人，卻累得我們大排長龍，耽擱行程。」

花老大與向海璐臉色驟變，連忙鑽入船艙與向嶽凌三人商討。此時英雄舟若是拆離船龍而去，難免顯得突兀，只怕立刻就會引起大運河霸的疑心。范疇城與花老大對望一眼，毅然說道：「以其人之道，還治其人之身。」花老大點頭應道：「也只有如此了。」向嶽凌兄妹面面相覷，齊聲問道：「怎麼說？」

范、花二人合力抬下一口箱子開啟來，只見裡頭裝滿了一束束的鐵箭。原來范疇城從魏靂那兒學了個乖，當天花老大上岸辦貨時早已託他採購兩大箱鐵箭，準備必要時採取火攻。向嶽凌兄妹見狀大喜，連聲稱妙。范疇城說道：「我們待會兒就近射箭燒船，群舟必定四下慌逃，我們便可趁亂闖關。」花老大吩咐向海璐道：「你們三人備箭，我先和向兄弟趨前一探。」

花老大與向嶽凌沿著船龍趨近江上關口處，果然見大運河霸的帆船停在中央，魏霹與狄通仁分霸兩頭，檢查往來船隻，卻沒瞧見魏靂與郤巖二人。向嶽凌心中一動，低聲說道：「我們前幾日才剛和魏靂、郤巖分手，說不定他們至今還未聯繫上眼前這兩人呢。若真如此，我倒不如上前相認，騙他們撤散了這關口。」花老大面帶憂色道：「但如果你猜想錯誤，立刻便動上了手，我們豈不是白白丟了先機？」

二人一時拿捏不準，正待回頭與范疇城商量，耳中卻聞狄通仁歡聲呼道：「向少俠，怎麼這般巧！快上來我這裡。」向嶽凌回頭招了招手，眼見狄通仁一臉歡容，便知道他還未得悉來世洞之事，當下低聲說道：「花老大，別回頭，我先上前探一探，你們見機行事。」原來花老大一身船伕裝扮，狄通仁站得遠了，一時倒沒辨認出來。

向嶽凌快步跨過餘舟，一躍上了大運河霸的帆船，與搶前相迎的狄通仁笑著握手，口中卻刻意說道：「想不到大運河霸竟能買通官府，截河收稅，生意可做得大了！」狄通仁笑著回道：「哪有的事？我們不過是希望能靠您給的訊息發點財，搜查萬俟大德所要的聖典經文祕卷罷了。不過說也奇怪，我們在波斯寺裡留了話，萬俟大德卻始終沒有回應我們。」

向嶽凌暗呼好險，臉上卻佯裝驚訝道：「狄兄怎麼還沒聽到訊息嗎？前幾日丐幫和那攜帶經文的綠眼女子在山南道荊山一帶打了一場硬戰，卻原來對方早已棄了水路，北上直赴洛陽了。」狄通仁大吃一驚，失色問道：「此話當真？」向嶽凌安慰他道：「只不過丐幫尚未得逞，你們若快馬急追，或能趕上。」

狄通仁顯得即是失望，又是慶幸，回頭高聲朝船尾呼道：「大哥，你快過來，這關口撤了也罷。」向嶽凌心中狂喜，果見魏霹聽狄通仁講解清楚後，二話不說躍上船頂，運起內力呼喝一聲，隨即舉臂打了個手勢。橫鎖渡江的群舟上傳來齊聲一吼，立刻便拆散開來。向嶽凌歡喜之餘，口頭上敷衍著狄通仁的客套話，腦中卻暗忖待會兒如何能趕上英雄舟。就在這時，佇立船頂的魏霹突然「咦」的一聲，定眼細瞧下游的一艘貨船。狄通仁抬頭問道：「大哥，你瞧見了什麼？」魏霹揚眉笑道：「一尾曾經從我手中溜脫的小魚兒。」說完開口呼嘯，舉臂一揮，立刻有五艘小舟將下游那艘貨船團團圍緊。

向嶽淩瞧見那艘貨船上打著催青派的字號，知道是聯盟五派之一，心裡突然想到武凝秋若是在此，必會說這艘貨船是天主精心安排，來到分散魏、狄二人注意力的。一想到武凝秋臉上那種單純、虔誠的表情，向嶽淩心中立刻湧起一股暖意，只覺得無論如何也不能讓這天真無邪的女子受到逼害。

狄通仁望著五艘小舟將那艘貨船護送到帆船旁，帶笑搖頭說道：「我還道是什麼？原來是我大哥多年來念念不忘的一碟小點心呢！」向嶽淩隨他目光望去，只見貨船船頭站著一名頗見俊逸的黃衫男子，此刻卻顯得忐忑不安，似乎對魏霹深懷懼畏。向嶽淩心中一動，暗忖這魏霹莫非有斷袖之癖，思之暗感厭惡。

魏霹目露猥褻之意，暢聲獰笑道：「計姑娘，我還是第一次碰見你替催青派帶貨呢！快上來歇一歇腳，喝杯酒暖暖心窩兒。」向嶽淩聞言一怔，再定眼細看，立刻辨得貨船上那人卻是男裝打扮的計瑩瑩！只見她臉色微顯蒼白，卻強作鎮定，一躍上了帆船，恭恭敬敬地向魏、狄二人抱拳問安，待得目光掃到向嶽淩臉上，一愣後隨即便是暗喜，彷彿黑暗中忽見一道曙光。向嶽淩憶起計瑩瑩昔日曾遭魏霹擄拐之事，更肯定魏霹對她不懷好意了。

狄通仁眼尖，含笑問道：「莫非向少俠與計姑娘是舊相識？」向嶽凌回道：「在下與年夫人有過一面之緣。」魏霹啐了一聲道：「什麼年夫人？樹倒猢猻散，高闊門既然跨了，計姑娘還扛著年字號幹什麼？你沒瞧見她貨船上打的是催青派的字號嗎？」說完招人在船頭擺了一桌酒席，舉起杯便向計瑩瑩敬酒。

計瑩瑩卻不舉杯，只是轉頭面朝貨船嬌聲一嘯，朗聲吩咐道：「翠濤、桑落、白玉泉、透瓶香、錦江春，各給我提一罈上來！」語畢轉向魏霹抱拳道：「魏爺，家父身子不適，由我接手催青派的釀酒生意，今後在長江上跑動時，務請大運河霸多多關照。今天自是該由我孝敬魏爺五大罈上等佳釀，哪有飲用魏爺私藏釀酒之理。」說著將桌上四杯酒回倒壺中，待手下將酒提到時，才拍開罈蓋，重新斟滿四個酒杯。

魏霹自是明白計瑩瑩擔心自己在酒裡做了手腳，不敢飲用，當下哈哈大笑道：「計姑娘既是第一次在長江上跑貨，就應該依照江上的規矩，飲用那長江八大彎敬酒。」計瑩瑩秀眉微蹙道：「卻不知怎個飲法？」魏霹說道：「由金沙江第一急拐算起，長江總共拐了八大灣，第一次在江上跑動的人都得作這八大彎敬酒，討個平安吉利。」

計瑩瑩心知推託不了，舉起酒杯一乾而盡，正色說道：「魏爺，這是第一杯。」魏霹搖了搖頭，朗聲獰笑道：「不是八杯酒，是八大口彎酒。」說完左手提起一罈錦江春，右掌往罈底一託，立刻有一彎酒箭臨空朝計瑩瑩臉上射去。計瑩瑩吃了一驚，方待後退閃避，狄通仁已是迅然向她後背虛拍一掌，阻她退路。

計瑩瑩無可奈何，只有張口接飲那彎酒箭。魏霹的掌力何等雄厚，計瑩瑩這一口少說也飲了相等於四杯酒，酒箭箭尾更濺得胸前衣襟斑點駁雜。計瑩瑩又是窘迫，又是委屈，只差一點沒流下眼淚來，可是一想到父親臥病在床，兩個兒子寄人籬下，便強自忍淚，抬頭問道：「魏爺，我這八口彎酒真喝下了，你便讓我貨船過關嗎？」魏霹淫笑道：「那當然，絕不要妳多喝一口！喝完後妳若走不動了，要在我船上歇一歇，我也絕對歡迎。」說完又是催動掌力，形成一彎酒箭射過去。向嶽凌看不慣魏霹蠻霸的手段，心念突地一動，口裡喃喃說道：「長江真有八大彎嗎？讓我來數一數。」說話間提起一支竹筷，迅速絕倫地沿那彎酒箭上下抖動八下，緊接著佯裝訝異道：「果然有八大彎……唉呀！我這下一個不小心，將這口酒箭割成了八小口，計姑娘，妳還喝多了一、兩口呢！」

魏霹臉色一沉，拍桌喝道：「你這是什麼意思！」向嶽凌有意無意地瞄了狄通仁一眼，陪笑說道：「魏爺，在下充當仲介人，正準備替催青派與波斯經教搭道橋梁，將大唐佳釀引進波斯當地，我有好些事得和計姑娘商量，她可醉不得。」

魏霹揚眉道：「她既喝不得，你就代她喝吧！」說完右掌成啄，朝罈底連叩五下，立刻有五彎酒箭朝向嶽凌前胸廉泉、天突、華蓋、天池、膻中五處射去。向嶽凌心中暗驚，雙手各抓一支竹筷，迅速絕倫地臨空攪圈，將五彎酒箭挑撥向自己嘴裡。原來向嶽凌情急智生，將絕戀公子武學錄裡至柔的拂花掌，配以至陰的陰陽雙刀內息大法，以竹筷撥酒，竟奏奇效。

狄通仁一聽說有生意做，早就心癢難擋，此刻連忙向魏霹打眼色，陪笑說道：「向少俠，我們大運河霸沿河做的生意少說也有十多二十項，正盼向少俠充當仲介人，推薦給萬俟大德呢。」向嶽凌眼珠子一轉，也笑著說道：「也使得，我們正該坐下來從長計議。」說著又轉向計瑩瑩抱拳道：「計姑娘，下個月我會到準南走一趟，到時候必定上門造訪，商談合作事宜，此刻不耽擱你了，你先上路吧。」計瑩瑩自知向嶽凌特意替她解圍，語帶感恩之情道：「向少俠，在下引頸相盼，敬候向少俠到訪。」魏霹雖感懊惱，卻也明白生意為重，只好眼睜睜望著計瑩瑩離去。

狄通仁當下滔滔不絕地講解大運河霸的多項業務，向嶽凌佯裝極感興趣，聽了一陣後才刻意嘆道：「就生意而論，大運河霸可比丐幫強得多了，我要是早知道這點，定會勸萬俟大德莫要和丐幫簽訂歡樂草合約，轉而和狄爺合作。」

魏霹聽到這裡，突然揚眉問道：「向少俠，你方才不是說丐幫尚未得逞，怎麼此刻又說丐幫已和萬俟大德簽訂歡樂草合約，這到底怎個說法？」向嶽凌驚覺自己說漏了嘴，臉上微微變色，當下只有訕訕然說道：「魏爺，我方才意欲替計姑娘解圍，這才說了個謊，在這裡向您道個歉。」說完躬身一揖。魏霹眉頭一皺，奇道：「不對，你方才提及丐幫的事時，計姑娘還未上船呢！」

向嶽凌心頭大驚，情知再也無法圓謊，趁著扳直身子時順勢發掌拍向二人。魏、狄二人既已起了疑心，自不會中招，只是見對方這拂花掌輕飄飄的無法捉摸，皆各自後退一步，採取守勢。向嶽凌雙足一蹬，已飛身後躍，同時長嘯一聲，向英雄舟上眾人求助。

魏霹怒吼聲中抓起一罈透瓶香上拋，跟著雙掌擊向罈底，碰的一聲打碎瓦罈，震得罈內釀酒像滿天花雨般朝向嶽凌灑去。向嶽凌避無可避，只能翻手護住雙眼，容得那罈透瓶香淋得全身溼透，身上更有五、六處遭碎瓦片割傷。

向嶽凌方落足船頂，狄通仁已飛身追到，發掌攻敵之際更唉聲嘆道：「向少俠，有什麼話何以不好好說，卻非動手不可？你這一翻臉，可斷了我倆的財路呢！」魏霹由左首搶上夾攻，口裡說道：「四弟，你別盡是見錢眼開，波斯僧那回事我們也只是聽他一面之詞，整件事是真是假，還抓不定呢！」

向嶽凌在大運河霸二強圍攻之下連連遇險，卻哪有餘暇還嘴，只能仗著一套至柔至陰的拂花掌全採守勢，勉強抵擋。魏霹激鬥間朗聲喝道：「下面的人聽著，替我拿一支火把上來。」向嶽凌聞言臉色劇變，自己淋溼了一身釀酒，卻哪耐得對方以火相攻。就在這時，卻聞得不遠處有名女子應道：「你要火嗎？我就賞你幾支火箭吧！」向嶽凌辨得向海璐的聲音，心中大喜，耳中但聞颯颯聲響，卻是英雄舟上二女連連發箭，射向大運河霸帆船，其中幾支落在瀉滿透瓶香的甲板上，更立刻燃起熊熊火焰來。

狄通仁臉色大變，退出戰圈躍下甲板探查，隨即立刻傳來對掌聲，卻是被范疇城纏上了。向嶽凌眼角瞥見花老大飛身上了船頂，由後偷襲魏霹，嘴裡卻急急問道：「向兄弟，你受了傷？」向嶽凌明白他驚見自己衣襟上血跡斑斑，當下安慰他道：「皮肉之傷，不礙事。」

魏霹見花老大他們頃刻便到，轉念間怒斥道：「莫非是你們和丐幫聯手設下埋伏？」向嶽凌將計就計，哈哈笑道：「丐幫於歡樂草合約志在必得，哪容得你們插手，他們既然出得起價錢，我自然是幫他們一把了，哈哈！」魏霹聞言狂怒，放聲長嘯，意圖招來手下群舟圍攻，只是向海璐、武凝秋二女佇立英雄舟上，向四周猛放火箭，群舟卻哪敢靠攏？

向嶽凌雖得花老大與范疇城兩大強援，心裡卻暗自焦急，情知英雄舟上只備得兩箱鐵箭，二女一旦用完，對方群舟只怕便是一湧而上，也不知二女是否抵擋得了，激鬥間心念電轉，忽然靈機一動，怪聲笑道：「魏爺，你可知道當日你打傷了馮協浩，他兒子馮勁很是氣惱，放話說要找你們麻煩呢！」

魏霹和花老大鬥得正緊，聞言卻語含不屑道：「我難道還怕了他嗎？叫他來找我好了。」向嶽凌揚眉笑道：「馮勁這人足智多謀，怎會笨得和你正面相鬥，我聽說他備了一批帶毒的歡樂草，準備暗中偷龍轉鳳，讓你手下糊里糊塗地拿去批發呢。」

向嶽凌這幾句話朗聲說來，就連在船頭與范疇城相鬥的狄通仁也聽得一清二楚。大運河霸二強一想到馮勁若是得手，訊息一傳開來，哪還有人敢向大運河霸取貨？這念頭一旦生了根，魏、狄二人皆是暗自憂煩。

向嶽凌觀顏察色，知道二人已無心戀戰，當下哈哈笑道：「依我看大運河霸還是顧妥自身的歡樂草業務要緊，至於這聖典經文祕卷嘛……我勸二位還是莫要插手的好。我和這幾位朋友有要事在身，不多相陪了，就此告辭。」

花老大與范疇城聞得向嶽凌開口招喚，雙雙退出戰圈，與他一同回躍英雄舟。狄通仁朗聲命令群舟不得追趕，並遙向向嶽凌抱拳道：「向少俠，在商言商，希望日後有機會合作。」向嶽凌也朗聲應道：「狄爺，今日無奈燒了你一艘帆船，希望日後有機會讓你賺得一船的黃金呢，哈哈！」

花老大佇立船尾，待得確定大運河霸沒派船跟蹤尾隨，這才鑽入船艙裡，眼見范疇城已替向嶽凌包紮好傷口，仍是忍不住慰問幾句。向嶽凌將自己如何替計瑩瑩解圍的事又敘了一遍，這才笑著說道：「這艘船的名號可不是白起的，我們先後出手相救了武姑娘，計姑娘兩人，看來搭上英雄舟的人是注定要和大運河霸對敵了。」

這幾日航程中范疇城早已得悉英雄舟立號的故事，當下將郭老爹招了進來，笑著說道：「你這艘船上今日又有五位英雄立了汗馬功勞，你該不該在船頭另豎立一支旗幟呢？」向海璐說道：「我可不想做無名英雄，郭老爹，旗幟上非得織上我的名字不可！」郭老爹苦著臉頻頻搖手道：「幾位客官，你們別嚇老夫了，我可不想再走多十來年霉運呢！」范疇城幾人自是刻意作弄他，當下拍著他的肩頭開懷笑了一番，安慰他說在場五人沒一個想作大英雄的，郭老爹這才放了心。

向嶽凌正色說道：「我方才一番胡謅，騙得了他們一時，卻騙不了一世，大運河霸若是追上我們，四強聯手圍攻，我們萬萬不是對手。」餘人聞言，皆是心情沉重，范疇城一陣沉吟後緩緩說道：「往下游再過三十里，有條旁支，叫皖水，我們將英雄舟駛入內，躲得一二日，待得大運河霸追過了頭，我們再重新上路。」

眾人皆無異議，郭老爹當下依照范疇城指示，將英雄舟駛入皖水，再航得八、九里，果然在一道懸崖絕壁下尋得隱蔽的泊船處。眾人上岸搭了帳篷，準備短宿一二日。當天晚上，二女難耐帳篷底下的卵石磨身，皆是輾轉反側，難以入眠。向海璐見武凝秋趁機閒聊，有意無意又談起基督教義，連忙藉口要解手，溜出了帳篷外。向海璐沿著河畔漫步而行，走不多遠，卻見有個人影佇立水沿，遙望對岸崖壁，月光下看得清楚，卻是范疇城。

向海璐心中一喜，趨前輕聲呼道：「范大哥，你一個人在這裡想些什麼？」范疇城回頭一顧，臉上帶有淡淡的愁意，卻是微微苦笑道：「我在想，我爹爹許多年前做錯的一個選擇，為什麼我多年後又重蹈覆轍，難道我們父子倆都中了同一個詛咒嗎？」

兩人多日航程中雖然共處一室，卻從無單獨交談的機會，更何況范疇城性子沉默寡言，這一夜卻彷彿感染了夜空裡的幽靜恬適，似乎有意深談。向海璐自是暗喜，捱近他身旁柔聲問道：「范大哥，你爹爹當年做了什麼錯誤的選擇？」范疇城幽幽嘆了一聲道：「我爹爹明知絕無善果，卻毅然選擇和我娘共結連理，以致招來殺身之禍。」向海璐心中一震，咬唇說道：「范大哥，你願意將你爹娘的故事說給我聽嗎？」

范疇城又是幽幽嘆了一聲，手指對岸崖頂說道：「你瞧得見崖頂那間小木屋嗎？我小時候就跟我爹娘住在裡頭。」向海璐一怔道：「你爹爹不是海天一派的人物嗎？怎麼會住到這偏僻的地方來？」范疇城回道：「我爹爹決定和我娘共結連理時，已主動脫離海天一派，以免連累他們，而選擇在這地方隱居，卻是要躲避我娘的仇家。」

向海璐微微一驚道：「你娘的仇家很厲害嗎？」范疇城說道：「早在四十多年前，武林中令人聞名膽喪的魔教有兩個，一個是綠石教，另一個則是天鬼教，而我娘的仇家正是天鬼教教主，天鬼王羅殺。」向海璐雖沒聽說過天鬼教的名頭，但想此教能與綠石教並駕齊驅，齊享盛名，來頭必定不小。

范疇城繼續敘道：「天鬼王羅殺是圓神教的叛將，他爭奪教主之位不遂，忿而脫離圓神教，自創天鬼教，待得他鞏固了天鬼教勢力之後，不但反過來滅了圓神教，殺了教主，還逼教主夫人嫁他為妻。」向海璐駭然動容，顫聲說道：「這天鬼王羅殺所作所為太令人不齒了。」范疇城嘆道：「能叱吒風雲的人物有哪一個不是狠心鐵腕的，天鬼王羅殺攻陷圓神教之際，原要大開殺戒，斬草除根，教主夫人卻苦苦央求他饒過愛女一命，那女孩兒這才逃過殺劫，只是被囚禁在天鬼教地牢裡。」

向海璐心念一動，忍不住猜測道：「莫非這女孩兒竟是你娘？」范疇城緩緩點頭道：「不錯，我娘正是圓神教教主的獨生愛女。教主夫人也明白天鬼王羅殺終究不會放過我娘，於是暗中託一位親信攜帶我娘逃命，並以死威脅天鬼王不得追殺。」

向海璐漸漸理出頭緒，喃喃說道：「你爹爹雖知天鬼王羅殺總有一天會殺上門來，卻還是娶了你娘，生下了你。這是他深愛你娘，至死不渝，又怎能說是做了錯誤的選擇呢？」范疇城目含深意地凝視向海璐，緩緩問道：「為了一段情，賠上一條命，真是值得嗎？」向海璐一怔，一時無言以對。

范疇城遙望對岸崖頂那間小木屋的黑影，默然頓了好一陣才說道：「在我三歲那年，天鬼王羅殺果然領了幾名天鬼教好手找上門來。我爹娘自知無以為抵，卻央求他們饒過我一命。」向海璐奇道：「照理說天鬼王心狠手辣，又怎會放過你呢？」范疇城說道：「也是我命不該絕，天鬼王手下有位名叫鬼婆婆的，見我爹爹痴情一片，竟反過來替他說情，還說服了天鬼王放我一條生路。」

向海璐聽到這裡突發奇想，暗忖這位鬼婆婆一念之慈又何止救了范疇城一命，連帶日後受范疇城恩典的人，包括武凝秋及喜士，只怕都該向這位鬼婆婆致敬謝恩了。

范疇城又說道：「鬼婆婆將我帶到海天一派，連跟我爹爹寫的一封血書交給我爺爺，血書裡說明我爹娘不許我尋仇，否則他們在天之靈將永不安寧。」向海璐追問道：「你長大後真能忍住不去尋仇？」范疇城搖頭苦笑道：「我爹娘死後不久，天鬼教起了內訌，天鬼王羅殺據說被一名叛將殺了。」向海璐拍腿叫好道：「這叫報應！」

范疇城莞爾一笑，又抬頭遙望對岸崖頂，緩緩說道：「後來我長大了，常常獨自一人回這裡拜祭我爹娘，默然佇立墳前冥想，卻始終不能明白我爹爹當年何以會視死如歸，和我娘共結連理。這個疑團一直到……到我結識武姑娘後，才解了開來。」

向海璐臉色微白，細聲問道：「怎說了？」范疇城臉上顯現一股陶醉的神情，幽幽然說道：「原來當你戀上一個人時，她的生命比你的生命要緊，她的歡樂也比你的歡樂重要。你只要瞧見她歡樂喜悅，你自身的歡樂喜悅只怕要強上十倍，這是一種令人自願陷身的歡樂咒，我爹爹當年嘗過了不能自拔，而我如今也同樣陷身其中。」

向海璐心頭一震，默然咀嚼范疇城的話語，自問是否能將另一個人的生命看得比自己的生命還要重要。范疇城呆呆凝望了崖頂那間木屋好一陣，又是幽幽然嘆了一口氣。向海璐柔聲問道：「范大哥，你又在想什麼？」范疇城說道：「要不是我有重任在身，不能輕易涉險，我真想明早攀上崖頂，到我父母墳前拜祭。」向海璐先是一怔，而後才緩緩說道：「在來世洞內要護得武姑娘周全，你能奮不顧身。現下為了替武姑娘護航，你卻不願涉險攀崖，到你父母墳前拜祭，看來你中的這歡樂咒可深了。」范疇城臉上一紅，訕訕然說道：「向姑娘，夜也深了，我們還是回去歇息吧。」向海璐沉吟不語，由得范疇城領她回帳篷處，掀簾入內躺下後，卻哪裡睡得著。

第二天早上，范疇城方鑽出帳篷，已瞧見向海璐坐在河畔向他招手。二人走到昨夜交談處，卻見向海璐從一塊岩石後取出一條樹繩，含笑說道：「范大哥，我也想到你父母墳前拜祭，到你小時候住的那間木屋瞧一瞧。」接著又將樹繩繫腰的攀岩法解釋了一遍。范疇城心中感動，當下和向海璐繫上樹繩，沿壁攀爬。

二人到了崖頂，范疇城先領向海璐到屋後兩座無名墳前拜祭，再帶她進入小木屋，只見屋內積塵甚厚，穢氣逼人，桌椅全已毀損不堪。向海璐在屋內兜了一圈，心中想像當年一對相愛的戀人在這屋裡度過了無數美好時光，卻又是時時刻刻提心吊膽，擔心仇敵殺上門來，那種既甜又苦的滋味恐怕只有令他們更珍惜相處的每一刻了。

向海璐正待離屋，卻突然發現門旁牆上刻得有字，仔細一瞧，卻是「奶奶病重，見字速歸。范冰冰留字」十來個字。向海璐見底下刻的竟是五天前的日期，連忙招喚范疇城過來看。范疇城見字微微動容，順口解釋道：「范冰冰是我堂妹，我叔叔范毅辛的獨生愛女。」

向海璐說道：「范大哥，不如由我陪你走一趟，回海天一派探你奶奶的病吧。」范疇城眉頭深鎖，走出屋外來到崖邊，默然遙望天際，過了好一陣才開口說道：「在武姑娘安然抵達洛陽之前，我決不能離開她身邊。向姑娘，我奶奶病重的事還請妳替我保守祕密，不要向任何人提起。」向海璐稍感訝異，卻也不便追問。接下來兩日，向海璐果然守口如瓶，連哥哥向嶽淩也不向他提起，只是留意到范疇城幽幽寡歡，顯然極是擔心奶奶的病情。

到了第三日，郭老爹將英雄舟駛入長江，依范疇城指示，混入一隊遠航貨船當中，藉以掩人耳目。五人同處船艙內，卻不到船頭露臉，果然便順利航行，一路無阻。

這一日來到和州，花老大重重地賞了郭老爹，笑著說道：「多謝你老遠的送了我們一程，祝願你這艘英雄舟來日還是有幸載得各路英雄好漢，見證各種英雄事蹟。」郭老爹苦笑著將那枚英雄號旗幟解了下來，換上了另一枚織有「惦你讚」的旗號，搖頭說道：「我這艘船載過了無數客人，是英雄也好，不是英雄也好，得以同舟共航就是前世修來的緣分，老夫也祝你們好好做人，一帆風順。」

范疇城領花老大幾人來到鎮郊一座破舊的大宅，在大門處叩了好一會兒門，才有一名下人前來開門。范疇城蹙眉責道：「阿南，你躲懶躲到哪兒去了？士大夫呢？」那下人阿南對范疇城頗見畏懼，結結巴巴地回應道：「范爺，你們怎麼……怎麼回來了？我見今早給士大夫燉的補湯在他書桌上擱了老半天他都沒喝，於是就拿到廚房裡給弄熱，沒聽見您叩門，可不是躲懶。」武凝秋幫著說話道：「喜士一做起事來就廢寢忘食，是我叫阿南督促他喝補湯的。阿南，你先回廚房做事去。」

范疇城當下領餘人來到書房裡，果見有一名五十開外的老者伏案抄書。花老大與向嶽淩兄妹定眼細看，卻見這老者兩鬢斑白，額頭特高，一張臉頗見憔容倦意，雙目更是頻頻眨動，彷彿已有好一段日子沒好睡了。武凝秋輕輕搖頭，惋惜說道：「我就是不放心將你一個人留在和州，這些日子你一定是晝夜不停地趕著譯文吧？」喜士頭也不抬，只是喃喃說道：「沒時間了，再不趕就來不及了。」

武凝秋走到書桌前，將毛筆從喜士手上摘下，含笑說道：「士大夫，我們帶了幾位朋友來呢。」接著便將花老大三人一一代為引介，並簡明地敘述三人在來世洞裡出手相救之事。喜士長長嘆了一聲道：

「如今連大運河霸也出手爭奪，我們要將這批經文安然護送到洛陽，可是難上加難了，唉……」

花老大與向嶽凌兄妹面面相覷，心裡均覺得奇怪，這老者不慰問范、武二人的安危，卻先掛心護送經文的要任，可見他對這份聖典經文祕卷極為重視，顯然是名異常虔誠的基督信徒，卻與三人在這之前聽到有關他的聲譽大有出入。

武凝秋微微一笑道：「士大夫，有天主保佑，我們一定能夠完成任務的，你可別太過憂心，累壞了身子，我先吩咐阿南將燉湯端來給你喝。」話剛說完，碰巧便見阿南捧了一碗冒著熱煙的燉湯走了進來。喜士面露厭惡道：「這人也真是的，自今早開始一天下來進出我書房十來次，不停催我喝湯，煩得我什麼似的。」

范疇城心念一動，跨步擋在阿南身前，開口說道：「阿南，這碗湯士大夫不喝了，賞你。」阿南彷彿嚇了一跳，結結巴巴地應道：「這湯……這湯真賞我？那我……我拿回廚房裡喝去。」范疇城臉色一沉，嚴聲說道：「就這裡喝，而且要喝得一滴不剩。」

阿南臉上突然變得全無血色，身子顫顫而抖，更失手掉了那碗燉湯，乒乓一聲砸得滿地都是湯汁碎瓷，只見他跪跌在地，頻頻磕頭道：「范爺饒命，范爺饒命！」花老大三人還未弄明白，已見范疇城出手點了阿南昏穴，喜士更是幽幽嘆了一聲道：「綠石教終於還是找上門來了。」

歡樂咒：
踏破江湖，暗潮洶湧

作　　者：岳觀銘
發 行 人：黃振庭
出 版 者：複刻文化事業有限公司
發 行 者：複刻文化事業有限公司
E-mail：sonbookservice@gmail.com
粉 絲 頁：https://www.facebook.com/sonbookss/
網　　址：https://sonbook.net/
地　　址：台北市中正區重慶南路一段61號8樓
8F., No.61, Sec. 1, Chongqing S. Rd., Zhongzheng Dist., Taipei City 100, Taiwan

電　　話：(02)2370-3310
傳　　真：(02)2388-1990
印　　刷：京峯數位服務有限公司
律師顧問：廣華律師事務所 張珮琦律師

定　　價：330 元
發行日期：2024 年 07 月第一版
◎本書以 POD 印製
Design Assets from Freepik.com

國家圖書館出版品預行編目資料

歡樂咒：踏破江湖，暗潮洶湧 / 岳觀銘 著. -- 第一版. -- 臺北市：複刻文化事業有限公司, 2024.07
面；　公分
POD 版
ISBN 978-626-7426-98-2(平裝)
857.9　113008560

電子書購買

爽讀 APP

臉書